# Taylor

# Helden sterben einsam

Tanja Hagen

ISBN 13: 978-1546697367
ISBN- 10: 1546697365

Kontakt:
T. Hagen
Kiefernstr. 194
27249 Mellinghausen

iatf@tanjahagen.de
Autor: www.tanjahagen.de

Text Tanja Hagen
Lektorat: Madlen Hafemann
Titelbilder Coverpfusch by Rigor Mortis

## Widmung

Die folgenden Zeilen möchte ich zum einen den weltweiten Kriegsveteranen widmen, deren Leid zu oft nicht erkannt wird, und zum anderen einer besonderen Frau.

Gaby Fieseler habe ich als Leserin meiner Romane kennengelernt und sie durfte die Entstehung dieses Werkes begleiten. Wir haben viele tiefgründige Gespräche geführt und trotz ihrer eigenen schweren Lage hat sie mich immer wieder aufgebaut, wenn es mal nicht lief. Leider hat sie die Fertigstellung dieser Geschichte nicht mehr erleben dürfen. Sie hat mir immer wieder gezeigt, dass man kämpfen muss und sich nicht aufgeben darf, und doch hat sie den Kampf gegen eine tückische Krankheit verloren.

Für Gaby - eine großartige Kämpferin. Wir werden dich immer im Herzen bei uns tragen.

Taylor Harson, Navy SEAL und liebevoller Vater wagt den Spagat zwischen Beruf und Familie. Er versucht klare Grenzen zu ziehen und doch verändert ihn das Leben als Soldat. Immer öfter kommt der SEAL heim und der Vater und Ehemann bleibt in den Kriegsgebieten zurück. Als Logan Collister einen getöteten Kollegen im Team ersetzt, ist die Welt wieder in Ordnung. Taylors Kinder lieben seinen Kollegen und er bildet sich ein, wieder der Mann zu sein, den seine Frau geheiratet hat.

Doch dann reißen Logans Tod und ein gegebenes Versprechen ihn in einen Sog, der ihn nicht mehr freigeben will.

# *1.*

»Hey, Harson, so früh heute?«

Taylor sah auf, als er die Stimme vernahm, während er die Sunrise Bar an der Market Street betrat. Langsam ging er auf die hinterste Ecke der Bar zu und sank auf einen, mit schwarzem Leder bezogenen, Barhocker. Sein Blick wanderte durch den langgezogenen Raum zu einer vergilbten Wanduhr. Er musste Pablo, dem Barmann, recht geben. Er war früh dran. Viel zu früh. Außer ihm war noch eine Gruppe von fünf jungen Frauen anwesend, die sich eine große Schüssel Salat teilten.

»Bier?« Pablo war zu ihm herüber gekommen und sah ihn fragend an. Der Mann mit den langen, struppigen Haaren war ihm weit lieber als der junge mit dem kurzen blonden Haarschnitt, bei dem er noch vor etwas mehr als vierundzwanzig Stunden seine Zeit verbracht hatte. Nein, er hatte sie nicht verbracht. Er hatte sie abgesessen. Wieder einmal. Pablo hatte Bier und Whiskey, sein Psychiater nicht einmal eine bequeme Couch. Außerdem hatte der junge Arzt ihm Alkohol verboten. Taylor schnaubte. Was der Mann ihm verbieten wollte, war ihm egal. Er war alt genug, um die richtigen Entscheidungen zu fällen. Er nickte dem Barkeeper zu, der ihn immer noch ansah.

»Gestern hast du noch was verpasst.« Pablo schob ihm ein Bierglas zu und Taylor wusste, dass er gleich, ob er wollte oder nicht, erfahren würde, was passiert war.

»Deine Kollegen hätten mir fast den Laden zerlegt.«

»Das sind nicht meine Kollegen, verdammt«, knurrte er den Barmann an, der mit den Schultern zuckte und etwas

Unverständliches murmelte, ehe er sich einigen Gläsern zuwandte. Wie so oft, wenn der Mann hinter dem Tresen bemerkte, dass Taylor nicht mit ihm reden wollte, griff er nach einem bereits sauberen Glas, nahm das weiße Handtuch, das er über seiner Schulter trug, und begann das Glas auf Hochglanz zu polieren. Taylor war sich sicher, dass das die Art war, mit der Pablo ihm sagen wollte *›Okay, ich sprech dich nicht wieder an‹*. Aber er wusste auch, dass Pablo es wieder tun würde. Sehr bald sogar schon. Er tat es immer. Aber Taylor war dem Puerto Ricaner nicht böse drum. Eigentlich war er froh, dass Pablo immer wieder auf ihn zukam.

Sein Blick wanderte wieder zu den Frauen, die kichernd immer wieder Salatblätter aus der großen blauen Glasschüssel angelten.

In einer Bar wie dieser hatte er vor über zwanzig Jahren Evangeline kennen und lieben gelernt.

Damals hatten sie beide gerade die Schule beendet und genossen die freie Zeit, ehe der Ernst des Lebens sie einholen würde. Taylors Problem war nur, dass er noch keine Ahnung hatte, wie dieser Ernst aussehen sollte. Evangeline hingegen hatte, wie es schien, ihr Leben bereits bis ins hohe Alter minutiös durchgeplant.

Sie wollte als Anwältin erfolgreich werden und irgendwann eine kleine Familie gründen. Ein Haus kaufen oder gar selber bauen. Mit Pool und Garten und all dem Schnickschnack. Taylor hingegen war absolut unentschlossen, was seine Zeit nach dem College anging.

Sein Dad war ein angesehener Detective und seine Mutter als Herzchirurgin ebenfalls sehr erfolgreich. Irgendwann, nach dem ersten Zusammentreffen mit Evangeline, schnappte er bei einer Tour mit seinen Freunden den Spruch auf, dass es keinen sichereren Arbeitsplatz als den bei der Army gab. Und da der Druck, den sein Vater auf ihn ausübte, was das Finden eines Jobs anging, von Tag zu Tag größer wurde, machte er sich auf den Weg zum Hafen. Dort ließ er sich von der Navy rekrutieren.

Trotz der wenigen Zeit, die ihm und Evangeline in ihrer Freizeit blieb, schafften sie es, ihre Beziehung zu vertiefen. Zu dem Zeitpunkt, an dem er sich in ihre bernsteinfarbenen Augen verliebt hatte, wusste er nicht viel über sie. Nur eines wußte er sicher, ein Leben ohne sie wäre sinnlos. Und sie musste feststellen, dass er beim Feiern gerne über die Stränge schlug. Erst mit der Zeit bemerkten sie, wie viele Gemeinsamkeiten sie hatten. Sie mochten die gleichen Filme und genossen beim Schauen der Thriller am liebsten australischen Rotwein. Sie mussten sich nicht streiten, welche Bücher im Regal landeten, da sie die gleichen Lieblingsautoren hatten.

Taylor tat alles, um seine knappe Zeit mit ihr zu verbringen. Er begann sogar, die trockenen Gesetzestexte zu lesen, um sie beim Lernen unterstützen zu können. So langweilig es auch war, er genoss jede Minute, in der er sie abfragen konnte. Es ging ihnen nur darum, gemeinsam Zeit zu verbringen. Es war egal wie und wobei.

Sein erster viermonatiger Auslandseinsatz im Irak wurde zu einer Belastungsprobe für seine Beziehung. Auch wenn es ihm nur drei Mal möglich gewesen war sie anzurufen, so schrieb er doch jeden Tag in Briefen das auf, was er erlebt hatte, und keiner dieser ab und an doch recht kurzen Texte, endete nicht mit den Worten: *Ich liebe dich.* Nie hätte er gedacht, dass er solch tiefe Gefühle für eine Frau entwickeln könnte.

Aber die Zeit im Irak veränderte ihn auch. In ihm wuchs der Wunsch, sich den SEALs anzuschließen. Der Wunsch, das Land mit den Besten zu verteidigen, kam an dem Tag in ihm auf, als er das SEAL Team 3 beobachtete, wie sie in einer Nacht- und Nebelaktion aufbrachen. Warum hatte man ihm beigebracht mit Waffen umzugehen, wenn er sie nicht nutzen würde? Das Einzige, was er tat, war, defekte Flugzeuge an Bord eines Flugzeugträgers zu reparieren, der im Persischen Golf kreuzte. Die SEALs hingegen brachen wie Superhelden auf, kamen erfolgreich zurück und wurden von allen gefeiert. Er war der Meinung, dass er es schaffen würde, sich den Frogmen anzuschließen.

Die gesamten Monate war seine größte Angst nicht die, von einer Kugel getroffen zu werden, sondern die, dass Eva nicht da wäre, wenn er zurückkam. Aber diese Angst stellte sich als unbegründet heraus. Eva war eine von vielen Frauen, die seine Truppe bei ihrer Rückkehr in Empfang nahmen.

Jedes Mal aufs Neue genoss er das Wiedersehen. Im Laufe von zwei Jahren bestritt er insgesamt drei Auslandseinsätze, ehe er seinen Mut zusammennahm und die Ausbildung bei den SEALs begann.

# 2.

Das Scheppern der Bartür riss ihn aus seinen Gedanken und sein Blick fiel auf das inzwischen leere Bierglas in seinen Händen. Dann bemerkte er zwei Männer in Uniform, die die Bar betraten. Die Art, wie sie schweigend auf den Tresen zugingen, ließ Taylor erschaudern. Die dunkelblauen Galauniformen mit unzähligen Auszeichnungen saßen perfekt an den beiden Männern. Ihre stur auf den Tresen gerichteten Blicke sprachen Bände.

Taylor wusste, wo sie herkamen, und auch Pablo schien zu ahnen, was sie getan hatten, ehe sie hierher gekommen waren. Pablo schenkte, ohne nachzufragen, einen doppelten Whiskey in zwei Gläser und reichte sie an die Soldaten weiter. Der Barkeeper kam wieder auf Taylor zu, nahm zwei weitere Gläser und füllte auch diese mit dem goldbraunen Getränk. Taylors Herz zog sich schmerzhaft zusammen.

Verflucht!

Wie viel Whiskey würde noch nötig sein, um dieses Gefühl zu vergessen? War es überhaupt möglich, Trauer in Alkohol zu ertränken?

Nein, er schüttelte den Kopf.

Es war einfach nicht möglich, diesen Schmerz zu vergessen.

Es war nicht möglich, das Erlebte zu vergessen.

Es war nicht möglich, das Gesagte zurückzunehmen.

Erst recht war es nicht machbar, das, was er getan hatte, rückgängig zu machen. Da konnte sein Arzt noch so oft davon sprechen, wie es ihm gelingen könnte, damit zu leben.

»Semper fi, Andy.« Es war eine tiefe Stimme, die fest die Worte der SEALs aussprach, die schon lange nicht mehr nur den SEALs gehörten. Es war ein gängiger letzter Gruß.

»Semper fi.« Taylor schluckte und prostete den Soldaten zu. Diese Worte gingen von Mal zu Mal schwerer über seine Lippen.

Immer treu.

Wie sollte er einem Mann gegenüber treu sein, der sich für ihn geopfert hatte? Einem Mann, der nicht mehr lebte, aber Vater geworden war? Das Wissen, dass es ein kleines Kind gab, das seinen Vater nicht kennenlernen würde, nagte an ihm.

Der Whiskey brannte in seinem Hals und begann langsam, ihn von innen zu wärmen. Der ältere der beiden Soldaten sah zu ihm herüber.

»Army?«

»Nein.« Taylor hatte keine Lust zu reden. Er wollte nichts über den Verstorbenen wissen.

»Er ist ein SEAL«, platzte es aus Pablo heraus, der einen neuen Whiskey für die Männer eingoss.

»Pablo«, fuhr Taylor den Barkeeper an.

Konnte man niemandem etwas im Vertrauen erzählen? Musste alle Welt immer mit allem hausieren gehen?

»Sorry.« Wie immer, wenn er etwas Unüberlegtes getan hatte, wandte Pablo sich den Gläsern zu und begann, sie zu polieren.

»SEAL?« Der Mann Ende vierzig kam auf ihn zu.

»Außer Dienst im Augenblick«, knurrte Taylor gereizt, auch wenn er wusste, dass der Fremde vor ihm nichts von dem wusste, was ihm passiert war. Nur wenige wussten es und noch weniger wussten von dem, was danach geschehen war.

Der Soldat nickte ihm knapp zu, bestellte ein Bier für Taylor und ging wieder zurück zu seinem Kollegen, der betrübt den Kopf hängen ließ, als er das leere Glas zurückstellte.

Taylor murmelte ein »Danke«, wusste aber nicht, ob das Wort seine Kameraden erreichte.

Die Zeit des Basic Underwater Demolition Trainings, welches kurz nur als BUD bezeichnet wurde, war für ihn und Eva die Hölle und die Erlösung daraus war die Höllenwoche. Mit jedem Tag dieser Woche kam Taylor dem Wiedersehen mit Eva ein Stück näher. Dieses Wissen und das, dass er den schlimmsten Teil seiner Ausbildung hinter sich gebracht hatte, sorgte dafür, dass die Höllenwoche lange nicht so grausam wurde, wie er es sich vorgestellt hatte.

Auch wenn sie beide das Gefühl kannten, getrennt zu sein, so war die Zeit der Ausbildung beim BUD etwas völlig anderes.

Bei den Auslandseinsätzen trennten sie tausende Kilometer, während der Ausbildung nur wenige Autominuten und ein tyrannischer Ausbilder. Der Gedanke, alles hinzuwerfen und zu flüchten, war nicht nur einmal in Taylors Gedanken aufgetaucht.

Der Druck, den die Ausbilder aufbauten, war unerträglich für sein damals noch dünnes Nervenkostüm. Er war einer derer, die viel zu schnell den Kopf einzogen und alles ertrugen. Den Tag, als einer seiner Chiefs auf ihn zukam, würde er wohl nie vergessen. Der Mann trug immer, selbst bei Nacht, eine Sonnenbrille, aber an diesem Tag nahm er sie ab, um Taylor in einer der wenigen kurzen Pausen direkt in die Augen zu sehen.

»Harson, du bist eine gottverdammte Heulsuse. Reiß dich am Riemen und stell dich deinen Aufgaben. Warum zum Teufel seh ich dich immer ganz hinten? Du gehörst nach ganz vorne. Das hier kannst du mit links packen, Harson, mit links, hörst du? Nimm deinen verfickten Arsch in die Hand und hör auf, den Kopf in den Sand zu stecken. Die Jungs in der Sniper School warten schon auf dich. Du bist kein Loser. Aber wenn du so weitermachst, fliegst du und polierst den Rest deines Lebens Flugzeuge.«

Diese Worte brannten sich in seine Erinnerung und waren auch Jahre später oft wieder der Grund, warum er nicht aufgab. Nur mit jedem Mal, in dem er sich diese Worte in Erinnerung rief, verblassten sie mehr und verloren den eindringlichen Ton, bis sie nur noch Worte ohne Bedeutung waren.

Nach dieser ersten Ansprache wurde es zwar nicht leichter, aber für Taylor war es einfacher zu ertragen. Es blieb dabei, dass er die kalte Dusche hasste, wenn sie sandbedeckt vom Strand kamen. Er hasste den Sand, der bis in die letzte Hautfalte kroch und die Haut dort wund scheuerte. Er hasste die schlaflosen Nächte und das eiskalte Wasser der Bay. Mit der Zeit wurde der Hass zu Ignoranz und vielleicht war es das, was die Ausbilder erreichen wollten. Er begann, das kalte Wasser der Bay, die brennenden, wundgescheuerten Hautpartien und die ständig schmerzenden Muskeln zu ignorieren. Mit jedem Tag ging er mehr über seine Grenzen hinaus und bemerkte es nicht mehr, da es ihm egal war.

Er begann aber auch etwas anderes zu ignorieren. Er ignorierte seine Kollegen, begann Schlägereien in der wenigen Freizeit und wäre so um ein Haar beinah aus dem BUD geflogen. Nicht weil er zu schwach war, sondern weil er plötzlich Probleme mit seiner Teamfähigkeit hatte. Was interessierten ihn andere? Die einzige Person, die ihn wirklich interessierte, war Eva.

Nur die Stärksten beendeten neben ihm die Höllenwoche. Mit dieser Woche endere für ihn auch die Zeit ohne die Frau, die immer noch wie ein Engel auf ihn wirkte. Auch wenn sie mit ihren Locken vielleicht der einzige Engel mit braunen Haaren war. Ihre bernsteinfarbenen Augen leuchteten an manchen Tagen in einem hellbraun und verzauberten ihn immer wieder aufs Neue.

Sein Wiedersehen mit Evangeline nach der härtesten Woche seines Lebens verlief im ersten Moment verhalten. Sie wollte ihm klar machen, dass er mitgenommen aussah, was er vehement abstritt. Er war ein SEAL, SEALs konnte man nicht ansehen, dass sie gelitten hatten. Zumindest dachte er das. Diese Diskussion entwickelte sich zum ersten Streit ihrer Beziehung. Und das bereits nach fünf Minuten des Wiedersehens. Nur Sekunden, nachdem er sie wild herumgewirbelt hatte und ihren Geruch in sich aufgesogen hatte, sprach sie Worte aus, die ihn wie ein Stich in die Brust trafen.

»Du hast dich verändert. Wo ist der Mann mit der sensiblen Seite hin, Taylor?« Sie machte einen Schritt zurück, was fast noch mehr schmerzte als ihre Worte.

»Der steht vor dir«, gab er leicht irritiert zurück. Er war immer noch derselbe - oder nicht?

»Warum empfinde ich dann keine Wärme mehr, wenn ich in deinen Armen liege?«

Es war das erste Mal, dass er Tränen in ihren Augen sah. Dieses Gefühl war so elementar, dass er sich schwor, ihr nie wieder einen Grund dafür zu geben zu weinen. Nie wieder wollte er sie so verletzen, dass sie weinte.

»Honey.« Er spürte wie die Fassade, die er in den letzten Wochen errichtet hatte, unter ihren Tränen zu bröckeln begann. Er zog sie an sich und musste seine eigenen Tränen zurückkämpfen, als ihre sein Shirt tränkten. Da gelang es den Tränen einer Frau, einen SEAL dazu zu bringen, dass er weinte.

Ihm wurde klar, dass er in Zukunft auf zwei Seiten leben würde. Auf der einen konnte er bleiben, wer er war und konnte Eva der Mann sein, in den sie sich verliebt hatte. Auf der anderen musste er sich verstellen, um von seinen Kollegen akzeptiert zu werden.

»Taylor, ich liebe dich und will nicht, dass du unglücklich wirst. Verbieg dich doch nicht.« Mit dem Finger pochte sie auf seine Brust.

Er holte tief Luft, wollte ihr an den Kopf werfen, dass die ganze Schinderei nicht umsonst gewesen sein sollte, doch dann schluckte er seinen Ärger hinunter. Die Zeit mit ihr war einfach zu kurz, um sie mit Streitereien zu verbringen. Er hatte noch Monate vor sich, bis er endgültig zu den SEALs gehörte und in dieser Zeit würde er sie viel zu selten sehen.

Taylor schüttelte den Kopf, er legte seine Hände an ihr Gesicht und schloss für einen Moment die Augen. Das Gefühl ihrer warmen, zarten Haut an seinen Händen holte ihn endgültig zurück in die Welt, in der er vor den SEALs gelebt hatte. Er konnte ihren rosa schimmernden Lippen nicht widerstehen. Verhalten legte er seine Lippen auf ihre, vergrub seine Finger in ihren Haaren. Der Kuss wurde schnell intensiver. Eva war es, die mit ihrer Zunge Einlass forderte. Er ließ es zu und genoss den Moment, in dem sie es war, die das Tempo bestimmte.

Sie war für ihn ein Punkt der Ruhe. In ihrer Gegenwart war die Welt in Ordnung. Ihre Hände glitten beruhigend über seinen Rücken und er ließ sich einen Moment in das Gefühl der Geborgenheit fallen, das sie ihm gab. Viel zu schnell lösten sich ihre Lippen wieder und auch ihre Hände verschwanden von seinem Rücken. Mit ihren Daumen strich sie durch seinen Bart.

»Du musst dich dringend rasieren, Bigfoot.« Noch einmal legte sie ihre Lippen für einen kurzen Kuss auf seine. »Sonst wird das mit dem Kuscheln nichts«, hauchte sie ihm zu.

»Wir könnten das Vorspiel weglassen.« Er zog sie mit einem gespielten Schmollmund enger an sich.

»Nein, nein.« Mit einem frechen Grinsen im Gesicht legte sie ihre Hände auf seine Brust und versuchte, ihn von sich zu schieben. »Erst will ich meinen Taylor wiederhaben, den ich am Sandkasten zum Spielen abgegeben habe.« Ein neckisches Funkeln lag in ihren Augen.

»Hast du gerade Sandkasten gesagt?« Mit gespieltem Entsetzen sah er sie an.

»Na, vielleicht war es ja auch der Spielplatz.«

Er hielt sie fest, als sie versuchte, sich zu befreien.

»So, Spielplatz?« Er warf einen Blick über seine Schulter, um sicher zu sein, dass niemand außer ihnen auf dem kleinen Parkplatz war. Langsam glitt er mit seiner Hand unter ihr Shirt und umfasste kurz ihre Brust. »Wie wäre es mit Spielwiese?«

# 3.

»Hey, Taylor, die Jungs geben noch einen aus.« Pablo riss ihn aus seinen Gedanken, die ihn in ein weiches Kissen gehüllt hatten. Seine Hand bewegte sich träge auf den goldbraunen Whiskey zu, den der Barmann ihm bereits eingeschenkt hatte. Mit einem knappen Nicken bedankte er sich bei den beiden Männern, die ihm zuprosteten. »Semper fi.«

Taylor konnte nur nicken. Er brachte die Worte einfach nicht über die Lippen. Plötzlich war da eine Blockade, die, wie ein riesiger Abgrund, unüberwindbar wirkte. Schwer schluckend beobachtete er, wie die beiden ihre Gläser in einem Zug leerten, ehe er seines ebenfalls austrank.

Der Whiskey tat gut. Er war anders als an anderen Tagen. Er vernebelte seinen Kopf viel schneller als sonst. Der ständige, seltsame Druck, der seit Monaten schwer auf ihm lastete, ohne dass er herausbekommen konnte, warum, ließ nach. Mit geschlossenen Augen atmete er durch. Ja, es veränderte sich irgendetwas.

Als er die Augen wieder öffnete, sah er, wie Pablo den beiden Soldaten die Gläser abnahm. Der Barkeeper schlug das Geld aus, das sie ihm geben wollten, und erklärte, dass die Getränke aufs Haus gingen. Taylor wusste, dass Pablo selbst nie gedient hatte. Für ihn war es seine Aufgabe, die Männer zu stützen, die zurückkamen und Hilfe benötigten. Pablo sah sich als Psychologe in einer Bar. Er bot ein offenes Ohr und den Alkohol, den einige benötigten, um endlich das aussprechen zu können, was sie belastete. Alkohol war keine Lösung, das wusste Taylor. Auch Pablo wusste es. Nur manchmal half er dann doch. Er selbst hatte es in letzter Zeit immer wieder beobachtet. Entweder torkelten die Männer sturzbetrunken aus der Bar, fingen Schlägereien an, oder sie brachen mental zusammen und kamen einen Tag später mit geklärten Gedanken wieder. Nur warum funktionierte das bei ihm nicht? Das Einzige, was geschah, war, dass er von Tag zu Tag mehr benötigte, um sich wohlzufühlen. Hatte Eva recht? War er auf dem Weg zum Alkoholiker?

»Kanntest du den, auf den sie angestoßen haben?« Der Barmann riss Taylor erneut aus seinen Gedanken, als er wieder vor ihm auftauchte.

»Nein.«

»Hm, ich habe in letzter Zeit nichts von einem Gefallenen gehört oder gelesen.« Neugierig lagen die Augen des braungebrannten Mannes auf ihm.

»Du sollst ja auch nicht alles wissen. Vielleicht war es etwas Geheimes«, nuschelte Taylor, den Blick auf die Flaschen an der Wand hinter Pablo gerichtet. Musste dieser Mann immer solche Fragen stellen?

»Man kann ja mal fragen.« Pablo mixte sich einen Gin Tonic mit deutlich mehr Gin als Tonic. »Dachte immer, dass über unsere Helden spätestens dann berichtet wird, wenn sie in Ausübung ihrer Pflicht umgekommen sind«, flüsterte er nachdenklich, während er an seinem Glas nippte.

»Vielleicht können sie noch nichts sagen, weil die Operation noch nicht beendet ist oder die Angehörigen möchten es nicht«, murrte Taylor erklärend. Er wollte nicht, dass die Armee in ein schlechtes Licht gerückt wurde oder irgendwelche Spekulationen über die Vertuschung von Gefallenen stattfanden.

»Hast du Familie? Kinder?« Pablos Frage bohrte sich wie ein glühendes Messer in sein Herz.

»Ja«, stieß er heißer hervor und etwas nahm ihm die Luft zum Atmen. Ein tonnenschweres Gewicht legte sich auf ihn und mit jedem einzelnen Gedanken an Eva und die Jungs vervielfachte sich der Druck auf seiner Brust.

»Ich hab es geschafft, Honey. Ich hab es wirklich geschafft.« Seine Freude kannte keine Grenzen mehr und er konnte nicht anders als Eva anzurufen, auch wenn er in weniger als dreißig Minuten bei ihr sein könnte. Er musste es ihr einfach sagen. Sie sollte als erste erfahren, dass man ihm vor einer knappen Stunde seinen Budweiser überreicht hatte und er nun offiziell ein SEAL war. Ein echter Frogman.

»Wow, ich bin stolz auf dich, Teddy.«

Die sanfte Stimme am anderen Ende ließ ihn die Augen schließen, auch wenn er es immer noch nicht leiden konnte, dass sie ihn, seit er sich einen Bart wachsen ließ, Teddy nannte.

»Kommst du heim?«

Er konnte die Sehnsucht in ihrer Stimme hören und doch musste sie noch etwas warten, bis sie ihn sehen konnte.

»Ganz bald, ja? Ich muss nur noch was erledigen, dann komme ich heim.« Er warf einen Blick auf seine Uhr. »In eineinhalb Stunden bin ich da.« Auch er sehnte sich danach, sie wiederzusehen und in dic Arme zu schließen. Aber heute verfolgte er noch einen anderen wichtigen Plan. Ihre Enttäuschung schwang durch die Leitung, als sie sich von ihm verabschiedete und auflegte.

»Hey, Harson, kommst du mit? Wir wollen noch auf unsere Budweiser anstoßen.«

Taylor hatte sich noch keine zehn Meter vom Telefon entfernt, welches an der Wand hing und in Zeiten der Mobiltelefone wie ein Relikt aus vergangenen Tagen wirkte, als ein rothaariger Mann neben ihm auftauchte. Randy Scanlon, ein Mann von einssiebzig und mit schmaler Statur, schlug ihm hart auf die Schulter. Es war klar, dass die Männer ihren Erfolg feiern wollten, doch Taylor verfolgte ein anderes Ziel.

»Nein, sorry, Scanlon, ich habe noch was anderes vor.« Es gelang Taylor anscheinend nicht, seine Vorfreude zu verbergen, da sich der rechte Mundwinkel seines Kollegen zu einem Grinsen hob.

»Uh, habt ihr gehört? Harson hat noch was vor.« Der Mann aus Illinois wiederholte seine Worte so laut, dass auch die anderen ihn hörten, die nur wenige Meter von der großen Tür entfernt waren, die hinaus auf den großen betonierten Trainingsplatz führte. Als die anderen Männer ihn skeptisch fragend ansahen, befürchtete er bereits, dass ihm die Röte in die Wangen geschossen sei.

»Genau, Harson muss seine Alte flachlegen.«

Taylor konnte die Stimme nicht zuordnen, die irgendwo aus der Nähe der Tür kam, aber es war ihm auch erstaunlich egal, wer seiner Kollegen ihn gerade provozieren wollte. Allerdings kannte er die raue Stimme, die nur Sekunden danach sprach.

»Genau, schnell heiraten, ficken, der Alten nen Braten in die Röhre schieben und dann im ersten Einsatz fallen, weil man nur die Frau im Kopf hat.« Jake Garret, ein Mann des SEAL Team 10, der bereits viele Einsätze hinter sich hatte, kam aus dem Gang auf ihn zu, aus dem er vor einigen Minuten gekommen war.

»Hey, Garret, genau in der Reihenfolge hatte ich das vor, nur dass ich das mit dem Fallen ausfallen lasse. Ich habe meine Gedanken so weit zusammen, dass mir das nicht passiert.« Für den letzten Satz hätte er sich ohrfeigen können, wobei er sich sicher war, dass es so sein würde. Zwar vermisste er Eva, aber dieses

Gefühl würde nie sein Handeln beeinflussen. Jake, der schon fast an ihm vorbei war, wirbelte herum.

»Harson.« Etwas Bedrohliches lag in der Stimme des Mannes, der ihn mit seinen blauen Augen fixierte und mit großen Schritten auf ihn zukam. Die Hand des erfahrenen SEALs legte sich wie ein Schraubstock auf Taylors Schulter. Randy, der eben noch dicht neben ihm gestanden hatte, machte schweigend mehrere Schritte zurück und Taylor war klar, dass er eben etwas sehr Dummes gesagt hatte. Das Funkeln in den Augen von Jake Garret machte ihm Angst. Ruppig schob Jake Taylor in einen Raum, in dem sonst Lehrgänge abgehalten wurden. Die Tür flog krachend hinter ihnen ins Schloss.

Sie waren alleine.

»Was soll der Scheiß, Garret?« Taylor wandte sich aus Jakes festem Griff heraus und baute sich vor ihm auf. Ob es allerdings eine gute Idee war, einen Mann wie Garret zu provozieren, wusste er nicht.

»Pass auf, Greenhorn.« Jake trat dicht an ihn heran. Taylor hatte in den letzten Monaten gelernt, nicht zurückzuweichen, aber nun den heißen Atem von einem SEAL wie Garret auf der Haut zu spüren, ließ ihn das Gelernte fast vergessen. »Glaubst du den Scheiß wirklich, den du da eben von dir gegeben hast?«

»Ehm ...« Taylor stockte, er wusste, dass es falsch gewesen war zu behaupten, dass er sich nicht durch Gedanken an seine Liebste ablenken lassen würde. Jeder hatte irgendwann einen schwachen Moment.

»Mehr hast du nicht zu sagen? Ist dir klar, dass vor zwei Wochen gerade zwei Männer aus meinem Team umgekommen sind, weil sie ein Greenhorn wie dich retten wollten? Der Idiot wollte unbedingt das Bild seiner Frau aus dem Lager holen, das unter Beschuss stand. Der Kleine hat unverletzt überlebt, aber die anderen beiden sind gefallen. Die hatten so viele Kugeln im Kopf, dass man sie nur anhand ihrer Marken identifizieren konnte.« Das drohende Brummen des Mannes vor ihm jagte Taylor einen Schauer über den Rücken. Der Mann strahlte mehr Autorität aus als, alle seine Ausbilder zusammen. »Harson, vergiss nie, dass auch du sterblich bist, auch wenn die Chiefs dir was anderes eingeprügelt haben. Bring nie deine Kollegen in Gefahr, weil du meinst, dass du was retten musst, das man ersetzen kann. Wenn dir erst dein eigenes Blut oder das von Kollegen durch die Finger sifft, wirst du wissen, dass Krieg keine Gewinner kennt und vor allem, dass auch du sterblich bist. Denk an die, die vor dir gestorben sind, Harson.« Jakes Hand deutete auf Bilder in schwarzen Rahmen, die neben der weißen Tafel an der Wand hingen. Noch ehe Taylor etwas erwidern konnte, verschwand der SEAL aus dem Raum und ließ ihn mit tausenden Gedanken alleine zurück.

Taylors Blick lag auf den Bildern. Er ging zu den Porträts der Männer, die ihr Leben im Einsatz verloren hatten. Noch nie hatte er sich die Gesichter genauer angeschaut. Plötzlich fragte er sich, wer die Männer waren. Auf kleinen goldenen Schildern standen zwar Namen, Daten und der Ort, an dem sie umgekommen waren, aber nicht, ob sie vielleicht Frau und Kinder hinterließen oder wie und wo sie gelebt hatten. Plötzlich waren es nicht nur Gesichter, die ihm von den Bildern entgegensahen. Es waren Menschen, Leben mit Geschichten und Familien. Jemen, Irak, Afghanistan, Sudan, Mexiko – die Orte, an denen sie gefallen waren, prangten auf den Metalltafeln und ihm wurde klar, warum es den SEALs wichtig war, auch die Toten zurückzubringen. Selbst wenn man im Tode nicht mehr mitbekam, wo man sich befand, so wollte auch er nicht in einem Land beerdigt werden, in dem er fremd war.

Minutenlang betrachtete er die Bilder, ehe er die leicht stickige Luft einsog und den Raum verließ. Auf dem Flur war niemand mehr zu sehen und ein Blick auf seine Uhr ließ ihn seine Schritte beschleunigen. Er hatte ein Versprechen abgegeben, und wenn er es einhalten wollte, musste er sich nun beeilen, auch wenn seine Gedanken noch in Bewegung waren.

Er wollte zu Eva. Sie wartete und es gab etwas, das er dringend erledigen musste, ehe er zu ihr fuhr. Mit großen Schritten eilte auf den Parkplatz zu seinem alten Ford Mustang. Wieder wanderte sein Blick auf die Uhr. Er war eine halbe Stunde zu spät und in einem Stoßgebet bat er Gott darum, dass sein Wagen anspringen würde und er nicht einen seiner Kollegen um Starthilfe bitten musste. Entweder meinte Gott es gut mit ihm oder sein Wagen wusste, wie viel ihm daran lag, pünktlich bei Eva zu sein. Er sprang das erste Mal seit Wochen ohne Probleme an. Vielleicht sollte er öfter beten?

Zwanzig Minuten später betrat er ein Juweliergeschäft. In den Auslagen glänzte teurer Schmuck, aber Taylor wusste bereits, was er wollte, so ließ er sich nicht von der großen Auswahl ablenken.

»Mister Harson, ich hab schon befürchtet, Sie hätten es sich anders überlegt.« Eine Frau Mitte fünfzig kam mit einem warmen Lächeln auf ihn zu und reichte ihm die Hand.

»Nein, Miss Ward, die Arbeit hat mich aufgehalten und nun bin ich verdammt spät dran.« Nervös biss er sich auf die Unterlippe und die Frau mit den goldenen Haaren nickte ihm lächelnd zu.

»Na, wenn das so ist, Mister Harson.« Die Frau eilte an einer Kundin vorbei, die ihr irritiert hinterhersah. »Ich will doch nicht die Schuld daran tragen, wenn der Antrag nicht stattfindet.«

Taylor folgte ihr bis zum Verkaufstresen, unter dem mehrere Ringe, Ketten und Uhren ausgestellt waren. Miss Ward hatte sich in den letzten Tagen sehr viel Zeit für ihn genommen, um mit ihm gemeinsam einen Ring für Eva auszusuchen. Selbst an dem Tag, als er fünf Minuten vor Ladenschluss hereingestürmt war, um ihr zu sagen, dass er sich endlich entschieden hatte, hatte sie ihm noch einen Kaffee angeboten.

»Wir haben den Diamanten eingearbeitet, inklusive einer großen Portion Glück für die Ehe.« Sie sah ihn an und stellte eine kleine rote Samtschatulle auf die Glasplatte. Mit einem Lächeln öffnete Miss Ward die Schatulle, um Taylor den Ring zu zeigen. Der Titanring für Eva trug in der Mitte einen kleinen Diamanten, der Taylors Budget fast gesprengt hätte.

»Ich hoffe, er ist zu Ihrer Zufriedenheit, Mister Harson.«

»Er ist toll geworden, Miss Ward, vielen Dank für Ihre Zeit und Arbeit.« Er nickte der Frau zu und spürte den wütenden Blick der anderen Kundin auf sich. Wahrscheinlich war Miss Ward gerade dabei gewesen, die Dame zu beraten, als er in den Laden gekommen war.

»Da Sie bereits gezahlt haben, bleibt mir nun nur noch, Ihnen viel Glück zu wünschen, Mister Harson.«

Taylor war froh, dass die Verkäuferin ihn nicht länger aufhielt. Vorsichtig schob er die kleine Box in seine Hosentasche, nickte der anderen Frau kurz zu, die sich schnaubend von ihm abwandte und eilte aus der Tür. Noch während er den Schlüssel in das Türschloss seines dunkelgrünen Mustangs steckte, schickte er ein weiteres Stoßgebet gen Himmel, damit der Wagen auch ein zweites Mal am heutigen Tag ohne Murren ansprang. Wieder waren ihm entweder Gott oder der Wagen wohlgesonnen und er musste sich zwingen, die Geschwindigkeitsbegrenzungen einzuhalten.

Nach fünfzehn Minuten Autofahrt, in denen er nervös mit den Daumen auf dem Lenkrad getrommelt hatte, bog er auf die kleine Einfahrt des Hauses, in dem er seit einigen Jahren mit Evangeline lebte. An der Straße parkte ein roter Sportwagen, der viel zu früh dran war, und er konnte nur hoffen, dass die Besitzerin des Wagens nichts von seinem Vorhaben an Eva weitergetragen hatte.

Eva öffnete die Tür und blieb mit vor der Brust verschränkten Armen auf der Türschwelle stehen.

»Wo warst du so lange?« Ein kaum hörbarer Vorwurf schwang in ihrer Stimme mit und in ihm wuchs die Befürchtung, dass die Dame, zu der der rote Wagen an der Straße gehörte, mehr als nur Smalltalk gehalten hatte. »Die Maklerin ist hier und sagt, sie muss was mit uns besprechen und sie hätte einen Termin. Wann hast du einen Termin mit ihr vereinbart?« Nun wurden die Vorwürfe hörbar.

»Ja, ich habe sie herbestellt, aber sie ist eine Stunde zu früh. Es tut mir leid, Schatz, ich wurde auf dem Weg aus der Base aufgehalten.« Taylor zog seine Geliebte in die Arme, als er die Haustür erreicht hatte. So sehr hatte er diesen Moment herbeigesehnt. Gierig inhalierte er ihren Duft. Sie trug das Parfüm, welches er ihr vor einigen Monaten geschenkt hatte und ihre Haare dufteten wunderbar fruchtig.

»Was will sie hier?« Eva löste sich aus seiner Umarmung und sah ihn mit ihren bernsteinfarbenen Augen an.

»Das wollte ich dir eigentlich später erzählen.« Sein Blick wanderte über ihre Schulter in das Haus, in dem sie zur Miete wohnten. Er hatte alles, was er tun wollte, bis ins letzte Detail geplant, aber damit, dass die Maklerin früher erscheinen würde, hatte er nicht gerechnet. »Wo ist sie?« Taylor wandte seine Aufmerksamkeit wieder Eva zu.

»In der Küche. Warum?« Argwohn schwang in Evas Stimme mit, und ihm wurde klar, dass er nun schnell etwas tun musste, um die schlanke Frau vor sich zu beruhigen. Er hatte so sehr auf einen perfekten Moment gehofft, dass er nicht mit einem Moment wie diesem gerechnet hatte, der alles andere als perfekt war.

»Honey, du hast doch immer gesagt, dass dieses Haus perfekt ist. Unsere Arbeitsstellen sind nur einen Katzensprung entfernt und auch Kindergärten, Schulen und Freizeitangebote gibt es mehr als ausreichend in nächster Nähe.« Er holte Luft.

»Ja, hab ich, sag jetzt bitte nicht, dass der Besitzer verkaufen will.«

Mit traurigen Augen sah sie ihn an und er meinte, eine Träne in ihren Augen glitzern zu sehen. Dass sie dieses Haus so sehr liebte, hatte er nicht gedacht.

»Doch, Honey, das will er.« Taylor schluckte, als er sah, wie eine Träne über Evas Wange rollte. »Hey, nicht weinen, Honey. Du musst auch nicht alleine das Wohnzimmer ausräumen, wenn wir die grausige Wand endlich streichen werden.« Er bemühte sich, einen ernsten Gesichtsausdruck zu machen, und beobachtete, wie seine Worte langsam Evas Verstand erreichten. Sie planten bereits sehr lange, die braune Wand im Wohnzimmer zu verändern, aber bisher hatten sie es vor sich hergeschoben.

»Nein, nein, das hast du nicht. Ich bin doch noch nicht mit meinem Studium fertig, das können wir uns doch nicht leisten.« Fassungslos starrte sie ihn an.

»Pscht, pscht. Es ist alles geregelt.« Taylor legte seine Lippen sanft auf ihre und der Geschmack ihrer salzigen Tränen legte sich auf seine Zunge. »Eva, das da hinter dir ist jetzt unser Haus. Eigentlich hatte ich einen ganz genauen Plan, wie ich es dir sagen wollte, aber da Miss Smith zu früh hier ist ...« Er stockte. Jetzt war keine Zeit für eine lange Erklärung. Einen kleinen Moment schloss er die Augen und sortierte seine Gedanken um seinen Plan zu vollenden. »Also, die ganze Sache hat nur einen Haken.«

Verblüfft legte Eva den Kopf zur Seite und musterte ihn. »Der da wäre?«

»Also … ich möchte nur mit dir zusammen hier wohnen, wenn du meine Frau werden willst.« Bei den letzten Worten sank er vor ihr auf die Knie und sah sie flehend an, in der Hoffnung, dass sie ihm jetzt keinen Korb geben würde. »Evangeline, möchtest du mich heiraten?« Mit zitternden Fingern zog Taylor die kleine Schatulle aus seiner Hosentasche und schaffte es trotz seiner Nervosität, sie aufklappen zu lassen

»Ja, ja, ich will.« Erstaunt sah sie ihn an.

Bei ihren Worten machte sein Herz einen Satz. Er sprang auf, schlang seine Arme um sie und wirbelte sie herum. Auf diesen Moment hatte er Monate hingearbeitet. Nie hatte er vor etwas größere Angst gehabt, als vor der Antwort auf seine Frage.

# 4.

»Noch einen?« Pablo riss Taylor aus seinen Gedanken. Nur langsam verschwand das Gefühl der Wärme und Geborgenheit, das ihn in seinen Erinnerungen eingeholt hatte. Das Gefühl des frisch verliebt Seins, das der großen Liebe. Das Gefühl, etwas Fantastisches geschafft zu haben, verflog und ließ eine große Leere zurück.

»Ja.« Er nickte dem Barmann zu, der klirrend Eiswürfel in sein Glas fallen ließ. Mit ruhiger Hand griff Pablo die bauchige Flasche und füllte Taylors Glas auf.

»Du siehst heute schlecht aus, Taylor.« Mit diesen Worten wandte der Barkeeper sich wieder ab und bediente einen bärtigen Mann Mitte siebzig. Der Mann sah müde und abgeschlagen aus und wirkte wenig begeistert, als eine Gruppe junger Männer die Bar betrat. Es war früher Nachmittag und für grölende Mittzwanziger einfach noch ein wenig früh. Auch Taylor bemerkte, dass ihm der Lärm nicht gut tat. Sein Kopf schmerzte und er konnte fühlen, wie sein Puls sich beschleunigte. Warum wusste er nicht. Als ihm ein blonder Mann auffiel, der einen Schnuller um den Hals und auf dem Kopf eine Einwegwindel trug, wurde ihm klar, dass die Männer einen Junggesellenabschied feierten. Aber das war im Gegensatz zu seinem letzten Tag als Junggeselle harmlos. Er war mit einem blauen Auge und mit Edding aufgemalten Katzen auf der Brust vor den Traualtar getreten.

Der Eiswürfel in seinem Glas wurde kleiner und er erinnerte sich wieder an den Abend auf seiner Stube in der Coronado Base. Dieser Abend war bis heute einer der peinlichsten und schlimmsten in seinem Leben.

»Harson! Herkommen! Sofort!« Das Gebrüll seines Senior Chiefs ließ ihn von seinem Bett hochschrecken. Insgeheim hatte er die nächsten Stunden in Ruhe verbringen wollen. Ganz für sich. In den letzten Stunden, seit er vom Training zurückgekommen war, war er den morgigen Tag immer wieder in Gedanken durchgegangen. Er hatte tatsächlich Angst vor der Trauung.

»Harson!« Noch lauter hallte die Stimme des Chiefs über den Flur.

»Aye Sir.« Taylor rannte den Flur entlang und schlitterte in den Raum, aus dem das Gebrüll gekommen war.

»Harson, wenn ich sage sofort, was haben Sie dann zu tun?«, blaffte der einsachtzig große Mann ihn an.

»Sofort erscheinen, Sir!«, brüllte Taylor als Antwort mit hinter dem Rücken verschränkten Händen. Nur im Augenwinkel nahm er den Kreis aus Stühlen wahr, der in der großen Stube des Chiefs aufgebaut war. Jeder Stuhl war mit einem seiner Kollegen besetzt und Taylor ahnte, dass die Männer ihn bloßstellen würden. Nur den Grund wusste er noch nicht.

»Falsch!«, schrie der Chief.

Taylor bemerkte, wie ihn sechzehn Augenpaare amüsiert musterten.

»Bewegen Sie Ihren Arsch und holen Sie die Kiste Bier aus meinem Wagen, Harson!« Der Mann mit den stahlblauen Augen warf ihm einen Autoschlüssel zu, den Taylor zwar geschickt auffing, aber wohl doch einen Augenblick zu lange verwundert ansah.

»Los, was stehen Sie hier noch rum? Sie haben fünf Minuten! Go!« Der harte Ton seines Vorgesetzten blieb und hinderte Taylor daran zu widersprechen.

Fünf Minuten von der Tür bis zum Auto und zurück wären nur möglich, wenn der Chief seinen Wagen in den ersten Reihen, des Parkplatzes geparkt hätte und das, da war Taylor sich sicher, als er über den Flur rannte, hatte der Chief nicht. Das Rennen selbst war nicht anstrengend. Die meiste Zeit vergeudete Taylor damit den Wagen des Chiefs zu finden. Der Blick in den Kofferraum des SUVs offenbarte ihm neben dem Bier noch einen Karton mit sechs Flaschen bestem Whiskey. Nur eine Sekunde dachte er daran, dass er den Karton auch mitnehmen könnte, entschied sich dann aber dafür, den Auftrag des Chiefs so auszuführen, wie er ihn bekommen hatte. Und es war kein Wort über Whiskey gefallen, da war er sich sicher.

Als er wieder auf der Stube von Chief Garth ankam, wusste er, dass er länger als die geforderten fünf Minuten gebraucht hatte. Seine Kollegen grölten so laut, dass er den Chief kaum verstehen konnte, der mit großen Schritten auf ihn zukam.

»Hasenfuß, Harson, was hab ich gesagt?«

Schweigen trat ein und dutzende Augen lagen auf Taylor, als der Chief ihn anschrie. Er wusste nicht, was ihm bevorstand, aber er wusste, dass er seinen Auftrag nicht erfüllt hatte.

»Fünf Minuten, Sir«, gab er zurück und war bemüht, ruhig zu klingen. Er wollte sich nicht anmerken lassen, dass dieser Mann ihm Respekt einflößte.

»Und was hat der Chief noch gesagt?« Chester Walsh, ein Mann von nur einsfünfundsechzig, kam wutentbrannt auf Taylor zu.

»Ich hab gesagt, das Bier und den Whiskey in fünf Minuten und nicht in acht!«, fiel der Chief dem Executive Officer des Teams ins Wort. »Auf den Boden, Harson! Sofort! Vierzig Liegestütze.« Auf den knappen Befehl des Chiefs hin war Walsh direkt neben ihm.

»Runter!«, brüllte der Mann ihm ins Ohr. »Sofort, verdammt!«

Taylor sah die Faust seines Chiefs nicht kommen, die ihn hart auf der Brust traf und ihm die Luft aus der Lunge trieb.

»Runter, du Affe!« Eine unglaubliche Aggressivität schwang in der Stimme seines Vorgesetzten mit und er wusste sich nicht anders zu helfen, als sich auf den Boden fallen zu lassen, wo er sofort den Fuß des Executive Officers im Rücken spürte, der ihn mit aller Kraft zu Boden drücken wollte.

Ohrenbetäubendes Gegröle setzte ein, als Taylor sich immer wieder vom Boden hochstemmte. Seine Kollegen zählten lauthals seine Strafe mit. Der Lärmpegel in dem kleinen Raum glich dem einer startenden F16, aber Taylor wollte nicht klein beigeben. Mit zusammengebissenen Zähnen stemmte er sich gegen den Fuß von Walsh, der versuchte, den Druck auf Taylors Rücken konstant zu halten. Nach vierzig Liegestützen, mit dem gefühlten Gewicht eines Trucks auf dem Rücken, sprang Taylor mit zitternden Gliedern wieder auf, auch wenn er sich lieber auf dem kalten, grauen PVC-Boden hätte fallen lassen wollen.

»Beweg dich, verdammt! Fünf Minuten, keine Sekunde länger!«, brüllte Chief Garth ihn erneut an. So schnell seine immer noch weichen Knie es zuließen, rannte er mit dem Wissen, dass es ihm auch dieses Mal nicht gelingen würde, wieder zum Wagen zurück.

Als er nach sieben Minuten mit brennender Lunge wieder vor dem Chief stand und ihm die Kiste überreichte, wurde er erneut angebrüllt.

»Was hab ich gesagt?«

»Fünf Minuten, Sir.« Taylor fiel es schwer, sich nicht anmerken zu lassen, dass er außer Atem war. Die Lautstärke in Raum stieg wieder an und Taylor hatte keine Ahnung, was ihn erwartete. Plötzlich sprangen zwei seiner Kollegen auf, rissen ihn auf einen Stuhl, den ein dritter in die Mitte des Sitzkreises gestellt hatte, und fesselten seine Hände mit Panzertape auf seinem Rücken. Taylors Herz raste, als sie auch noch seine Füße an die Stuhlbeine fesselten. Von solchen Aufnahmeritualen hatte er noch nichts gehört.

Die Männer begannen, ihm Fragen zu stellen. Bereits nach der zweiten war klar, dass er antworten konnte, was er wollte. Die Antworten wurden von sechzehn SEALs und seinem Chief für falsch erklärt und jede falsche Antwort hatte Folgen. Neben einem großen Schluck aus einer der Whiskeyflaschen gab es Schläge oder die Männer klebten ihm Panzertape auf seine behaarte Brust, um es dann wieder abzureißen. Schneller als ihm lieb war, war Taylor nicht mehr in der Lage zu denken, geschweige denn eine Antwort auf die Fragen zu geben. Auch wenn er bereits nach kurzer Zeit am liebsten ins Bett gefallen wäre, waren seine Kollegen noch lange nicht mit ihm fertig.

Das Problem dabei war, dass er am nächsten Morgen nicht einmal die Hälfte von dem wusste, was passiert war. Das Klingeln seines Weckers riss ihn aus seinem komatösen Zustand. Sein Kopf fühlte sich an wie ein Ballon, und der Blick auf die digitalen Zeichen ließ nichts Gutes erahnen. Es war neun und bereits in zwei Stunden wollte er sich mit seinem besten Freund und Trauzeugen treffen.

Nur langsam realisierte er, wo er sich befand. Er lag, nur mit Shorts bekleidet, auf der Pritsche seiner Stube und das Brüllen eines Mannes, den er im ersten Moment nicht gesehen hatte, ließ ihn hochschrecken. Es gab keine Stelle seines Körpers, die nicht schmerzte, als er den Corpseman seines Teams wütend ansah. Der Blick des dunkelhäutigen Mannes, der geräuschvoll seine Füße von dem kleinen Tisch nahm, an dem er saß, wanderte allerdings nicht in Taylors Augen, sondern auf seine Brust. Das breite strahlende Grinsen, veranlassten Taylor dazu, selbst zu schauen, was es zu sehen gab. Er blinzelte und konnte nicht fassen, was er da auf seiner Brust sah. Die gesamte Haut war dunkelrot, brannte wie Feuer, wenn man sie berührte und kein einziges Haar war mehr zu sehen. Neben dutzenden Blutergüssen entdeckte er dunkle Striche. Mit einem Stift hatte man ihm neben Hello Kitty auch Bonkers und Super Maus auf die Brust gemalt. Ungläubig wanderte sein Blick wieder zu seinem Kollegen, der sich erhoben hatte.

»Und, Harson, wie fandest du deinen Junggesellenabschied?« Wieder blitzten die strahlend weißen Zähne des Corpseman auf.

Taylor stieß den Atem aus und fuhr sich mit der Zunge über die Lippen. Der Geschmack in seinem Mund war mit dem Wort *»ekelhaft«* nicht mehr zu beschreiben.

»Na, hast ´ne Katze gefrühstückt?« Der Mann hatte einen selbstgefälligen Ausdruck auf den Lippen. »Im Übrigen, deine Zukünftige ist in eineinhalb Stunden an der Kapelle, du auch?«, grunzte der Corpseman amüsiert.

Lachte sein Kollege ihn gerade aus, als der die Stube verließ? Natürlich wurde die Tür geräuschvoll ins Schloss geworfen, was bei Taylor ein übles Dröhnen im Kopf hinterließ. Er benötigte geschlagene dreißig Minuten um Bett und Stube einigermaßen angemessen gekleidet und aufrechten Ganges zu verlassen. Er hätte viel früher aufstehen wollen, aber wahrscheinlich wäre ihm das nach einem Abend wie dem gestrigen nicht gelungen. Er musste nun auf schnellstem Wege nach Hause, seinen Anzug anziehen und dann zur Kapelle. Eva würde nicht bemerken, dass er spät dran war, da sie die Nacht bei einer Freundin verbracht hatte und sie sollte auch nichts davon merken, dass er in Zeitnot steckte. Was ihm widerfahren war, würde sie frühestens in der Hochzeitsnacht sehen.

Die gesamte Fahrt zu ihrem Haus hatte er nur drei Gedanken.

Der erste war der, dass er es rechtzeitig zu Trauung schaffen musste. Der zweite, wo er unbemerkt ranfahren konnte, um seinen rebellierenden Mageninhalt freizugeben, und der dritte war der, dass er nicht von einem Cop angehalten werden wollte. Denn dann würde die Hochzeit platzen, da er sicher den Blutalkoholgehalt eines Bräutigams NACH der Trauung hatte.

Mit quietschenden Reifen kam er dreißig Minuten vor der Trauung an ihrem gemeinsamen Haus an. Er rannte auf die Haustür zu, die sich wie von Geisterhand öffnete. Sein Trauzeuge stand in der Tür und funkelte ihn wütend an.

»Alter, wo warst du? Ich hab mir echt schon überlegt, wie ich Eva erkläre, warum du nicht kommst. Wie willst du in einer halben Stunde in der Kapelle sein? Wir brauchen fünfzehn Minuten, um dahin zu kommen.«

Taylor stürmte an Anthony vorbei, der ihm mit großen Schritten folgte, aber zum Glück vor der Badezimmertür haltmachte, die er seinem Schulfreund vor der Nase zuschlug. Er riss sich die nach Bier, Whiskey, Schweiß und Erbrochenen riechenden Sachen vom Leib und warf sie achtlos in die Ecke des Badezimmers.

»Halt die Klappe, dann schaff ich das!«, fuhr er Anthony durch die geschlossene Tür an.

Das Wasser war im ersten Moment eiskalt, was ihn nicht störte, aber als es wärmer wurde, verließ er fluchtartig die Duschkabine. Das Wasser brannte in Verbindung mit dem Duschgel wie eine ätzende Flüssigkeit auf seiner gereizten Haut. Mit zusammengebissenen Zähnen trat er vor den Spiegel und konnte das Werk seiner Kollegen das erste Mal im Ganzen betrachten. Was er sah, ließ ihn aufstöhnen. Nicht eine der Linien war verblasst, also hatten sie ganze Arbeit geleistet und einen wasserfesten Stift benutzt. Aber was sollte er von SEALs auch anderes erwarten. Nur wie sollte er Eva seine feuerrote Brust und die Zeichnungen darauf erklären?

Nur mit einem Handtuch bekleidet stürmte er an seinem Trauzeugen vorbei aus dem Bad ins Schlafzimmer.

»Alter, was ist das?« Mit großen Augen lehnte der Mann mit den braunen Haaren in der Tür und deutete auf seine Brust, als er das Handtuch gegen Shorts und Hemd eintauschte.

»Junggesellenabschied«, knurrte Taylor. Er zog sich die Hose seines schwarzen Anzugs an und sah kurz auf. Anthony schüttelte ungläubig den Kopf. »Ich erkläre es dir später.« Taylor begann, sein Hemd zuzuknöpfen. »Wie lange habe ich noch?«

»Sieben Minuten.«

Bei Anthonys Antwort atmete er kurz durch. Er würde es rechtzeitig schaffen und hatte vielleicht noch einige Minuten um sich zu überlegen, wie er Eva erklären konnte, was seine Kollegen getan hatten.

Fünf Minuten vor elf stieg er mit jagendem Puls aus dem weißen Ford Mustang, den sein Trauzeuge gemietet hatte. Er war sich nicht sicher, ob er es dem Restalkohol zu verdanken hatte oder ob es die Nervosität war, die seinen Herzschlag beschleunigte. Langsam ging er den weißen Weg auf die kleine Kapelle an der Granada Ave zu, die kaum als solche zu erkennen war. Das gelbe Gebäude mit den weißen Fenster und Dachüberständen stand mitten zwischen Wohnhäusern. Es war aber bei Paaren beliebt, die heimlich heirateten. Seine Hände schwitzten, als er den hellen Raum betrat, in dem bereits die Gäste auf ihn und Eva warteten. Sie drehten sich zu ihm um und sahen ihn mit großen Augen erwartungsvoll an. Taylor strich sich über die Brust und schüttelte den Kopf. Nein, sie konnten die Zeichnungen nicht sehen. Er trug ein weißes Hemd, darüber das schwarze Sakko und die schwarze Krawatte. Er hatte darauf bestanden, nicht in der Galauniform vor den Altar zu treten. Viele ihrer Freunde und Verwandten wussten nicht, was genau er bei der Navy tat und sie sollten es auch nicht erfahren.

Im Gegensatz zu ihm war Anthony vollkommen gelassen, als er neben ihn an den kleinen Altar trat. Er wandte sich Richtung Tür, als der Song eingespielt wurde, zu dem er das erste Mal mit Eva getanzt hatte. Vielleicht war genau das der Grund, warum sich so viele Paare hier das Ja-Wort gaben. Sie hatten ihre gesamte Zeremonie selbst geplant und es gab nichts, was man ihnen nicht möglich gemacht hätte.

Taylor stockte der Atmen, als Eva den Raum betrat. Sie trug ein Kleid aus einem cremefarbenen Satinstoff. Das Oberteil war mit kleinen, glitzernden Strasssteinen besetzt und der weite Rock war mit einer feinen Spitze versehen. Sie trug sogar einen langen Schleier, unter dem ihr Haar zu einem Dutt zusammengesteckt war.

Sie sah aus wie ein Engel.

Wie sein Engel.

# 5.

»Hey, Taylor, alles okay? Ist da was in der Rumflasche, das ich noch nicht kenne?« Wieder war es Pablos nervige Stimme, die ihn zurück in die Realität holte und so seine Erinnerungsblase platzen ließ.

»Nein«, murrte Taylor und bemerkte, dass er eine verstaubte Flasche anstarrte. Kopfschüttelnd löste er seinen Blick endgültig von dem Rum, der sicher älter war als er.

»Alles okay bei dir?« Nochmals stellte Pablo die Frage, die Taylor nicht beantworten konnte.

»Ja.«

War das die Wahrheit oder war es gelogen?

Er sah sich in der Bar um, um sich auf andere Gedanken zu bringen. Es war deutlich voller als zu dem Zeitpunkt, an dem er sich das letzte Mal bewusst umgeschaut hatte. Sein Blick blieb auf der Tür liegen, die sich erneut öffnete, als zwei Frauen eintraten. Warum hatte er nicht ein einziges Mal das Klingeln der Türglocke gehört, die über der Tür angebracht war? Klirrend fielen zwei Eiswürfel in sein leeres Glas und Pablo füllte es mit einem skeptischen Blick wieder auf.

»Du siehst nicht besonders gut aus«, nuschelte der Barkeeper kaum hörbar und Taylor war sich sicher, dass er diese Worte auch nicht hören sollte. Wütend funkelte er den Mann mit dem struppigen Bart an und erreichte genau das, was er erreichen wollte. Pablo wandte sich von ihm ab, zog das weiße Geschirrtuch von seiner Schulter und griff nach einem Glas, welches hinter ihm im Regal stand. Ohne Taylor ein weiteres Mal anzuschauen, stopfte er das Tuch in das Glas und begann es zu drehen. Taylor sah zur Holzdecke hinauf, wo kleine Lichtpunkte entlang tanzten, als sich das einfallende Licht im Whiskeyglas spiegelte. Wie gebannt starrte er die Lichtreflexionen an, die einen wirren Tanz vollführten.

»Sag mal, wie willst du so was treffen?« Randy rutschte vom Fernglas zurück und Taylor musste sich zusammenreißen, um ihn nicht anzubrüllen. Seit drei Wochen war er mit einigen anderen auf einer Trainingsmission und heute hatte der Chief sich zum Ziel gesetzt, sie alle zu nerven und ihnen anschließend klarzumachen, wie schlecht sie in dem waren, was sie taten. Ihr Vorgesetzter lief wie ein Tiger hinter ihnen auf und ab und beobachtete jeden ihrer Handgriffe aufs Genaueste.

»Halt die Klappe, Kobold«, raunte Taylor seinem Kollegen zu und nahm das künstlich errichtete Ziel ins Visier. Wieder blendete ihn ein helles Licht, so dass es eine Weile dauerte, bis er blinzelnd sein Ziel genau erkennen konnte. Warum hatte Chief Garth ausgerechnet Randy ins Team 10 geholt? Taylor war nun seit drei Jahren im Team und immer noch hatte er das Gefühl, dass er nicht vollkommen integriert war. Seine Kollegen gingen ihm immer noch aus dem Weg, und dass Randy nun sein Teampartner war, machte die Situation nicht besser.

»Was ist los, Hasenfuß?«, lachte der Mann mit den stahlblauen Augen, als er erneut begann, die Schützen mit einem alten Spiegel zu blenden. Garth hatte sich offensichtlich zum Ziel gesetzt, dass keiner der sechs Schützen sein Ziel treffen sollte. Aber Taylor war nicht gewillt, sich einer tanzenden Reflexion zu beugen. Er schloss die Augen, hielt das Gewehr auf der Position, auf die er es Sekunden zuvor ausgerichtet hatte, ehe Garth ihn wieder geblendet hatte, und drückte ab. Als er hörte wie ein Mann bestätigte, dass die Kugel ihr Ziel getroffen hatte, öffnete er mit einem Lächeln die Augen. Er liebte dieses Gefühl von Erfolg, welches sich in ihm ausbreitete. Es gab ihm Genugtuung und heute war es noch angenehmer, da er Garth gezeigt hatte, dass er sich durch nichts aus der Fassung bringen ließ.

Die letzten drei Jahre hatten für ihn zum Großteil aus Übungsmissionen bestanden. Die Männer, die wesentlich länger im Team waren, wurden zwar immer wieder zu Missionen gerufen, aber er und die anderen Greenhorns blieben zurück. Er hasste es, dass er nach so langer Zeit immer noch einer der wenigen war, die nicht mit in die Einsätze gingen.

»Geht doch, Hasenfuß.«

Taylor rollte sich vom Bauch auf den Rücken und starrte in das Gesicht von Jake Garret. Was tat der Mann hier auf dem Übungsgelände?

»Starr mich nicht so an! Steh auf!«

Taylor sprang auf den Befehl von Garret hin auf. Jake Garret war einer der ältesten im Team 10 und genoss die Bewunderung aller Mitglieder. Selbst der Chief suchte ab und an Rat bei dem alten Hasen, der sich angeblich vehement weigerte, einen führenden Posten im Team einzunehmen. Unter den Schüssen der anderen, die nicht mehr von Garth geblendet wurden, legte Jake seinen Arm kollegial über Taylors Schulter und zog ihn mit sich.

»Pack deinen Kram und komm zur Straße, wir haben einen Einsatzbefehl.«

Taylors Herzschlag beschleunigte sich.

Ein Einsatz!

Endlich gab es mehr zu tun, als sich stundenlang vom Chief nerven zu lassen.

»Wohin gehts?« Taylor warf einen fragenden Blick auf Jake, wusste aber im selben Moment, dass diese Frage eine sehr schlechte Idee gewesen war.

»Siehst du, wenn wir da sind! Beweg dich!«

Taylor fragte sich, ob der Senior Chief jemals einen anderen Gesichtsausdruck an den Tag legen würde, als den emotionslosen, den er jetzt gerade wieder zeigte. Bisher hatte er ihn nie lächeln sehen.

Er eilte auf die Zelte zu, in denen sie seit ihrer Ankunft in Fort Benning hausten. Zwanzig Minuten später saß er neben einem schweigenden SEAL in einem gewaltigen, schwarzen Hummer. Taylor versuchte immer wieder, einen Blick auf den Tacho zu werfen, da er sich sicher war, dass der einssiebzig große Mann mehr als nur ein bisschen zu schnell unterwegs war.

»Herrgott, Hasenfuß, entspann dich mal. Kein Wunder, dass sie dich so nennen.« Jake löste seinen Blick nicht von der Straße. Er zog ruppig an einem Wohnwagengespann vorbei und Taylor warf einen Blick auf das große, weiße Fahrzeug. Eine Frau lenkte den Wagen und plötzlich schoss ihm ein Gedanke durch den Kopf.

Eva!

Er musste sie anrufen. Sie würde sonst wahnsinnig werden, wenn er sich nicht mehr regelmäßig melden würde. Die Zeit während der Übung hatten sie jeden dritten Tag telefoniert und er hegte die Befürchtung, dass sie eben dies in den nächsten Tagen und vielleicht Wochen nicht könnten. Vor acht Wochen hatten sie sich das letzte Mal gesehen und eine Woche fast nur im Bett verbracht.

Zögernd, darüber nachdenkend, was er ihr sagen sollte, zog er sein Mobiltelefon aus einer der Seitentaschen seiner Hose.

»Wenn rufst du an?« Jakes Blick bohrte sich in ihn.

»Meine Frau.«

»Dir ist klar, dass du ihr nichts sagen darfst?« Immer noch lag die Aufmerksamkeit des SEALs auf ihm und nicht auf der Straße vor ihnen, was Taylor Sorgen bereitete.

»Ja, weiß ich. Ich will aber nicht einfach verschwinden. Eva macht sich sonst Sorgen. Ich sag ihr nur, dass wir in einen Einsatz gehen und ich eine Zeit lang nicht zu erreichen bin und nicht wie erwartet zurückkommen werde.« Taylor sah Jake an. Er war sich nicht sicher, ob es wirklich richtig war, Eva anzurufen. Insgeheim erhoffte er sich von seinem älteren Kollegen einen Rat. Aber Jake hatte nur einen undeutbaren Ausdruck im Gesicht, bei dem Taylor sich nicht sicher war, ob er ihm galt oder der Nachrichtensprecherin im Radio, die von politischen Konflikten in Somalia berichtete.

Er tippte die Nummer ein, die er bereits im Schlaf beherrschte. Nach kurzem Warten vernahm er die Stimme von Eva, die leicht geschockt klang.

»Teddy, alles okay?«

Er schmunzelte. Normalerweise meldete er sich spät abends oder in den frühen Morgenstunden, zu einer Zeit, zu der er sie aus dem Schlaf riss.

»Ja, alles okay. Hör zu, ich hab nicht viel Zeit.« Im Augenwinkel beobachtete er seinen Kollegen, der keine Miene verzog.

»Was ist los?« Ihre Unruhe war deutlich zu vernehmen und er konnte hören, wie sie eine Tasse oder ein Glas abstellte.

»Ich muss in einen Einsatz und ich weiß nicht, ob ich mich bei dir melden kann. Mach dir bitte keine Sorgen. Ich melde mich so schnell ich kann, ja?«

Dass Eva am anderen Ende der Leitung in San Diego hörbar gegen die Tränen kämpfte, half ihm nicht. Es schmerzte und er wusste, dass sie sich jeden Tag sorgen würde, ohne es ihm zu gestehen.

»Hey Honey, nicht weinen, ich komme bald wieder, ja?« Er konnte hören, wie sie um Fassung rang und versuchte, selbstsicher zu klingen.

»Meldest du dich?«

»Wenn ich die Möglichkeit habe, ja. Aber denk an unsere Abmachung, ja?« Taylor kämpfte gegen seine eigenen Gefühle, die ihm Tränen in die Augen treiben wollten, als er ein leises Schluchzen am anderen Ende vernahm. Auf keinen Fall sollte Jake mitbekommen, wie sehr ihn dieser Abschied schmerzte.

Kurz nachdem er seine Ausbildung beendet hatte, hatten sie ein ausgiebiges Gespräch geführt und anschließend eine Abmachung getroffen. Evangeline hatte ihm von ihrer Angst erzählt und dass es sie schmerzte, wenn sie nicht wusste, wie es ihm ging und wo er war. Sie kannte dieses Gefühl zwar, hatte sich aber immer noch nicht damit arrangiert. Die Angst war ihr ständiger Begleiter, auch wenn sie bereits viele Trennungen auf Zeit hinter sich hatten, in denen er im Ausland gewesen war. Eva gestand ihm, dass die Angst, seit er bei den SEALs war, noch größer war. Irgendwie war es ihm nach langem Diskutieren gelungen, ihr klar zu machen, dass es das Beste war, wenn sie nichts von ihm hörte. Seit diesem Gespräch gab es diese Abmachung zwischen ihnen, aber es fiel ihr, wie auch ihm immer noch schwer, sich damit zu arrangieren. Solange sie nichts von ihm hörte, war alles in Ordnung.

»Okay, pass auf dich auf.«

Wieder konnte er hören, wie sie schwer schluckte.

»Mach ich, mach dir keine Sorgen, ja? Bye, Honey.« Er zwang sich, die Verbindung zu beenden, da er sonst selbst in Tränen ausgebrochen wäre.

»Wie lange seid ihr zusammen?« Jake sah ihn kurz fragend von der Seite an.

»Sechs Jahre«, flüsterte Taylor. Jetzt war er es, der keine Lust auf lange Gespräche hatte.

»Unser Job ist nicht beziehungstauglich, Hasenfuß.«

Taylor stöhnte bei Jakes Worten auf. Nicht nur, dass er wusste, dass viele Ehen von SEALs früh geschieden wurden. Auch sein Spitzname ließ ihn stöhnen. *›Hasenfuß‹* war ein Überbleibsel aus der Zeit des BUD. Damals hatte es immer wieder Situationen gegeben, in denen er am liebsten geflüchtet wäre. Dieses Verhalten hatte ihm diesen zweifelhaften Spitznamen eingebracht, der ihn wohl noch ewig verfolgen würde.

Nur sieben Stunden später saß er mit einer Einheit Army-Soldaten und Jake in einem Flieger, der sie nach Somalia brachte. Er und Jake waren dem Team als Scharfschützen zugeteilt worden und ihm war bereits bei der Abreise klar, dass sie länger in Mogadischu bleiben würden als geplant.

»Hey, Hasenfuß, geh Pause machen.« Jake sah von dem Okular seines Gewehres auf.

Zwei Wochen lagen sie nun schon in dem verlassenen Gebäude auf der Lauer, in dem sie sich ihr Hauptquartier errichtet hatten. Ihre Einheit patrouillierte durch den Bezirk, der ihnen zugeteilt worden war, und sie lagen zu zweit im sechsten Stock auf einem alten Bett, starrten aus einem alten Fenster und langweilten sich zu Tode. Man sollte meinen, dass die bloße Anwesenheit der US Army dafür gesorgt hatte, dass sich die Extremisten aus Mogadischu zurückgezogen hatten, aber sie gingen davon aus, dass dieser Eindruck täuschte und sie früher oder später Feindkontakt haben würden.

Nach brutalen, feigen Selbstmordanschlägen in der belebten Innenstadt, auf die US-Botschaft und Patrouillen, die dazu gedacht waren, aufkeimende Konflikte im Keim zu ersticken, hatte der Präsident weitere fünfzig Mann einer Eliteeinheit in die Hauptstadt von Somalia geschickt. Nun schien es tatsächlich so, als hätten sich die bösen Buben vorerst in ihre Löcher zurückgezogen. Aber irgendwann würden sie wieder rauskommen, das war sicher.

»Ruf mich, wenn es etwas zu sehen gibt.« Taylor erhob sich. Fünf Stunden hatte er nun neben Jake in dem kleinen Zimmer auf dem Doppelbett gelegen, das sie sich vor das Fenster geschoben hatten.

»An was dachtest du?« Jake drehte sich grinsend auf den Rücken und streckte sich.

»An was Spannendes.« Taylor ging auf die Tür zu. Wenn dieser Einsatz sich über Monate hinziehen würde, würde er mindestens zehn Kilo zunehmen, da sie begannen, aus Langeweile örtliche Köstlichkeiten zu verspeisen. Träge ging Taylor den Gang entlang und bog einige Meter weiter nach rechts in ein weiteres Zimmer ab, von wo aus ihre Patrouillen koordiniert wurden. Die beiden Männer in dem Raum hatten die Füße auf einen Tisch gelegt und dösten vor sich hin. Diesen Moment konnte und wollte Taylor sich nicht nehmen lassen.

»Deckung!« Brüllend betrat er den Raum und beobachtete, wie die Männer ihre Füße vom Tisch rissen und der jüngere der beiden um ein Haar von Stuhl gefallen wäre.

»Hasenfuß, verdammt, was soll die Scheiße?« Senior Chief Clancy funkelte ihn wütend an und über sein Headset konnte er das Lachen von Jake hören, der alles mitbekommen hatte.

»Clancy, also wirklich, ihr solltet doch so langsam wissen, dass ich euch beim Pennen erwische.« Es war nicht das erste Mal, dass er die Männer aus dem Dämmerzustand gerissen hatte und es war auch nicht ungewöhnlich, dass er den Senior Chief beim Namen nannte. Im Laufe der letzten Wochen waren sie alle dazu übergegangen, die Ränge wegzulassen. Schließlich hockten sie Tag und Nacht aufeinander und erzählten sich Dinge, die jeder normale Mensch nur seinen besten Freunden erzählen würde.

Ja, sie waren Freunde geworden, wenn auch auf eine Art und Weise, wie man seine Freunde vielleicht nicht kennenlernen wollte. Jeder legte sein Leben in die Hand des anderen. Sie lebten in dem alten verlassenen Hochhaus wie eine Familie zusammen. Nun gut, wie eine Familie, die Tag und Nacht schwerbewaffnet und in Schutzwesten vor die Tür ging. Zimmer waren hergerichtet worden und an einigen Wänden fand man die gut gebauten Pin-up-Girls einschlägiger Zeitschriften.

»Hasenfuß?« Jakes ernster Ton ließ ihn aus seinen Gedanken auftauchen, in denen er sich fragte, wie einer der Männer es schaffte, immer die aktuellste Zeitschrift vor Ort zu haben.

»Hey, Hasenfuß?« Nur Sekunden später wurde aus dem ersten Ton ein Brüllen und er entschied sich nachzusehen, warum sein Kollege nach ihm verlangte. Schließlich hatte er ihn vor nicht mal fünf Minuten aus dem Raum geschickt. Er rannte den Flur entlang und schlitterte um die Ecke in das Zimmer, das er gerade eben verlassen hatte.

»Was los?« Damit rechnend, dass Jake etwas Wichtiges entdeckt hatte, starrte Taylor ihn an.

»Ich muss pissen.«

Taylor verdrehte bei den Worten des SEALs die Augen und warf einen Blick auf eine alte Flasche, die, für den Fall der Fälle, neben dem Bett stand.

»Na ja, vielleicht muss ich auch scheißen.« Jake sprang auf und drückte ihm das MK-13 in die Hand und verließ eilig den Raum. So lief das schon seit ihrer Ankunft. Es gab einfach nichts Interessantes zu sehen. Sie lagen tagein, tagaus auf dem Bett und starrten auf die Straßen.

Weitere Wochen verstrichen nur quälend langsam, ohne dass etwas geschah. Er lag jeden Tag neben Jake auf dem staubigen Bett und ein Großteil ihrer Einheit patrouillierte auf den Straßen, während die anderen sich ausruhten. Mit jedem dieser Tage kehrte das Leben mehr in das Viertel zurück. Für die Menschen war es positiv, aber für ihn und Jake wurde es mit jedem Tag, an dem mehr Menschen auf den Straßen unterwegs waren, schwieriger, potenzielle Gefahren zu erkennen. Taylor beobachtete durch die Optik seines Gewehrs gerade, wie eine Traube Menschen an einem alten Jeep standen und dem Händler, der neben dem Wagen stand, Backwaren abkauften, als Jake ihm einen leichten Stoß mit dem Bein gab.

»Taylor?«

»Jup?«

»Das verlassene Haus rechts, das mit den vernagelten Brettern und der Katzenklappe, wann hast du das letzte Mal jemanden da raus kommen sehen?«

Taylor musste seinen Blick nicht von den Menschen am Jeep lösen. Er wusste, welches Haus Jake meinte, da sie sich seit ihrer Ankunft darüber lustig machten, dass alle Fenster professionell mit Brettern vernagelt waren. Zwischen die einzelnen Holzbretter passte sehr wahrscheinlich nicht einmal mehr ein Blatt Papier. Allerdings gab es in der Tür in der unteren Ecke eine Aussparung von zwanzig mal zwanzig Zentimetern. Sie hatten auf eine Katze getippt, die dort versorgt wurde, aber bisher hatten sie abgesehen von Ratten und Hunden nie etwas gesehen.

»Noch nie?« Taylor war sich nicht zu hundert Prozent sicher, dass er noch nie jemanden gesehen hatte, der das Haus verlassen hatte.

»Waren unsere mal da drin?« Immer noch bewegte Jake sich keinen Zentimeter und in seiner Stimme lag eine seltsame Anspannung. Taylor löste seinen Blick von den Menschen und sah zu Jake, der immer noch durch das Fernglas sah. Auch Taylors Herzschlag beschleunigte sich, als ihm auffiel, wie angespannt Jake war.

»Ja, als wir angekommen sind.« Taylor drehte sein Gewehr langsam in die Richtung, in die Jake starrte. Sein Kollege schien zu bemerken, dass er nicht genau wusste, was ihn beunruhigen sollte.

»Die drei Frauen. Irgendwie … keine Ahnung … sie sind da rein und vor über vierzig Minuten wieder rausgekommen. Seitdem stehen sie da. Die warten auf was. Erst habe ich gedacht, sie wollen auch zu dem Händler, aber sie stehen immer noch da.«

Taylor versuchte zu erkennen, ob die Frauen Waffen trugen, aber es war unmöglich zu sehen, was sich unter den dunkeln Burkas der Frauen verbarg.

»Unsere Jungs kommen gleich zurück«, flüsterte Jake und Taylor warf einen Blick auf seine Uhr. Es war später Nachmittag und meist kam das Team vor Sonnenuntergang zurück. Jake tauschte sein Fernglas gegen sein Gewehr, welches zwischen ihm und der Wand lag und positionierte sich. Taylor schüttelte den Kopf, nicht um Jake zu sagen, dass er nicht mit dem einverstanden war, was der erfahrene SEAL sehr wahrscheinlich plante, sondern um sich selbst zur Ordnung zu rufen. Immer wieder überlegte er, welche Möglichkeiten sie hatten, um zu erkennen, ob die drei Frauen Waffen bei sich trugen, während Jake bereits das Team vorwarnte. Allerdings wollten die Männer sich nicht von ihrer Route abbringen lassen und gingen so eine große Gefahr ein.

»Hasenfuß, nimm dein Gewehr, ich hab da ein ganz mieses Gefühl. Wenn du irgendwas siehst, das auch nur im Ansatz wie eine Waffe aussieht oder so ...« Jake beendete den Satz nicht, aber Taylor wusste, was auf ihn zukommen würde. Es wäre das erste Mal in seinem Leben, dass er eine Frau erschießen müsste. Er schluckte.

»Da kommen sie«, raunte Jake und auch Taylor konnte die schweren gepanzerten Fahrzeuge hören. Aber er löste seine Aufmerksamkeit nicht von den Frauen, um zu schauen, wie weit die gepanzerten Fahrzeuge noch von ihnen entfernt waren. Fußpatrouillen begleiteten die Männer in den sicheren Gefährten und eben diese Männer waren gefährdet, sollten die Frauen etwas im Schilde führen. Für die Besatzung der sprengfallensicheren Fahrzeuge waren sie keine Gefahr. Taylor verstand die Beweggründe der Selbstmordattentäter nicht. Erst recht nicht, wenn es Frauen waren, die ihr Leben opferten. Frauen, die womöglich Kinder zu versorgen hatten. Warum tat ein Mensch so etwas? Es wollte nicht in seinen Kopf. Vielleicht taten sie es aus Verzweiflung. Oder sie wurden zu solchen Taten gezwungen.

Jake gab ein seltsames Knurren von sich. Taylor konnte im ersten Moment nicht erkennen warum, bis er einen kurzen Seitenblick wagte und erkannte, dass das Team nur noch wenige hundert Meter von den drei verhüllten Frauen entfernt war. Sein Puls jagte und das Adrenalin in seinen Adern sorgte dafür, dass er bis in die letzte Faser angespannt war. Die Straße verlief als Verlängerung ihrer Position nach Westen und das Team kam nun direkt auf sie zu. Über Funk konnte er hören, wie einer der Männer die Frauen aufforderte, die Straße zu verlassen, und in einiger Entfernung stehen blieb.

Inständig hoffte Taylor, dass sie die Straße räumten, aber sie bewegten sich nicht. Sie standen wie Salzsäulen mitten auf der

Straße. Der Soldat brüllte sie erneut an. Selbst ein freundliches Bitten würde sie nicht von der Stelle bewegen, wenn sie wirklich etwas geplant hatten. Taylor bemerkte, wie seine Hände zu schwitzen begannen. Wieder und wieder schrie der Soldat die Frauen an, doch sie blieben wie Statuen stehen.

»Schieß, Taylor! Schieß! Die mit dem roten Kopftuch hat eine Waffe«, flüsterte Jake und nahm scheinbar die anderen beiden ins Visier.

»Schieß, verdammt.« Es war ein tonloses Zischen, das sein Kollege neben ihm ausstieß, und Taylor schloss die Augen eine Sekunde.

Sollte er wirklich?

Er konnte keine Waffe erkennen.

»Hasenfuß!« Jetzt war es ein drohendes Zischen.

Er öffnete die Augen, atmete aus und nahm die Frau ins Visier deren Gesicht er nun das erste Mal genau erkennen konnte. Ihre braunen Augen waren voller Angst und er wusste, dass es ein Fehler war, sie länger anzusehen. Sollte er wirklich eine Frau erschießen? Auf der Straße brüllte irgendwo ein Mann und Jake zischte ihn gefühlt das tausendste Mal an. Er drückte ab und schloss die Augen. Er wollte nicht sehen, wie die Kugel sein Opfer traf. Neben ihm löste sich auch bei Jake ein Schuss. Er war sich sicher, dass die Kugeln ihre Ziele getroffen hatten.

»Fuck, fuck, Deckung.« Jakes Gebrüll ließ ihn die Augen öffnen. Aber es war zu spät. Als er seine Aufmerksamkeit wieder auf die Straße lenkte, brachte eine Explosion das Haus zum Beben und zerriss die Hausfassaden in der Nähe der Frauen. Die riesige entstandene Staubwolke nahm ihnen jede Sicht. Taylor war sich sicher, dass er nicht sehen wollte, was sich in dem braunen Nebel befand. Und doch musste er die Augen wieder öffnen.

»Komm, Hasenfuß!« Jakes Worte lösten in Taylor Ohren ein Pfeifen aus, welches lauter war, als das wilde Hämmern seines Herzens. Und doch tat er, wie sein Kollege ihm befahl. Er sprang mit dem Gewehr in der Hand aus dem Bett und rannte aus dem Zimmer. Nach wenigen Metern gesellten sich noch mehr Männer zu ihnen. Zu fünfzehnt rannten sie die Treppen hinunter zur Eingangstür.

## 6.

»Hey, alles okay? Du bist kreideweiß. Willst du eine Cola?« Pablos Stimme kam nur leise bei Taylor an. Blinzelnd versuchte er die Bilder zu verdrängen, die sich tief bei ihm eingebrannt hatten.

Bilder, von denen er Eva nie erzählt hatte.

Bilder von zerstörten Häusern. Von dem MRAP, den die Wucht der Explosion umgeworfen hatte.

Drei seiner Kollegen lagen in Blutlachen und andere taten alles, um sie zu retten. Taylor selbst war wie paralysiert. Der Gedanke, welche Menge an Sprengstoff nötig war, um einen Cougar von über vierzehn Tonnen auf die Seite zu befördern, ließ ihn versteinert auf den Krater blicken, der nun dort war, wo eben noch die Frauen gestanden hatten.

»Harson, hilf mir!« Jakes Stimme holte ihn aus seiner Schockstarre, allerdings brannten sich die Gefühle, Gerüche und Bilder tief und für immer ein, als er einen seiner Kollegen bergen musste, der unter dem tonnenschweren Gefährt eingeklemmt war.

An diesem Tag in Mogadischu starben drei Soldaten in Ausübung ihrer Pflicht, zwei weitere verloren Gliedmaßen und erst spät am Abend wurde ihm bewusst, dass er die gesamte Zeit in den Überresten der drei Frauen gestanden hatte.

»Hey, Taylor?«

Er blinzelte und sah wieder Pablo vor sich, der auf der anderen Seite des Tresens stand und ihn ansah.

»Bist du okay?«

Zögernd nickte Taylor. Es fiel ihm schwer, die Bilder zu verdrängen, die ihn wie böse Geister heimsuchten.

»Doch mal ´ne Cola?« Der Barmann legte fragend den Kopf zur Seite.

»Nein, einen doppelten.« Er schob dem Mann mit dem großen Tribal am Oberarm sein leeres Glas zu. Pablo zögerte, ehe er das Glas füllte und ihn skeptisch ansah, als er es zurückschob.

»Auf Jake.« Taylor prostete Pablo zu, wissend, dass der Mann auf der anderen Seite der Theke nichts von Jake wusste. Allerdings schenkte auch Pablo sich einen Gin Tonic ein und prostete ihm zu. »Auf Jake.«

Taylor wusste, dass es reine Höflichkeit war, aus der Pablo diese Geste erwiderte.

Der Whiskey floss langsam brennend seine Kehle hinunter und ebenso zäh holten ihn seine Erinnerungen wieder ein.

»Wir gehen raus.« Jake stand neben ihm am Bett. Er trug eine voll ausgestattete Schutzweste, hatte sich sein M16 umgehängt und die Sonnenbrille auf den Kopf geschoben. Der Verlust ihrer Kollegen hatte sich nicht nur bei ihm tief eingebrannt. Inständig hatten sie gehofft, dass sie nach dem Vorfall auf Heimaturlaub gehen würden. Allerding hatte ihr Commander andere Pläne mit ihnen und zog sie nicht ab. Einzig einige neue Kollegen sollten zu ihnen stoßen. Die Gefallenen wurden einfach ersetzt wie ein ausrangiertes Maschinenteil und man ließ ihnen keine Möglichkeit, sich zu verabschieden.

»Nun beweg dich.« Jake stand immer noch neben ihm und sah ihn an. Das Verhältnis zwischen ihnen hatte sich verändert. Jake nannte ihn nicht mehr Hasenfuß, seit sie die Toten geborgen hatten, und Taylor hatte endlich das Gefühl, von seinem älteren Kollegen vollständig akzeptiert zu werden.

»Warum?« Taylor schob seine Beine aus dem Bett, in dem er vor sich hingedöst hatte. Seit Tagen lag eine erdrückende Müdigkeit auf ihm, die nicht da her rührte, dass er wenig Schlaf bekommen hatte. Er vermisste Eva und das Erlebnis, den Tod direkt gesehen zu haben, belastete ihn mehr als ihm lieb war. Genau das schien Jake zu bemerken.

»Wir gehen mit auf Patrouille. Die Jungs brauchen Unterstützung und hier ist ohnehin nichts los.« Jake versuchte bereits seit Tagen, ihn auf andere Gedanken zu bringen. Pin-up-Girls an den Wänden, abends ein Bier mehr oder ein Schachspiel. Und jetzt auf Patrouille? Wollte Jake damit tatsächlich erreichen, dass sein Heimweh nachließ?

Taylor atmete durch, als er Jakes Erklärung lauschte und seine Weste anlegte.

Stundenlang bewegten sie sich zusammen mit einer Einheit Soldaten durch die Straßen von Mogadischu. Das Leben kehrte zurück und schien fast normal zu sein, abgesehen von der starken Militärpräsenz. Für die Bewohner der Millionenstadt war es gut, dass die Normalität zurückkehrte, für ihn und seine Kollegen war es der Horror. An jeder Ecke konnte ein Attentäter lauern, der es auf sie oder unschuldige Passanten abgesehen hatte. Immer wieder durchsuchten sie verdächtige Personen, aber es blieb ein erfolgloser Kampf. Diejenigen, die sie fassen wollten, wussten, wie sie ihnen aus dem Weg gehen konnten.

Taylor sah, wie Jake auf eine Gruppe von drei Kindern zuging, die sie ängstlich ansahen. Sein Kollege zog Schokoriegel aus seiner Westentasche, die sie genau für solche Fälle bei sich trugen. Die Kinder sollten keine Angst vor ihnen, den schwerbewaffneten Amerikanern, haben. Sie sollten sich in ihrer Gegenwart sicher fühlen. Mit Schokolade konnte man schnell mit den kleinen Menschen ins Gespräch kommen und leider ebenso schnell die schrecklichen Geschichten der Kinder erfahren. In solchen Situationen wurde ihm klar, dass sie alle daheim Familien hatten und für einen Moment wurden aus den scheinbar harten Soldaten wieder normale Männer, die viel zu verlieren hatten.

Lächelnd sah Taylor über seine Schulter und beobachtete einen anderen Kollegen, der sich mit einer Frau unterhielt. Sie waren nicht nur da um Terroristen zu jagen, ab und an unterhielten sie sich auch mit den Bewohnern der Stadt über ganz normale Dinge. So wollten sie vermitteln, dass auch sie normale Menschen waren und dass sie die Sorgen der Bewohner ernst nahmen.

Ein Schuss durchschnitt den alltäglichen Lärm der Stadt.

Taylor wirbelte herum, richtete seine Waffe auf die Stelle, von der er meinte, dass der Schuss gekommen war. Weitere Schüsse folgten. Taylor bewegte sich rückwärts auf den Cougar zu, den sie begleiteten, und eröffnete mit den anderen Männern das Feuer auf zwei vermummte Männer, die mit ihren AKs auf alles schossen, was in ihrer Nähe war. Frauen kreischten und warfen sich auf den Boden, um sich zu schützen. Taylor sah, wie Jake zwei der Kinder zu Boden riss und wie das dritte flüchtete, dann wandte er seine Aufmerksamkeit wieder den Angreifern zu, die sich hinter einem alten Wagen verschanzt hatten. Der Schusswechsel, der ein Pfeifen in seinen Ohren entstehen ließ, dauerte nur wenige Minuten, dann hatten sie ihre Gegner ausgeschaltet. Eilig bewegte er sich auf die Frau zu, die sich zu Boden geworfen hatte und ihre Hände schützend über den Kopf hielt. Nach dem er ihr aufgeholfen hatte, drehte er sich zu Jake um, der immer noch auf den kreischenden Kindern lag.

»Hey, Jake, kannst aufstehen!«, rief er seinem Kollegen als Bestätigung zu, dass die Gefahr gebannt war. Sekunden verstrichen, aber der Mann mit der sandfarbenen Kleidung bewegte sich nicht.

»Jake?« Taylors Herz raste. Ein ungutes Gefühl breitete sich in ihm aus, als er auf den Senior Chief zu rannte. »Garret, verdammt!« Er kniete sich neben seinen Kollegen und hörte das leise Wimmern der beiden Kinder, die Jake förmlich unter sich begraben hatte. Die Arme seines Kollegen lagen über den Schultern bei beiden Jungen, die höchstens sieben Jahre alt waren. »Jake, verdammt!«Taylor brüllte seinen Kollegen an, was zur Folge hatte, dass die Kinder bitterlich zu weinen begannen, doch Jake rührte sich nicht. Er holte tief Luft, legte seine Hände an die Schultern seines Kollegen und schloss die Augen, als er ihn herumdrehte.

Wollte er das wirklich sehen?

Wollte er seine Befürchtung bestätigt haben?

»Harson, was ist los?« Die Stimme seines Captains ließ ihn die Augen öffnen und das Erste, was er sah, waren die Kinder, die auf die Wand eines Gebäudes zukrochen, das nur wenige Meter von ihm entfernt war. Er rief sich zur Ordnung, er konnte nicht ewig woanders hinschauen. Langsam wandte er seinen Blick auf Jake, sah kopfschüttelnd zu dem Corpseman, der sich neben ihn kniete und sah zum Captain auf der neben ihm auftauchte.

Eine Kugel, und Taylor war sich fast sicher, dass es die erste gewesen war, hatte Jakes Halsschlagader zerfetzt. Sein Kollege war innerhalb weniger Sekunden verblutet. Den schweren Kloß, der sich in seinem Hals gebildet hatte, hinunterschluckend, sah er auf die Hauswand, an der die beiden Kinder kauerten. Wo war das dritte? Er ließ die letzten Minuten Revue passieren. Er hatte sich nach dem ersten Schuss in Deckung begeben und sein Gewehr durchgeladen, um das Feuer zu eröffnen, er hatte nicht mehr auf die Kinder und Jake geachtet. Er hatte seinen Kollegen im Stich gelassen. Er war weiter als eine Armlänge von ihm entfernt gewesen, viel weiter. Es war sein Fehler, dass Jake nicht mehr am Leben war.

Noch Stunden später konnte er das Kind nicht vergessen und er konnte seinen Blick nicht von Jake lösen, den man in einen kleinen Raum in dem mehrgeschossigen Gebäude gebracht hatte, aus dem sie heraus operierten. Er wollte ihn nicht alleine lassen. Der Captain hatte in Absprache mit dem Commander beschlossen, dass er Jake zurückbegleiten sollte. Sie waren zusammen hier angekommen, in einer Gegend, wo der Tod hinter jeder Ecke lauerte, und sie würden sie auch gemeinsam wieder verlassen.

»Begleiten Sie Garret, Harson, er soll nicht alleine reisen«, waren die Worte des Mittfünfzigers gewesen und auch der erfahrene Captain hatte bei diesen Worten geschluckt. Sie hatten schon zu viele Männer verloren.

Einen Tag und viele Stunden ohne Schlaf später stand er in der Einfahrt seines Hauses. Mit weichen Knien ging er auf die Haustür zu und seine Hand zitterte, als er auf die Klingel drückte. Im Inneren seines Hauses ertönte eine Melodie. Taylor schloss die Augen und harrte auf den Augenblick, in dem sich die Tür öffnete. Er hatte Eva nicht angerufen, er wollte sie überraschen, zumindest hatte er sich genau das eingeredet. Womöglich hatte sein Verhalten aber auch andere Gründe. Gründe, die er sich selbst nicht erklären konnte.

Leise und zögernd wurde die Tür nach innen aufgezogen und bernsteinfarbene Augen füllten sich mit Tränen, als sie ihn erblickten. Sie riss die Tür auf und fiel ihm weinend um den Hals. Langsam, beinah wie in Trance, legte er seine Arme um sie. Etwas war anders und es war nicht Eva, die schluchzend in seinen Armen lag. Es war etwas in ihm, das sich verändert hatte, das ihn immun gegen ihre Tränen machte. Langsam strich er über ihren Rücken und vermisste das Gefühl, das ihre Nähe sonst bei ihm ausgelöst hatte. Da war eine seltsame Distanz zwischen ihnen, die er sich nicht erklären konnte. Auch Eva schien zu bemerken, dass etwas nicht so war, wie es sein sollte. Erstaunlich schnell beruhigte sie sich wieder. Ehe sie sich wieder von ihm löste, strich er durch ihr Haar, welches, wie er meinte, stumpfer wirkte, als noch zu seiner Abreise.

»Was ist passiert?« Sie machte einige Schritte zurück und sah ihn fragend an.

»Lass uns reingehen.« Er schob sich an ihr vorbei in das Haus und schluckte schwer, als ihm ein Denkfehler bewusst wurde. Hatte er wirklich gedacht, dass all die Gefühle des Verlustes, der Schrecken, die Angst und der Schmerz in dem Moment verschwinden würden, in dem er sein Haus wieder betrat? Wie konnte er so naiv sein und glauben, dass sein Haus ihn vor diesen Emotionen schützen könnte. Dass die Haustür sich schützend vor das emotionale Chaos stellen würde, welches in ihm herrschte. Sein Haus und seine Frau konnten das Geschehene nicht ungeschehen machen. Wie war er nur auf die Idee gekommen? Es war doch nicht das erste Mal, dass er aus einem Einsatz zurückkam.

»Taylor?«

Mit geschlossenen Augen versuchte er, sich auf Evas Hand zu konzentrieren, die sich sanft auf seine Schulter gelegt hatte und nun langsam an seinem Arm hinunter strich. Er wusste nicht, was er sagen sollte. Langsam ließ er seinen Rucksack zu Boden gleiten. Kopfschüttelnd wandte er sich zu ihr um. Sein Blick wanderte an ihr hinunter und skeptisch betrachtete er ihr weites Shirt, dass so überhaupt nicht ihr Kleidungsstil war. Er sah wieder zu ihr auf. Sie nagte verlegen an ihrer Unterlippe.

»Ich muss dir was sagen«, brachte Eva mit hörbar nervöser Stimme hervor.

»Was?« Taylor trat das zweite Mal an diesem Abend einen Schritt von der Frau zurück, die er liebte. Es keimte Angst vor dem auf, was sie ihm sagen würde.

»Wir müssen das Kinderzimmer renovieren.« Ein breites Grinsen huschte über ihr Gesicht. Taylor war von den

Unmengen an Emotionen der letzten Tage überwältigt, als er ihr zusah, wie sie ihr Shirt hob. Dort, wo sonst ihr flacher Bauch zu sehen war, befand sich nun eine deutlich sichtbare Wölbung.

»Dann machen wir das.« Er erschrak, als er seine eigene kalte Stimme vernahm. Sollte er sich nicht über die Nachricht freuen, dass Nachwuchs ins Haus stand?

»Taylor Harson, was ist passiert?« Eva musterte ihn fragend. Mit vollem Namen sprach sie ihn nur sehr selten an.

»War ein langer Flug, ich bin ein wenig K.O. und ...« Er stockte. Sollte er ihr erzählen, was passiert war?

Er war Zuhause. Da waren keine Männer mehr, die nur darauf warteten, dass er Gefühle zeigte, um ihn dann zu verspotten. Niemand mehr, der erwartete, dass er mit versteinerter Miene neben seinem toten Freund stand, obwohl ihm danach war zu weinen.

»Lass uns ins Wohnzimmer gehen, nicht hier im Flur.« Ohne darauf zu achten, ob sie ihm folgte, trat er in das Wohnzimmer. Es war nicht der Wunsch danach, das Geschehene zwischen Tür und Angel zu erklären, welcher ihn in das andere Zimmer trieb. Es war die Flucht vor der Erklärung und die Suche nach den richtigen Worten.

Langsam sah er sich um. Alles war wie vor seiner Abreise. Es war sein Zuhause. Zu seiner Rechten befand sich die weiße Couchgarnitur mit dem dunklen Holztisch, auf dem sich Zeitschriften stapelten. Ihm fielen die Schwangerschaftsratgeber auf, die unter einer TV-Zeitschrift hervorlugten. Das Bücherregal, welches an der Fensterwand gegenüber stand, war gefüllter als vor seiner Abreise, aber welche der Bücher neu waren, wusste er nicht. Vielleicht sollte er auch beginnen, mehr zu lesen. Sein Blick wanderte zu dem großen Flatscreen an der Wohnwand. Eine dünne Staubschicht überzog die Ecken des dunklen Gerätes, welches von Vitrinen gesäumt war. Ihm wurde klar, dass Eva die letzten Monate sehr wahrscheinlich nur gelesen und das TV-Gerät gemieden hatte. Das tat sie immer, wenn er fort war, aus Angst vor Schlagzeilen, durch die sie erfahren könnte, dass ihm etwas zugestoßen sein könnte. Auch normale Tagezeitungen las sie dann nicht. Solange sie nicht wusste, dass er verletzt war, ging es ihm gut. So war ihre Abmachung.

Zögernd machte er einen weiteren Schritt in den Raum, entdeckte die dunkelrote Wolldecke, in die Eva sich an den Abenden immer einkuschelte. Sie lag ordentlich gefaltet in der Ecke der Couch. Ein Glas stand auf dem alten wackligen Ahorntischchen, welchen sie von ihrer Tante geerbt hatte. Wie oft hatten sie sich schon um dieses Stück Feuerholz gestritten? Wenn es nach ihm gegangen wäre, hätte man ihn zum Grillen nutzen können, aber nicht, um Teller darauf abzustellen, sondern um das Feuer zu entfachen. Eva jedoch konnte sich nicht von ihm trennen, daher stand er nun neben der Couch. Ihre Hand berührte seine und er zuckte panisch zusammen.

»Was ist passiert?«

Er konnte ihre Unsicherheit hören und war sich sicher, dass, wenn er sich in diesem Moment umdrehen würde, Tränen in ihren Augen stehen würden. Sie ging, ohne ihm in die Augen zu sehen, auf die Couch zu, wo sie sich niederließ. So viele Stunden hatten sie gemeinsam dort verbracht und nun fühlte es sich alles anders an. Seltsam fremd. Noch vor Stunden hatte er mit jedem Schritt, den er getan hatte, Angst um sein Leben haben müssen. Nun war diese Zeit von einem auf den anderen Moment vorbei. Konnte man von jetzt auf gleich dieses seltsame Gefühl abschalten, das in ihm herrschte?

»Kommst du zu mir?« Flehend sah sie ihn an.

Zwei Stunden später entfaltete er die Wolldecke und breitete sie über Eva aus, in deren Augen immer noch die Tränen glitzerten. Sie hatte die Beine auf die Couch gezogen und sich dicht an ihn geschmiegt, was ihm das Erzählen nicht vereinfacht hatte. Jetzt fühlte er sich leer und ausgebrannt. Es war das erste Mal gewesen, dass er über das gesprochen hatte, was geschehen war. Das erste Mal, dass er es überhaupt ausgesprochen hatte, das erste Mal, dass er eine wirkliche Reaktion zu den Bildern bekommen hatte, die immer wieder vor seinen Augen auftauchten. Und er hatte nicht damit gerechnet, dass Eva derart emotional reagieren würde und dass er immer noch zu keiner wirklichen Gefühlsregung fähig war. Da war keine Trauer mehr wie in den ersten Stunden, und auch die Wut war verschwunden, die er auf seine Gegner gehegt hatte. Da war einfach nichts mehr, nur ein tiefer leerer Raum ohne Emotionen.

Eine Ewigkeit verstrich. Er konnte durch das Wohnzimmer beobachten, wie die Sonne unterging und den Himmel in Rottöne tauchte. Mit einem ironischen Grinsen kam ihm die Bezeichnung *›blutroter Himmel‹* in den Sinn und er zog den Vergleich zu dem Blut, welches er auf den Straßen von Mogadischu gesehen hatte. Nein, der Himmel war nicht blutrot. Er war einfach nur rot. Das Blut, welches er gesehen hatte, war meist tiefrot, beinah schwarz. Ein Schauer lief über seinen Rücken und das erste Mal, seit er die Wohnung betreten hatte, strich er vorsichtig über Eva Schulter. Draußen schaltete sich die Beleuchtung im Garten der Nachbarn ein und ihm wurde bewusst, dass hier, wo er jetzt war, niemand um die Ecke springen und ihn töten würde.

»Wie möchtest du das Zimmer streichen und wann soll es fertig sein?« Vorsichtig glitten seine Finger durch ihr Haar und er strich eine Strähne aus ihrem Gesicht. Ein warmes Lächeln umspielte ihre Lippen.

»Bist du jetzt Zuhause?«

Sie stellte ihre Frage zu recht. Vor Stunden war nur sein Körper angekommen, nun folgte langsam auch sein Geist. Der Blick auf Evas Bauch, der durch die Wolldecke nicht zu übersehen war, sagte ihm, dass er nun für seine Frau und das ungeborene Kind da sein musste. Es war nicht der richtige Moment, um über das Vergangene nachzudenken. Vorsichtig wanderte seine Hand von ihrer Schulter Richtung Bauch. Nur langsam begann er zu begreifen, was der kleine Hügel unter der Wolldecke zu bedeuten hatte. Dort wuchs ein neues Leben. Eines, für das er verantwortlich war. Eines, das er mit seinem eigenen Leben schützen musste.

»Vielleicht in einem hellen Grün? Das passt dann zu einem Jungen und für ein Mädchen fände ich es auch toll. Wir brauchen dann auch einen Wickeltisch, ein Bett, eine Wiege, eine Spieluhr, weißt du, so eine die man über das Bettchen hängen kann. Und so ein Schaffell wäre toll ...«

»Hey, eins nach dem anderen.« Taylor legte lächelnd seinen Zeigefinger auf ihre Lippen, um ihren Redefluss zu unterbrechen. Sie hatte ganz offensichtlich die letzten Wochen genutzt, um sich genauestens zu überlegen, was alles angeschafft werden musste. »Wie viel Zeit habe ich, um deine Wünsche zu erfüllen?«

»Fünfzehn Wochen.«

Erst jetzt fiel ihm ihr Strahlen auf. Es war anders als das Lächeln, welches er von ihr kannte. Wenn es überhaupt möglich war, kam es von innen. Eva strahlte auf eine Art, wie er es noch nie gesehen hatte.

Spät am Abend lag er nach einem ausgiebigen Essen das erste Mal wieder in seinem Bett neben seiner Frau. Seine Hand ruhte auf ihrem Bauch und er stellte sich vor, wie dort ein kleiner Mensch heranwuchs.

Mitten in der Nacht schreckte er nassgeschwitzt aus dem Schlaf. Der Versuch, wieder einzuschlafen, scheiterte ebenso kläglich wie der Versuch, sich an das zu erinnern, was ihn aus dem Schlaf geholt hatte. Immer wieder wanderte sein Blick zu Eva, die friedlich neben ihm schlief.

Um sie nicht zu stören, verließ er das Schlafzimmer und begann, im Wohnzimmer auf und ab zu laufen. Da war eine Unruhe in ihm, die ihm immer wieder die Luft zum Atmen nehmen wollte. Ein Gefühl der Angst, dessen Ursprung er nicht kannte. Erst am Morgen, als die Sonne bereits wieder aufging, verlor er den Kampf gegen eine Müdigkeit, die so viel Schwere in sich trug, dass es nicht mehr Müdigkeit alleine war.

Diese Nacht war nur eine von unzähligen, in der er keinen Schlaf finden konnte. Regelmäßig erwachte er nachmittags auf der Couch, wo Eva ihn mit einer Wolldecke zugedeckt hatte, ehe sie zur Arbeit aufbrach.

Nach nur acht Wochen musste er erneut auf einen Einsatz, der langweiliger nicht sein konnte. Die gesamten acht Wochen waren so ereignislos, dass er und seine Kollegen ihre Freizeit mit Konsolenspielen und Billard in den Aufenthaltsräumen verbracht hatten. Vier Tage vor Brians Geburt kehrte er zurück. Eva sah schrecklich aus. Nein, nicht schrecklich, eigentlich wundervoll, aber ihr war anzusehen, dass sie beim Laufen

Schmerzen hatte, da Brian auf einem Nerv lag, von dem Taylor bis dahin noch nie gehört hatte. Was sie ihm noch in der Tür erzählte, war, dass sie seit Tagen kein Essen bei sich behalten konnte und diese Nachricht bereitete ihm dann doch Sorgen.

Dann endlich war es so weit. Fast zwei Wochen zu spät kam Brain auf die Welt.

Taylor und Eva feierten nicht nur Brians Geburt. Auch Taylor fand wieder zu sich zurück und konnte mit einem Kapitel in seinem Leben abschließen, das ihm klar gemacht hatte, dass das Leben endlich war.

Zumindest dachte er, dass er damit abgeschlossen hatte.

# 7.

»Hey, vielleicht doch mal ´ne Coke?«

Taylor stöhnte auf, als er die Stimme von Pablo vernahm. Warum riss der Barmann ihn immer wieder aus seinen Erinnerungen und sorgte somit dafür, dass er sich nicht an der Vergangenheit festhalten konnte? An eine Zeit, in der alles noch in Ordnung gewesen war? An Momente, an denen er sich wohl und glücklich gefühlt hatte.

»Nein, gib mir noch einen Doppelten und lass mich in Ruhe«, knurrte er Pablo wütend an, der mit den Schultern zuckend das Glas erneut auffüllte.

»Taylor, kannst du noch kurz fahren und für Brian neue Windeln besorgen? Ich dachte, hier sind noch welche, aber ...« Eva sprach nicht weiter und er bemühte sich, nicht zu lachen.

»Teddy? Lachst du etwa?« Ein unüberhörbarer Vorwurf schwang in ihrer Stimme mit.

»Nein«, log er, während er den Autoschlüssel von der Anrichte nahm und Eva nicht ansah, damit sie seine Belustigung nicht bemerkte.

»Das ist nicht lustig.« Plötzlich stand sie hinter ihm und er blickte ihr direkt in die Augen, als er sich umdrehte. Tränen der Verzweiflung glitzerten in ihren Augenwinkeln. In letzter Zeit vergaß sie viel und es belastete sie sehr, dass nichts so war, wie es sein sollte.

»Ich weiß.« Gerügt sah er zu Boden. »Es wird wieder besser werden.« Sanft gab er ihr einen Kuss auf die Stirn. »Ich bin gleich wieder da.« Es schmerzte ihn, dass ihr die vom Arzt diagnostizierte Stilldemenz derart zusetzte. Aber sie wussten beide, dass es wieder vergehen würde. Nie hätte er gedacht, dass es eine solche Krankheit gab, aber seine Frau war der lebende Beweis dafür. Erst am Abend zuvor war sie in Tränen aufgelöst durch die Wohnung gelaufen, auf der Suche nach ihrem Handy. Selbstverständlich hatte er ihr beim Suchen geholfen, aber sie hatten beide keinen Erfolg. Erst als Eva die SIM-Karte bereits hatte sperren lassen, tauchte das Mobiltelefon wieder auf. Da Evas Nerven blank lagen, wollte er sie mit einem Eis trösten, auch seine eigenen Nerven so zu beruhigen. Beim Blick ins Eisfach entdeckte er neben dem Eis das Mobiltelefon und einen Überweisungsträger. Beides lag auf der Pizza, die Eva am Vormittag eingekauft hatte.

Wenige Minuten später hatte er das Einkaufzentrum erreicht. So spät am Abend waren genügend Parkmöglichkeiten gegeben und er stellte seinen Wagen an einer Stelle ab, die möglichst dicht am Eingang lag. Beim Aussteigen wanderte sein Blick über die anderen Fahrzeuge und die Menschen, die ihre vollen Taschen und Einkaufswagen zu ihren Autos brachten. Dieses Suchen nach möglichen Gefahren war eine seiner neuen Angewohnheiten. Diese Angewohnheit konnte er nicht mehr kontrollieren und er bildete sich ein, dass es schlimmer wurde. Er war nicht mehr in der Lage, in kleineren Straßen einzukaufen, die in der Nähe ihrer Wohnung lagen. Dann waren seine Hände innerhalb weniger Minuten völlig verschwitzt und sein Herz jagte derart schnell, dass er meinte, es müsse aus der Brust springen. Ständig rechnete er damit, dass irgendjemand aus einer Ecke mit einer Waffe auf ihn zustürmen würde. Daher nahm er immer öfter den weiten Weg in den riesigen Walmart auf sich. Hier hatte er zumindest auf dem Parkplatz einen guten Überblick. Was sich im Inneren des riesigen Marktes dann schlagartig änderte.

Kurzum, einkaufen war für ihn die Hölle.

Tief Luft holend betrat er den Markt und war froh, dass er inzwischen genau wusste, wo er die Windeln fand. Bemüht, seinen Puls zu kontrollieren, wie er es sonst immer bei seiner Arbeit tat, ging er die Gänge entlang, zog eine große Packung Windeln unter den Argusaugen zweier Frauen aus dem Regal und eilte auf die Kasse zu. Nur raus aus dem Gedränge.

Nur wenige Meter von seinem Wagen entfernt schlug sein Pager Alarm.

»Scheißding.« Fluchend rannte er die letzten Meter auf seinen silbernen Chevy Suburban zu und riss die Tür auf. Die Windelpackung flog auf den Beifahrersitz und die Fahrertür krachte ins Schloss. Während er den Schlüssel in das

Zündschloss schob, warf er einen Blick auf die Uhr im Armaturenbrett. Fünfzehn Minuten, bis er die Windeln bei Eva abliefern würde. Dann blieben ihm noch wenige weitere Minuten um seine Sachen zu packen und sich von Eva und Brian, der mit seinen drei Monaten noch keine Ahnung von dem hatte, was sein Vater tat, zu verabschieden. Was würde Eva sagen, wenn er sie nun auf unbestimmte Zeit alleine lassen würde?

Viel zu schnell raste er über die Schnellstraße und war nach nur zehn Minuten wieder zurück. Mit den Windeln in der Hand rannte er auf die Haustür zu, steckte den Schlüssel ins Schloss und drehte ihn herum.

»Taylor bitte, er ist gerade eingeschlafen.« Eva trat aus dem Wohnzimmer, als die Tür viel zu laut hinter ihm wieder ins Schloss fiel. Er schluckte. Wie sollte er es ihr sagen? Ihr Gesichtsausdruck wandelte sich. »Was ist?« Skeptisch legte sie den Kopf zur Seite und kleine Fältchen bildeten sich auf ihrer Stirn. Taylor holte tief Luft. »Ich muss weg.« Die Worte schmerzten und er hatte Angst vor ihrer Reaktion. Die letzten Wochen hatten sie immer wieder über dieses Szenario gesprochen und jedes Mal war sie in Tränen ausgebrochen. Eva biss sich auf die Unterlippe und nickte langsam.

»Okay.«

Es kam nicht einmal die Frage, wie lange er weg bleiben würde. Nur dieses ruhige Nicken, mehr nicht.

Taylor fühlte sich nicht wohl, als er nur fünfundzwanzig Minuten später mit seiner Tasche die drei Stufen hinunterging, die von der Haustür aus auf den gepflasterten Weg vor ihrem Haus führte. Als Eva die Tür hinter ihm schloss, hörte er ein leises Schluchzen. Er hatte keine Zeit, um nochmals umzukehren. Keine Zeit, um sie in die Arme zu schließen und ihr zu versprechen, dass er auf sich aufpassen würde. Und genau das wusste sie, deswegen brach sie erst in Tränen aus als sie der Meinung war, er hörte sie nicht.

Er war stolz auf sie, als er an der Base aus dem Wagen stieg. Hätte sie geweint, ehe er das Haus verlassen hätte, wäre er umgekehrt und nicht gefahren und hätte so eine unehrenhafte Entlassung riskiert.

»Hey, Harson.« Randy eilte von einem alten Mustang auf ihn zu.

»Um was geht´s?« Gemeinsam rannten sie auf das große, graue Gebäude auf der Coronado Naval Base zu.

»Keine Ahnung.«

Ihm fiel die Alkoholfahne seines Kollegen auf und er rümpfte die Nase.

»Alter, du riechst wie eine Kneipe.« Lachend rannten sie im Gebäude nebeneinander die Treppen zu dem Raum hinauf, in dem sie sich treffen sollten.

Nach nur drei Stunden wussten sie, was ihnen bevorstand. Sie würden sich auf einen Flugzeugträger im Golf von Aden begeben und die Navy vor Ort bei der Bekämpfung der Piraterie unterstützen. In der Gegend kam es in letzter Zeit immer wieder zu Geiselnahmen auf Schiffen, die blutig endeten, und das sollte Taylor mit seinen Kollegen verhindern.

Wie lange ihr Einsatz dauern würde, war nicht klar, aber da sie auf einem großen Schiff stationiert waren, bestand die Möglichkeit, seine Liebste anzurufen.

Es waren am Ende zwanzig Wochen, die er auf hoher See verbrachte, wovon siebzig Prozent der gesamten Zeit nichts zu tun war. Aber das war das Los der SEAls - entweder sie standen vierundzwanzig Stunden am Tag unter Strom oder sie mussten ewig auf einen Einsatz warten.

Entspannt, beinah erholt kam er wieder in San Diego an. Was ihn daheim erwartete, war allerdings alles andere als erfreulich. Noch ehe er klingelte, hörte er das grelle Kreischen eines Kleinkindes, welches sich in sein Gewissen brannte. Zögernd drückte er die Klingel und bekam einen wütenden Fluch entgegen geworfen, noch bevor sich die Tür öffnete.

»Ja, verdammt«, war das erste, was er wirklich verstand als sich die Haustür einen Spaltbreit öffnete. Diese Tonart hatte er noch nie von Eva gehört. Langsam konnte er ihr Gesicht sehen. Sie sah mitgenommen aus, als er sie in seine Arme schloss, wo sie ohne ein Wort begann, hemmungslos zu weinen.

»Pscht, Honey, alles gut.« Langsam strich er durch ihr stumpf wirkendes, zerzaustes Haar. Als sie sich von ihm löste, sah er in ihre rotgeweinten Augen.

»Was ist los?« Etwas legte sich schwer auf seine Seele.

»Du hättest anrufen können.« Sie schluckte schwer.

»Ich wollte dich überraschen. Lass uns reingehen.« Sanft schob er sie die drei Stufen hinauf, die sie hinuntergetorkelt war, als sie ihm in die Arme gefallen war. Im Haus gab er der Tür einen Stoß, damit sie ins Schloss fiel. Schon vom Flur aus konnte er Brian sehen, der in seinem Laufstall lag und bitterlich weinte. Taylor holte tief Luft und schaffte es, sich daran zu hindern, Eva zu fragen, was im Haus passiert war. Irgendwie wirkte es, als sei sie seit Wochen nicht zum Aufräumen gekommen. Am Telefon hatte sie nie etwas über Probleme gesagt. Er ließ seinen Rucksack zu Boden gleiten und ging an Eva vorbei auf Brian zu, der ihn im Vierfüßlerstand mit großen Augen flehend ansah.

»Hey, kleiner Mann.« Langsam beugte er sich zu seinem Sohn hinunter und hob ihn hoch. Das grelle Kreischen verstummte, als Taylor Brian über den Kopf strich.

»Na Klasse. Wunderbar. Mir heult er seit Wochen die Ohren voll und kaum ist der Herr wieder zu Hause, ist Junior das liebste Kind auf Erden.« Evas Worte waren seltsam kalt und abweisend.

»Komm her, Honey, ich will euch beide in den Arm nehmen.«

Nur zögernd kam sie auf ihn zu.

»Kann ich dir irgendwie helfen? Du siehst müde aus.« Vorsichtig legte er einen Arm um sie, als sie in seiner Reichweite war, und zog sie sanft an sich, nicht ohne die Tränen in ihren Augen zu bemerken.

»Nein, du warst so lange weg. Du must dich ausruhen«, brachte Eva leise hervor. Er lächelte. Das war seine Frau. Sie hatte immer nur sein und das Wohl der anderen im Sinn. Sich selbst stellte sie immer weit hinten an, wenn es darum ging, ihre Bedürfnisse zu befriedigen. Einen Moment dachte er darüber nach, was er ihr erwidern sollte. Die Monate auf dem Schiff hatte er oft nur mit Warten verbracht. Man hatte sie stundenlang in Bereitschaft gehalten, um ihnen dann zu sagen, dass die Situation geklärt war. Er hatte viel Zeit gehabt um das zu verarbeiten, was zuvor geschehen war. Zumindest dachte er das.

»Honey, was ist los?« Mit leichtem Druck schob er sie auf die Couch zu, auf die sie sich willenlos fallen ließ. Eva grub ihr Gesicht in ihre Hände und schien sich aus irgendeinem Grund zu schämen. Sein Magen zog sich schmerzhaft zusammen. Es dauerte lange, bis sie ihn wieder ansah und das Warten trieb seinen Puls in die Höhe. Aus irgendeinem Grund hatte er Angst vor dem, was sie sagen könnte. Gab es vielleicht einen anderen Mann? Einen der immer für sie da war und nicht ständig monatelang verschwand.

Brian, den er an seine Brust gepresst hatte, ertastete mit seinen kleinen Fingern sein Gesicht. Aber Taylor konnte die Berührungen nicht genießen. Warum sprach Eva den Grund für ihre Tränen nicht aus? Langsam ließ er sich neben sie auf die Couch sinken. Brian setzte er auf sein Knie und bemerkte, wie ihr Blick immer wieder zu dem kleinen Jungen wanderte.

»Warum, Brian«, nuschelte sie dem Baby zu.

»Was *warum*?«, fragte Taylor verwirrt.

»Warum weint er bei dir nicht? Bin ich eine Rabenmutter? Was mache ich falsch?« Endlich sah sie ihn mit ihren verweinten Augen an. Ihre Worte drangen nur langsam zu ihm durch. Wie kam die Frau neben ihm auf diese absurde Idee?

»Nein, wie kommst du darauf?« Ihm wurde klar, dass es nun an ihm sein würde, sie aufzufangen, so wie sie es nach Jakes Tod bei ihm getan hatte. Was allerdings in ihr vorging, wusste er nicht. Aber das hatte sie auch bei ihm nicht gewusst. »Du bist keine schlechte Mutter«, gab er ihr als Antwort.

»Taylor, er schläft seit Wochen kaum eine Nacht durch. Immer, wenn ich endlich eingeschlafen bin, brüllt er wieder los. Ich bin müde, ich schaffe das alles nicht. Er will den Brei nicht und überhaupt...« Ihre Stimme brach und Tränen rollten über ihre Wangen.

»Jetzt bin ich ja wieder hier und helfe dir, Honey.« Er legte einen Arm um ihre Schulter und spürte, wie die Anspannung von ihr abfiel, als ihr Kopf gegen seine Brust sank.

# 8.

»Auf den kleinen Timothy.«

Taylor blinzelte und entdeckte vier Männer Mitte zwanzig.

»Hey, trink mal ´ne Coke, bitte.«

Sein Blick wanderte von seinem leeren Glas auf die andere Seite der Theke, wo Pablo stand und ihn ansah. Taylor schüttelte den Kopf. Zum einen, um die angebotene Cola abzulehnen und zum anderen, um das träge Gefühl loszuwerden, das sich auf ihn gelegt hatte.

»Ich fände es gut, vielleicht tut es dir ja gut. Danach kannst du ja beim Whiskey weitermachen.«

Taylor stieß genervt den Atem aus und sah in das entschlossene Gesicht des Barmannes, der nicht auf die Rufe eines Gastes reagierte und scheinbar nur auf eine Antwort von ihm wartete.

»Alter, hör auf mich anzusehen, als wüsstest du genau, was gut für mich ist«, zischte er den bärtigen Mann an.

»Coke, oder du gehst.« Die Augenbrauen seines Gegenübers schoben sich zusammen und Taylor wusste, was das hieß. Er hatte keine Chance. Pablo würde ihn rauswerfen.

»Ey, dann gib deine Scheißcoke her.«

Wenn Pablo ihn rauswarf, würde er an diesem Abend nirgends mehr etwas bekommen. Und der Whiskey in seiner kleinen Bar daheim war bereits seit Wochen alle.

»Hier, austrinken, dann kannste wieder was anderes haben.« Pablo schob ihm ein Glas zu.

»Ein größeres hattest du nicht, oder?«, knurrend starrte Taylor das große Glas an. Pablo wandte sich von ihm ab, ohne auf seine Frage zu reagieren. Erstaunlicherweise hatte der Barmann Recht. Die kühle Coke belebte ihn tatsächlich. Sie vertrieb das träge, drückende Gefühl. Dafür begann etwas anderes zu drücken. Das erste Mal seit seiner Ankunft in der Sunrise Bar schob er seine Beine vom Barhocker. Sie fühlten sich, wie der Rest seines Körpers, seltsam schwer an. Unter Pablos wachsamen Augen musste er einmal an der gesamten Lförmigen Bar entlang, um zu den Toiletten zu gelangen. Taylor drückte die Tür zu der Herrentoilette auf und wäre am liebsten direkt umgekehrt. Der Geruch nach Erbrochenem hing schwer in der Luft und wollte bei ihm einen Würgereiz auslösen. Er bemerkte, dass sein Rücken nassgeschwitzt war, als er die letzten Meter zum Pissoir hinter sich gebracht hatte. Setzte ihm der Alkohol der letzten Tage und Wochen derart zu, dass sein Kreislauf ihm nicht mehr gehorchte?

Nachdem er sich erleichtert hatte, trat er an das Waschbecken. Während das kalte Wasser über seine Hände rann, sah er in den Spiegel.

Wer war dieser Mann dort? Wann hatte dieser heruntergekommene Typ aufgehört zu kämpfen?

Mit seinen nassen Händen strich er sich durch das Gesicht. Vielleicht hätte er seinen Bart doch ein wenig in Form bringen sollen. Lange starrte er die Narbe an seiner Wange an. Das war die einzige sichtbare Narbe, die er aus seinen Einsätzen davongetragen hatte.

Die Zeit als SEAL hatte ihn verändert. Wenn er anfangs froh gewesen war heimzukommen und die Maske des harten Mannes abzulegen, so fiel es ihm von Mal zu Mal schwerer. Es war, als würde diese Maske an ihm festwachsen, als würde sie ein Teil von ihm werden.

Er wusste, dass es für Eva nur schwer zu ertragen war, dass der Mann, den sie liebte, verschwunden war. Wochen, nein, Monate suchte er bereits tief in sich nach dem Taylor Harson, in den Eva sich verliebt hatte, aber er konnte ihn nicht finden. Selbst mit Hilfe des jungen Schnösels von Psychologen war er nicht in der Lage, zu sich zurückzufinden. Der Arzt hatte Taylor sogar vorgeschlagen, gemeinsam mit Eva eine Paartherapie zu machen, damit sie besser mit seinem neuen, vom Krieg geprägten *Ich* klar kam. Aber das wollte Taylor nicht. Er wollte wieder er selbst sein, mehr nicht. Der Mann, der es genoss, in Evas Nähe zu sein. Der mit ihr einkaufen ging. Der, der die Haustür offenstehen ließ. Und nicht der Typ, den er dort im Spiegel sah. Der, der hinter jeder Ecke den Tod lauern sah und in jeder Bewegung etwas deutete, das sein Leben gefährden konnte.

Eva war nicht das Problem, er war es. Sie fing ihn seit Monaten tagtäglich auf, wie er es nach Brians Geburt bei ihr getan hatte. Auch sie hatte bereits einen Psychologen aufgesucht, nachdem ihnen klar geworden war, dass etwas nicht in Ordnung war. Der ältere Herr hatte sie dabei unterstützt, ihre Depressionen zu besiegen und aus ihr eine wundervolle Mutter gemacht. In dieser Zeit hatte Taylor alles daran gesetzt, sie nicht alleine zu lassen. Er belegte einen Kurs an der Naval Base und ließ sich zum Kommunikationsoffizier ausbilden, anstatt nach Fort Benning auf die Sniper School zu gehen und sich dort weiterzubilden. Auch wenn er neu im Team war, so verstand sein damaliger Master Chief seine Beweggründe.

»Egal, was es ist, Harson, kommen Sie zu mir. Hier muss alles geklärt sein, sonst können Sie keine hundert Prozent geben.«

Dunkel erinnerte Taylor sich an die Zeit, die er mit Eva gemeinsam in vollen Zügen genossen hatte. Er hatte Brians erste Schritte miterlebt und mit Eva gestritten, was die ersten Silben bedeuten sollten, die die Lippen des damals elf Monate alten Jungen verlassen hatten. Am Ende blieb Taylor bei seiner Überzeugung, dass es Frogman hieß.

Nach vier Monaten nahm er wieder an kleineren Trainingsmissionen teil, war aber nie länger als eine Woche fort. Erst ein halbes Jahr später ging er wieder auf eine Mission, von der niemand genau wusste, wie lange sie dauern sollte.

Sie machten sich auf den Weg nach Afghanistan, um dort einen der führenden Köpfe einer terroristischen Vereinigung zu finden. Der Abschied von Eva und Brian fiel ihm unsagbar schwer. Dass sein Sohn weinend auf seinem Arm immer wieder *›Daddy‹* schluchzte, trug nur noch mehr dazu bei, dass es ihm leid tat, dass er sie allein lassen musste.

Zu diesem Zeitpunkt dachte er darüber nach, aus der Navy auszutreten. Dieser Gedanke verschwand erst, als sein Flieger in Bagram landete. Mit zwölf Mann des Team 10 sollten sie auf die Jagd auf einen Mann gehen, der sich einfach nicht fangen lassen wollte. Nur wusste niemand von ihnen, wohin genau sie gehen und wann es so weit sein würde.

Afghanistan war kein Ort für Gefühle.

Die Männer, mit denen er unterwegs war, waren bis auf vier alle Singles und hatten in den USA keine weiteren Verpflichtungen, als Kneipenschlägereien an den Wochenenden. Nur langsam begann er sich wieder daran zu gewöhnen, von Eva und Brian getrennt zu sein und nicht täglich mit ihnen zu sprechen.

Die meisten ihrer Einsätze führten sie tief in den Hindukusch und mehr als einmal riskierten sie Kopf und Kragen und das nicht, weil ihre Gegner schwer bewaffnet waren, sondern weil sie sich wie fettgefressene Gämsen über Gelände bewegen mussten, das nicht für Menschen gedacht war.

Mehr als die Hälfte ihrer Missionen verlief ohne Erfolg. Sie fanden nicht die Männer, die sie suchten, und schon gar nicht die treibende Kraft hinter ihnen. Oft stellte sich heraus, dass ihre Zielpersonen kurz zuvor die Häuser verlassen hatten, die sie mitten in der Nacht stürmten.

# 9.

»Hier, versprochen ist versprochen. Bekommst auch ein neues Glas.«

Taylor sah sich erstaunt um. Wie um alles in der Welt war er wieder an den Tresen gelangt?

»Danke«, nuschelte er.

»Sag mal, Taylor, ich hab gehört, dass es psychologische Tests gibt, wenn man SEAL werden will.« Pablo stand ihm immer noch gegenüber und musterte ihn neugierig.

»Stimmt.« Was auch immer der Barkeeper wissen wollte, Taylor hatte keine Lust zu reden, und daran würde auch der Mann vor ihm nichts ändern. Überhaupt war dieses Thema keines, über das er gerade reden wollte. Schon gar nicht mit dem Besitzer einer Bar, der seiner Meinung nach nicht der Schlaueste war.

»Was wollen die so wissen?«

Er stöhnte auf. Das war genau die Art von Fragen, auf die er in diesem Moment nicht antworten wollte.

»Da steht so´n Scheiß wie: Wollen Sie Designer werden? Hegen Sie Selbstmordgedanken? Mögen Sie Alice im Wunderland? Haben Sie besondere Fähigkeiten? Haben Sie schon mal Visionen gehabt? So´n Mist halt.« Taylor leerte sein Glas in einem einzigen Zug, während Pablo ihn mit großen Augen ungläubig ansah.

»Bitte? Was sind das für Scheißfragen?« Der Barmann füllte Taylors Glas wieder auf, schüttelte aber den Kopf. Warum er das tat, entzog sich Taylor, vielleicht weil er das Glas nicht hatte füllen wollen. Vielleicht aber auch, weil er sich nicht vorstellen konnte, dass solche Fragen zu den Aufnahmeprüfungen der SEALs gehörten.

»Den Mist kann man, glaube ich, nicht so beantworten, dass die zufrieden sind. Ich kenne niemanden, der anschließend nicht zum Psychologen musste.« Taylor klammerte sich an das geriffelte Glas. Seine Zunge fühlte sich seltsam an und das Bild des Barkeepers, der seine Aufmerksamkeit auf andere Gäste richtete, verschwamm.

»Hasenfuß, wir müssen los.« Wildes Hämmern und das laute Brüllen ließen Taylor von der Pritsche hochschnellen. Kurz torkelte er, als er aufsprang und nach seinem Gewehr griff. Er war eingeschlafen. Er trug bereits seit der vorherigen Nacht seine vollständig ausgestattete Munitionsweste. Wie er es geschafft hatte, mit den Magazinen, die sich hart in seine Rippen gepresst hatten, einzuschlafen, war ihm ein Rätsel.

Keine zehn Minuten später saß er mit fünf Kollegen in einem Black Hawk, der sie dicht an die pakistanische Grenze bringen sollte. Die CIA hatte herausgefunden, wer die Verantwortung dafür trug, dass ihre Missionen immer wieder scheiterten. Daher hatte man die Jagd auf den zweiundzwanzigjährigen Elyas Bakr eröffnet. Sie sollten ihn fassen und herausbekommen, woher er seine Informationen nahm.

Taylor saß neben seinem Kollegen an der Tür des Hubschraubers und hätte die Tür geschlossen, wenn die Aussicht nicht so fantastisch gewesen wäre. Ein eiskalter Wind zog durch den Hubschrauber und unter ihnen war vor einigen Minuten die trockene Region um Kundus verschwunden, in der es in den letzten Tagen brütend heiß gewesen war. Langsam tauchten die ersten Berge auf und immer mehr Schnee bedeckte die Spitzen der Berge des Hindukusch. Tage hatte sie damit verbracht, um auf den endgültigen Einsatzbefehl zu warten. Nun konnten sie den weiß glitzernden Schnee sehen, der die Gegend so friedlich wirken ließ. Aber sie alle wussten, wie trügerisch dieses Bild war. Dort unten war es alles andere als idyllisch und friedlich.

Unter den Männern herrschte ein Schweigen, welches eisiger war als die Luft, die durch den Laderaum des Black Hawks zog. Sie hatten nur wenige Informationen über den Ort, an dem man sie absetzen würde. Sie wussten, dass ihnen zehn Kilometer Fußmarsch in unwegsamem Gelände bevorstanden, ehe sie ihr Ziel erreichten. Die Bilder, die sie von der eigenartigen Siedlung in den Bergen hatten, waren mehr als dürftig. Einige Male hatten sie bei den Briefings angemerkt, dass es sinnvoller sei, das Gebiet mit einer Drohne zu überfliegen und dort eine Bombe abzuwerfen, wo man Bakr vermutete. Aber die CIA bestand darauf, ihn lebend zu bekommen. Was verständlich war, wenn man Informationen wollte. Allerdings hieß es für sie ebenfalls, dass sie ihn nicht erschießen durften. Was wiederum schwer werden dürfte.

Die Häuser, in denen Bakr sich befinden sollten, waren an einen Felsen gemauert und wirkten teilweise, als wären sie hineingemeißelt worden. Die Ein- und Ausgänge endeten bei einigen Wohnungen auf den Dächern der darunter liegenden. Wie genau sie vorgehen würden, würden sie erst vor Ort entscheiden, da ihnen die Bilder der Drohnen keine eindeutigen Wege aufgezeigt hatten, auf denen sie von einem Haus zum anderen kommen konnten.

Taylor warf einen Blick zur Seite. Randy starrte auf die Berge, die unter ihnen entlang zogen, und wirkte hochgradig angespannt. Überhaupt machte das gesamte Team einen seltsamen Eindruck auf ihn. Vielleicht war er es aber auch, der seltsam war, und die anderen waren die normalen. Die Männer sprachen kaum mit ihm und ihm erschloss sich einfach nicht, warum dem so war. Er und Randy waren die Frischlinge im Team und das, obwohl sie beide seit mehr als einem Jahr feste Mitglieder im Team 10 waren. Sie hatten immer noch einen schweren Stand zwischen den anderen und er fragte sich bereits eine Weile, wann sich das endlich ändern würde. Die herrschende Anspannung war nichts für ihn.

»Fünf Minuten.« Der Pilot riss ihn aus seinen Gedanken.

»Hasenfuß. Du gehst als Pointman.«

Taylor vernahm den Befehl seines COs Barry Garth und deutete als Zeichen dafür, dass er ihn verstanden hatte, mit dem Daumen nach oben. Ihm gefiel die Aufgabe nicht, aber wenn er endlich seinen Platz im Team finden wollte, konnte er sich nicht auf Diskussionen mit Garth einlassen. Es hatte eine Zeit nach Jakes Tod gegeben, da hatte er gehofft, den Platz des erfahrenen SEALs einnehmen zu können, aber die Wirklichkeit sah anders aus. An den Worten des Snipers hatte nie jemand Zweifel gehegt und selbst die Vorgesetzten hatten sich die Einwände von Jake immer angehört. Taylor hingegen war ein Neuling, der in ihren Augen keine Ahnung hatte.

»Dreißig Sekunden.« Wieder erklang die Stimme des Piloten über sein Headset. Er starrte aus dem Helikopter auf den näher kommenden steinigen Boden. Das Brüllen von Garth, als der Black Hawk den Boden berührte, ließ ihn hinausspringen und in geduckter Haltung unter dem Rotor hinweg auf eine kleine Felsformation zulaufen. Sie verharrten noch eine gefühlte Ewigkeit regungslos neben den Felsen, nachdem der Helikopter aus ihrem Sichtfeld verschwunden war.

»Hasenfuß, wo gehts lang?« Der CO schien zu erwarten, dass Taylor neben dem Posten des Pointman auch noch den des Navigators übernahm. Er warf einen Blick auf sein GPS und machte sich ein Bild von der Route, die sie einschlagen würden. Er durfte keine Fehler machen. Er musste mit allen Eventualitäten rechnen, sonst könnte es sein, dass er nie wieder auf eine Mission ging.

Ihr Pfad war kaum als solcher zu erkennen. Zeitweise befand sich zu seiner Linken ein Abgrund von vielen hundert Metern und an der anderen Seite stiegen fast glatte Felswände steil Richtung Himmel auf. Mit Einbruch der Dunkelheit wurde es nur noch schwerer. Durch die Nachsichtgeräte konnten sie alles nur noch in grünen, grauen und schwarzen Abstufungen wahrnehmen. Es wurde von Stunde zu Stunde anstrengender. Immer wieder kontrollierte Taylor ihre Position, um sicherzugehen, dass sie sich auf dem richtigen Weg befanden. Erst nachdem sie einen Berg hinunter gestiegen waren, um an einer anderen Stelle wieder aufzusteigen, näherten sie sich ihrem Ziel.

Er vernahm das Poltern von Steinen und den Fluch von Randy, der dicht hinter ihm war.

»Pass auf, wo du hintrittst, verdammt«, zischte er seinem Kollegen zu, von dem er nur ein Knurren als Antwort bekam.

Nach über einer Stunde in dem unwegsamen Gelände kamen sie endlich schneller voran. Sie hatten eine schmale Straße erreicht, die sie direkt in das kleine Dorf bringen würde. Nun mussten sie weniger auf den Boden unter ihren Füßen achten, sondern mehr auf ihre Umgebung. Wie sie von den

Satellitenbildern wussten, gab es unweit des Dorfes Wachposten und diese mussten sie jetzt finden. Taylor entdeckte in einiger Entfernung zwei Gestalten am Rand der kleinen, nicht befestigten Straße. Er hob die Hand, um die Aufmerksamkeit der anderen zu erhalten, und deutete zur Seite, damit man sie nicht auf den ersten Blick sah. Neben ihm tauchte Barry auf, der den Posten des COs übernommen hatte, da Chester sich, aus welchen Gründen auch immer, weigerte, weitere Verantwortung zu tragen. Unaufgefordert deutete er in die Richtung, in der er durch das Nachtsichtgerät die Männer sehen konnte, die die Straße bewachten.

»Legt sie um«, war der emotionslose Befehl seines Vorgesetzten. Sie hatten keine Möglichkeit, sich von hinten an ihre Opfer heranzuschleichen, um sie lautlos aus dem Weg zu räumen. An den Seiten des Weges war eine Böschung, von der er nicht wusste, ob es ihnen gelingen würde, sie lautlos zu erklimmen. Also blieb nur ein Weg. Er warf einen Blick zu Randy, der ihm kommentarlos zunickte. Randy war bei weitem nicht der beste Schütze im Team, aber einen Mann auf knappe dreihundert Meter Distanz zu treffen, sollte selbst ihm gelingen. Taylor wollte gerade seinen Schalldämpfer auf sein Gewehr setzen, als Randy weiterging. Was um alles in der Welt hatte sein Kollege vor? Ihm blieb nichts anderes übrig, als dem Mann aus Illinois zu folgen.

»Kobold, was hast du vor?«, raunte Garth wütend und nahm Taylor so die Frage ab. »Willst du sie freundlich nach dem Weg fragen?«

Randy antwortete nicht. Er ging immer weiter auf die beiden zu und Taylor spürte, wie sein Körper Adrenalin ausschüttete. Wie konnte sein Kollege sich und das Team derart in Gefahr bringen? Taylor konnte nichts anderes tun, als ihm zu folgen, um ihn, sich und das Team zu schützen. Er war bereit, sich jeden Moment die Böschung hinunterzuwerfen oder zu feuern, sollten die beiden sie bemerken. Und genau das würden sie.

»Was soll der Scheiß?« Taylor wollte seine Hand auf Randys Schulter legen, doch der war einen Zentimeter zu weit von ihm entfernt. Ein ungutes Gefühl machte sich in Taylor breit. Plötzlich legte Randy das M16 an und gab einen Schuss ab, der durch die Berge hallte. Taylor hatte keine Zeit mehr zum Handeln. Ehe Randy auch den zweiten Mann erledigen konnte, der sich zu ihnen umgedreht hatte, drückte Taylor ab.

»Ich schmeiß euch raus, ihr Anfänger! Habt ihr den Verstand verloren? Kobold, wozu wurde der Schalldämpfer erfunden? Warum zum Teufel hast du das Teil im Rucksack? Willst du damit jemanden erschlagen oder was? Wenn die das nicht gehört haben, dann weiß ich auch nicht. Das wird Konsequenzen haben, und zwar nicht zu knapp.« Die anderen rannten an ihm und Randy vorbei, dem er am liebsten die Meinung gesagt hätte, aber dazu war nun keine Zeit mehr. Sie mussten Bakr finden, ehe er wieder verschwand.

»Ich wollte nur dichter ran«, verteidigte Randy sich. Seelenruhig sammelte er die Waffen ein, ehe er wieder neben Taylor auftauchte, der zum Rest des Teams aufgeschlossen hatte.

»Darüber reden wir, wenn wir zurück sind. Und nun beeilt euch«, fauchte Garth. Taylor bildete sich ein, das Zähneknirschen seines Vorgesetzten zu hören. Keine tausendfünfhundert Meter weiter verlangsamten sie ihr Tempo wieder und schlichen auf die ersten Gebäude der seltsamen Siedlung zu. Dabei unterschied sie sich in nichts von anderen Siedlungen dieser Gegend. Taylor wusste, dass viele der Bauern ihre Hütten an und in Felsen errichteten. Sie nutzten die von der Natur vorgegebenen Ressourcen, um sich ein Dach über dem Kopf zu errichten. In keiner der kleinen Hütten brannte Licht und das, obwohl er sich sicher war, dass man die Schüsse weithin gehört hatte.

Mit Handzeichen teilte Garth sie in Zweierteams ein und deutete auf die Gebäude, bei denen sie beginnen sollten. Lautlos teilten sie sich auf. Taylor und Randy übernahmen ein kleines Gebäude, welches mehr ein Ziegenstall als ein Haus für Menschen war. Dass er mit Randy zusammenarbeiten sollte, stieß ihm sauer auf. Irgendetwas sagte ihm, dass er den Mann mit den roten Haaren besser nicht aus den Augen lassen sollte.

»Los geht´s.« Garth gab das Startsignal und Taylor verschaffte sich Zutritt zu der kleinen Hütte, die, wie nicht anders zu erwarten, nur aus einem Raum bestand. Und eben dieser war menschenleer. Er zog ein Knicklicht aus seiner Westentasche, aktivierte es mit einem leisen Knacken und warf es vor die Tür. So konnten die anderen durch ihre Nachsichtbrillen ein Leuchten sehen, das ihnen signalisierte, dass bereits jemand im Inneren gewesen war. Auch die anderen hatten erste Hütten durchsucht, wie er an den kleinen leuchtenden Stäben sah, die vor den Türen langen.

Randy steuerte auf die nächste Brettertür zu und schob sie leise auf. Er verschwand im Inneren und Taylor stöhnte auf. Warum hielt sein Kollege sich an keine Regel? Er trat durch die Tür und stellte fest, dass diese Hütte insgesamt zwei Räume hatte, plus den, in dem er nun stand. Randy verschwand im rechten Zimmer und Taylor eilte ihm hinterher. Er nahm sich vor, mit dem Captain zu sprechen, sobald sie zurück waren. Randy stellte eine Bedrohung für jeden dar, der mit ihm arbeiten musste.

»Kannst mal warten und ansagen, was du vor hast? Ich hab meine Glaskugel nicht dabei«, zischte er wütend, als er seine Hand auf Randys Schulter legte.

»Hier ist doch eh keiner.« Randy deutete auf eine alte Matratze und eine Kochstelle, die lange nicht genutzt worden war. »Aber wenn es dir besser geht, wenn du vorgehst, bitte, ich halt dich nicht auf.« Er deutete auf die Tür. Vor Wut schnaubend und auf alles andere als seine Arbeit konzentriert, verließ Taylor den kleinen Raum und bog um die Ecke. Er trat in das zweite Zimmer und entdeckte eine Schlafstelle, die nicht so aussah, als sei sie lange nicht benutzt worden. Ehe er sich umdrehen konnte, weil er sich einbildete, einen Atemzug im Nacken gespürt zu haben, traf ihn ein harter Schlag auf den Rücken, der ihn zu Boden schickte. Wo war Randy? Er drehte sich herum und konnte es nicht verhindern, dass sich ein Mann mit nacktem Oberkörper und weiter Hose auf ihn stürzte. Ein weiterer Schlag traf ihn ihm Gesicht und im nächsten Moment sah er, dass sein Gegner ein Messer in der Hand hielt, das drohend über ihm schwebte.

»Kobold?« Keuchend griff er nach dem Handgelenk des Angreifers und versuchte zu verhindern, dass das Messer auf ihn hinunter raste. Wo war sein Kollege?

»Scanlon, verdammt!«

Der Mann über ihm hatte eine unglaubliche Kraft und Taylor wusste nicht, wie lange er ihn noch in Schach halten konnte. Plötzlich fiel die gesamte Spannung in dem trainierten Körper über ihm ab. Er spürte einen kurzen Schmerz an der Wange, als der Widerstand im Arm der Angreifers verschwand und er ihn kurz weit nach oben drücken konnte, ehe das gesamte Gewicht des Fremden auf seinem Arm lag und das Messer an ihm vorbei Richtung Boden raste.

»Hasenfuß, was macht ihr da?«

»Feindkontakt«, knurrte Taylor als Antwort auf die Frage des COs und stieß den Mann von sich hinunter. Als er sich aufsetzte, spürte er wie Feuchtigkeit an seiner Wange hinunter rann und im Kragen seines Hemdes versickerte. Der Schmerz war erträglich, aber die Wut auf Randy und sich selbst war riesig. Er strich sich mit der Hand über die Wange und das Brennen, welches sich ausbreitete, machte ihm klar, dass die Feuchtigkeit sein Blut war. Warum zum Teufel war sein Kollege nicht direkt hinter ihm gewesen? Dort, wo er hingehörte. Warum verhielt er sich, als wäre es die erste Hauserstürmung seines Lebens? Monatelang hatten sie für nichts anderes trainiert.

»Verletzt?«

»Nein, und wenn Kobold noch mal so einen Scheiß macht, dann ...« Er konnte nicht weitersprechen, da draußen Schüsse fielen.

»Bewegt eure Ärsche, wir brauchen Hilfe!« Das Gebrüll des COs war gegen den Lärm des Dauerfeuers kaum zu verstehen. Taylor raffte sich auf und stieß auf dem Weg nach draußen Randy zur Seite, der in der Tür lehnte.

Etwas weiter oben in der kleinen Siedlung sah er das Mündungsfeuer seiner Kollegen, die eine kleine Hütte unter Beschuss genommen hatten, welche fast komplett im Felsen lag. Geduckt lief er auf seine Kollegen zu und schlitterte neben Garth in die Deckung einer Hausecke.

»Hasenfuß, wo ist Kobold?« Der CO zog ihn weiter hinter den Holzverschlag, der zumindest eine optische Deckung bot. Die Bretter würden Kugeln aber nicht aufhalten können.

»Keine Ahnung, kommt bestimmt gleich.«

»Du holst sofort deinen Teamkollegen. Bin ich hier mit Anfängern unterwegs oder was?«, brüllte sein Vorgesetzter.

»Bin schon hier.« Randy tauchte neben Taylor auf und im nächsten Moment schlugen dutzende Kugeln durch die Bretter. Sie pressten sich dicht auf den Boden und mussten warten, bis ihre Kollegen das Feuer wieder auf sich gezogen hatten.

»Willst du das nächste Mal ein rotes Schild haben, damit sie dich noch besser treffen können, Kobold?«, blaffte Garth in einer kurzen Feuerpause, in der es ihnen gelang, ihre Position zu wechseln. Der Widerstand, auf den sie stießen, war weit größer, als sie gedacht hatten und ihre Gegner hatten einen Vorteil. Sie hatten eine sichere Deckung in einem Haus, welches zu mehr als drei vierteln in dem Felsen lag.

Eine Stunde später saß Taylor schwer atmend an einer Hauswand, die nur wenige Meter von ihrem Ziel entfernt war. Literweise Adrenalin jagte durch seine Adern und seine Beine zitterten. Garth stand neben ihm und schien ein wachsames Auge auf ihn zu haben, während seine Kollegen Bakr abführten, den sie trotz tausender Kugeln lebend gefasst hatten. Für diesen Fang hatten viele Menschen ihr Leben gelassen und noch wussten sie nicht, ob es sich um Zivilisten handelte oder um Terroristen. Seine Kollegen hatten ein riesiges Waffenarsenal ausfindig gemacht und trugen es nun zusammen, damit ihr Sprengstoffexperte es beseitigen konnte.

Taylor spürte, wie die Wirkung des Adrenalins nachließ. Er begann zu frieren und hatte nur noch einen Wunsch - er wollte zurück und schlafen.

»Hey, Hasenfuß. Nimm mal das Nachtsichtgerät ab. Der CO sagt, ich soll mir mal deinen Kratzer anschauen.« Jackson Rich tauchte vor ihm auf. Erschrocken darüber, dass seine Hände unkontrollierbar zitterten, schob er das Nachtsichtgerät nach oben. Der Corpseman kniete sich neben ihn und zog eine Taschenlampe aus seiner Westentasche. Das grelle Licht blendete ihn und er kniff die Augen zu.

»Uh, autsch. Halt mal still.« Die Worte des Mannes aus Tennessee hallten in seinen Ohren und ihm fehlte die Kraft, die Augen wieder zu öffnen. Er biss die Zähne zusammen, als

Jackson eine Mullbinde auf die Wunde an seiner Wange presste. »Wie ist das passiert?«

»Der Typ hatte ein Messer, keine Ahnung, wie genau ... Verdammt, was machst du da?« Ein Brennen breitete sich auf seiner Wange aus.

»Alles okay, aber das muss genäht werden. Los, hoch mit dir.«

Taylor atmete tief ein, ehe er sich von dem dunkelhäutigen Mann aufhelfen ließ. In der Ferne konnte er das Schwirren eines Chinooks vernehmen. Sie konnten zurück, ihre Mission war erledigt. Erleichtert stieß er den Atem aus.

»Hey, Harson!«

Taylor öffnete die Augen. Die Luft in dem kleinen Raum, in dem er einquartiert war, war stickig und er hatte keine Ahnung, wie lange er geschlafen hatte. Jackson hatte zwar darauf bestanden, dass man ihn nach Bagram ausflog, um die Wunde von einem Profi nähen zu lassen, aber Taylor hatte seinen Willen durchgesetzt und den Corpseman gezwungen, die Wunde zu nähen, als sie zurück in Kundus waren. Scherzhaft hatte Jackson darauf bestanden, dass man ihn nicht für ästhetische Fehler haftbar machen konnte, da er von dem was er tat, nur wenig Ahnung hatte. Auch wenn der Fünfundzwanzigjährige in der Lage war, Leben zu retten, so war er noch lange nicht dafür ausgebildet, Wunden so zu nähen, dass man sie später nicht als Narbe erkannte. Die eventuell entstehende Narbe war Taylor jedoch egal. In ihm kochte eine unglaubliche Wut auf Randy.

»Harson?« Wieder war da die Stimme vor der Tür, der ein kräftiges Hämmern folgte. »Hey, Harson, lebst du noch?« Das Hämmern wurde kräftiger und der Blick auf die Uhr sagte ihm, dass es früher Nachmittag war und er tatsächlich nur knappe sechs Stunden geschlafen hatte.

»Harson?«

»Ja, verdammt. Ich lebe noch. Wie das mit dir ist, wenn du weiter so ´nen Krach machst, weiß ich nicht«, blaffte er Jackson an.

»Garth will dich sehen, du hast noch fünf Minuten.«

»Halts Maul«, knurrte Taylor wütend über sich selbst, da er viel zu lange seinen eigenen Gedanken nachgehangen hatte. Er schwang sich aus dem schmalen Feldbett, warf einen Blick in seine Stiefel um auszuschließen, dass sich dort ungebetene Gäste versteckten. Welches Tier allerdings freiwillig in einen getragenen Stiefel kriechen würde, wusste er nicht. Als er aufstand fiel sein Blick auf den alten Spiegel an der Bretterwand neben der Tür. Die frische Wunde war tiefrot gefärbt und beim Berühren stellte er fest, dass sie sich heiß anfühlte. Vielleicht wäre Bagram doch die bessere Lösung gewesen. Wenn Eva ihn so sehen würde, würde sie zusammenbrechen.

Eva!

Er musste sich bei ihr melden. Er warf einen kurzen Blick an das Fußende seines Bettes, wo unter einem achtlos hingeworfenen, braunen Hemd seine Munitionsweste lag. Er schüttelte den Kopf bei dem Gedanken, sich in der herrschenden Hitze etwas überzuziehen. Er hatte in den letzten Stunden genug geschwitzt. Mit freiem Oberkörper trat er aus seiner kleinen Unterkunft, um nur drei Schritte später aus dem Gebäude zu treten. Die Sonne brannte, wie nicht anders zu erwarten, erbarmungslos auf den trockenen Sandboden unter seinen Füßen. Das grelle Licht blendete ihn und er musste mehrfach blinzeln, bis sich seine Augen an die Helligkeit gewöhnt hatten und er seine Aufmerksamkeit auf das einzige Gebäude der Base richten konnte, welches nicht aus Wellblech oder Brettern bestand.

»Ey, Hasenfuß, seit wann grüßt man einen Ranghöheren nicht mehr?«

Taylor schreckte herum. Er kannte die Stimme, hatte sie allerdings nicht an diesem trostlosen Ort erwartet.

»Mike?« Mit großen Augen sah er den Mann mit dem wildwuchernden Bart an.

»Na wenigstens kennst du meinen Namen noch.« Lachend kam der Mann auf ihn zu. Sie umarmten sich freundschaftlich. Den Texaner kannte er noch aus früheren Einsätzen. Kurze Zeit war Mike als Executive Officer in Taylors Team eingesetzt gewesen, hatte sie aber nie spüren lassen, dass er es war, der Entscheidungen traf. Mike hatte immer alle im Team mit einbezogen. Das war eine Eigenschaft, die Taylor an dem Texaner zu schätzen wusste.

»Dein CO hat mich herbestellt. Ihr hattet Stress?« Die buschigen Augenbrauen von Mike hoben sich fragend.

»Ja, also nicht mit Garth, sondern mit Kobold. Keine Ahnung, was den letzte Nacht geritten hat. Und was hast du damit zu tun?« Skeptisch legte Taylor den Kopf zur Seite.

»Ich soll dafür sorgen, dass er zurückgeflogen und den Behörden übergeben wird.«

Taylor stieß verwundert den Atem aus, als sie zusammen die Kommandozentrale in dem aus Betonelementen zusammengesetzten Gebäude betraten.

»Bitte? Weil er gepennt hat?« Er konnte sich nicht vorstellen, dass Randy nur wegen eines Momentes, in dem er sich nicht an einen Befehl gehalten hatte, aus dem Team geworfen wurde. Ein Disziplinarverfahren vielleicht, aber eine Abreise mit Übergabe an die Behörden ergab in seinen Augen keinen Sinn.

»Dein Kobold hat Dreck am Stecken. Du kannst froh sein, dass du noch lebst, Hasenfuß.« Mike riss die Stahltür auf, vor der sie in dem stickigen Gebäude angekommen waren. Taylor erschrak, als er nach Mike den Raum betrat. Neben führenden Offizieren stand Randy mit auf dem Rücken gefesselten Händen mitten im Raum und starrte Garth an, der direkt vor ihm stand. Taylors Herzschlag beschleunigte sich. Was sollte er hier? Hatte er ebenfalls einen solch schwerwiegenden Fehler gemacht, dass man ihn festsetzen würde? In Gedanken ging er die Momente des Einsatzes nochmals durch. Versuchte Fehler zu erkennen, die ein Verfahren nach sich ziehen könnten.

»Petty Officer Harson, warum hat das so lange gedauert?«, fuhr der Commander der Base ihn wütend an.

»Entschuldigen Sie, Sir, ich habe geschlafen.« Taylor war der Meinung, dass man sein rasendes Herz hören müsste. Schlafen war keine gute Ausrede. Es war gar keine Ausrede. Er schluckte.

»Jackson sagte, Sie werden es überleben«, blaffte der Mann weiter, der das Kommando über alle hatte.

»Ja, Sir, nur eine Schramme. Es wird nie wieder vorkommen.« Es fiel ihm schwer, seiner Stimme den nötigen Nachdruck zu verleihen und somit glaubhaft zu klingen. Er befürchtete, dass man auch ihn zurückschicken würde und dass er seinen sicheren Job verlieren würde. Dann müsste er sich etwas Neues suchen, um seine Familie zu ernähren.

»Harson, ich will von Ihnen genau wissen, was da oben passiert ist. Ganz genau, jedes Detail.« Der Commander trat an ihn heran und sah ihn durchdringend an. Was auch immer Taylor bevorstand, es schien nichts Gutes zu sein. Der Gesichtsausdruck des Commanders veränderte sich nicht im Geringsten. Taylor begann, den Einsatz aus seiner Sicht wiederzugeben, angestrengt bemüht, nichts zu vergessen.

# 10.

Splitterndes Glas ließ Taylor panisch zusammenfahren. Erschrocken sah er sich um und ertappte sich dabei, wie er seine Waffe suchte, die er nicht bei sich trug. Er versuchte festzustellen, ob es in diesem Moment eine akute Bedrohung für ihn gab. Sein Blick blieb an den Scherben eines Whiskeyglases hängen, welches einige Meter von ihm entfernt am Boden lag.

»Ey, die Dinger kosten fünf Dollar.« Pablo stapfte mit einem kleinen Besen und einer dazu passenden Schaufel wütend an ihm vorbei auf das zerbrochene Glas zu. Langsam löste Taylor seinen Blick von den im Licht funkelnden Scherben und bemerkte einen Mann Mitte dreißig, der Pablo von oben herab beim Aufkehren beobachtete.

»Alter, nun stell dich nicht so an«, lallte der dunkelblonde Mann.

Pablo richtete sich mit der kleinen Schaufel in der Hand auf, aber da er Taylor den Rücken zugekehrt hatte, konnte er sein Gesicht nicht erkennen.

»Seit vier Wochen kommst du jeden Tag hier her. Jede Woche muss ich dich viermal bitten, deinen beschissenen Deckel zu zahlen und jetzt wieder mal ein Glas?«

Dass Pablo wegen eines Glases derart aus der Haut fuhr, hatte Taylor noch nie erlebt. Er konnte sich nicht vorstellen, dass alleine die Scherben Schuld daran trugen. »Raus, du Heckenpenner, lass dein Geld hier und wag es nicht wiederzukommen.« Brüllend schob der Barkeeper den Mann Richtung Tür. Wenige Meter vor dem Ausgang zog er ihm die Geldbörse aus der Hosentasche und riss einen Geldschein aus dem abgegriffenen Leder.

»Ey, das ist meins.« Der Fremde stemmte sich gegen Pablo.

»Das war deins. Du hast meinen Alkohol weggesoffen und nicht bezahlt. Mach, dass du rauskommst, Rick. Ich bin es echt leid.«

Taylor dachte einen Moment darüber nach, Pablo zur Hilfe zu eilen, verwarf den Gedanken aber wieder. Sein Körper fühlte sich seltsam an. Er hatte Angst, dass seine Beine ihn nicht tragen würden. Mit geschlossenen Augen lauschte Taylor einen Augenblick seinem eigenen Herzschlag. Hatte er während des Einsatzes einen Fehler gemacht?

Krachend fiel die Bartür ins Schloss. Als er die Augen wieder öffnete, stand Pablo ihm gegenüber am Tresen.

»Trink noch einen und schau mich nicht so an«, zischte er, als er Taylor nachschenkte. »Fünfzig Dollar, .... der Deckel hatte zweihundert. Kannst du dir das vorstellen? Zweihundert Dollar in zwei Wochen? Ach Gott, was frag ich dich. Du schaffst mehr, aber wenigstens zahlst du.« Knurrend wandte er sich ab.

»Harson, wollen Sie noch irgendetwas hinzufügen?« Der Commander sah während der Frage nicht ihn, sondern Randy an, der seinen Blick stur geradeaus gerichtet hatte. Taylor wurde, falls das überhaupt möglich war, noch nervöser. Seit er diesen Raum betreten hatte, hatte er das Gefühl, dass er einen, wenn nicht sogar mehrere, fatale Fehler begangen hatte. Nur wollte sich ihm nicht eröffnen, welche es waren.

»Nein, Sir.« Zitterte seine Stimme?

»Gut, wegtreten.« Der Commander sah ihn endlich an und nickte, um seinen Worten Nachdruck zu verleihen. Er hatte keine Ahnung, was passieren würde, wenn er diesen Raum verlassen würde, aber er hatte keine Wahl. Wenn er nicht ging, beging er den nächsten Fehler. Er salutierte und trat auf die Tür zu. Mike, der vor der Tür stand, trat nickend zur Seite, um ihn hinauszulassen.

Taylor verwarf den Gedanken, wieder zurück in seine Unterkunft zu gehen, um weiter zu schlafen. Zum Schlafen war er viel zu nervös. Er wollte wissen, was es mit Randys Festnahme auf sich hatte und welche Konsequenzen seine Fehler für ihn haben würden. Zwanzig Minuten später, als er gerade seine zehnte Runde auf dem kleinen Gelände gedreht hatte, trat der Commander gefolgt von Randy und Mike aus dem Hauptgebäude.

»Harson?« Die dunkle Stimme des Commanders hallte über den Platz. Im Laufschritt eilte Taylor auf seinen Vorgesetzten zu, blieb einige Meter vor dem bulligen SEAL-Commander stehen und salutierte.

»Aye, Sir.«

»Ich werde Ihrem Team ein neues Mitglied zuteilen, welches den Posten von Scanlon einnimmt.«

Taylor wollte aufstöhnen, weil er keine Lust hatte, mit jemand Neuem zusammen zu arbeiten, riss sich dann aber zusammen und nickte.

»Aber erst fliegt Ihr Team zurück. Ich habe keinen Ersatzmann hier, somit reisen Sie ab. In zwei Tagen kommt ein anderes Team her«, erklärte der Mann mit dem glattrasierten Gesicht, der so gar nicht wie ein SEAL wirkte. Wahrscheinlich saß er einfach zu lange am Schreibtisch und machte deswegen mehr den Eindruck eines Bänkers in Flecktarn auf ihn.

»Sir, wohin bringen Sie Scanlon?« War es klug, seinen Vorgesetzten nach internen Dingen zu befragen? Warum konnte er seine Zunge nicht einmal zügeln? Es gab Dinge, die ihn einfach nichts angingen.

»Harson, Sie haben eben selbst gesagt, dass Kobold zu spät bei Ihnen war, dass er Ihnen nicht den Rücken freigehalten hat. Sie wissen ebenso gut wie ich, dass es schnell zu mehr hätte kommen können, als nur zu dem Kratzer.« Der Commander deutete auf die Wunde an Taylors Wange. Dass man Randy aufgrund seiner Aussage aus dem Team warf, war nicht sein Plan gewesen. Randy war vielleicht oft nicht so, wie andere ihn sich wünschten, aber eigentlich war er ein guter Freund und Taylor hatte ihn nicht an Messer liefern wollen.

»Sir, er hatte sicher nur einen schlechten Tag.« Konnte er noch etwas an der Entscheidung seines Vorgesetzten ändern?

Der Commander lachte auf. »Harson, glauben Sie nun, dass Sie Schuld daran tragen, dass Lutrell ihn zurückbegleitet?«

»Nein, Sir.« Er glaubte seinen eigenen Worten nicht, wollte aber nicht noch mehr Salz in eine Wunde streuen, von der er noch nicht einmal genau wusste, wo sie sich befand.

»Scanlon hat wichtige Informationen nach außen getragen. Der Vorfall in der Hütte hat nichts mit seinem Ausschluss aus der Navy zu tun, Harson. Ich habe es selbst erst vor wenigen Stunden erfahren, da war es zu spät um die Mission abzublasen.

Es tut mir leid, dass Sie diesen Fehler fast mit dem Leben bezahlt hätten, Harson. Fliegen Sie nach Hause zu Ihrer Familie.« Der Mann salutierte und trat an Taylor vorbei. Er ließ ihn einfach stehen und beachtete ihn nicht weiter. Hatte er gerade gesagt, dass Randy Informationen weitergegeben hatte? Hatte sein Kollege vielleicht sogar geplant, dass er ins offene Messer laufen sollte? Kopfschüttelnd über seine wirren Gedanken ging er in seine kleine Unterkunft zurück. War Randy wirklich ein Verräter? Dieser Gedanke ließ ihn auch die kommenden Tage nicht los. Immer wieder ertappte er sich dabei, wie er sich Horrorszenarien ausmalte. In seinen Träumen stand sein ehemaliger Teamkollege immer wieder plötzlich mit gezogener Waffe hinter ihm.

Drei Tage und Unmengen an Papierarbeit später, saß er im Flieger nach San Diego. Doch die Vorfreude auf Eva wurde durch das seltsame Gefühl in der Magengegend überschattet.

Sein Kollege hatte ihn umbringen wollen, davon war er inzwischen überzeugt, und um ein Haar hätte es geklappt. Was, wenn man den eigenen Kollegen nicht mehr trauen konnte? Sie waren es doch, denen er sein eigenes Leben anvertraute. Seine gesamte Rückreise verbrachte er damit, zu zweifeln und sich Fragen zu stellen, auf die er keine Antworten finden konnte.

Als er in San Diego seinen Flieger verließ, war er völlig übermüdet. Wie in Trance schaffte er es, sich ein Taxi zu rufen, welches ihn über die überfüllten Straßen bis zu seinem Haus brachte. Immer wieder fielen ihm während der Fahrt die Augen zu.

»Sir?« Die fiepende Stimme des Taxifahrers ließ ihn ruckartig die Augen aufschlagen. Er war tatsächlich eingeschlafen und das, obwohl er sich vorgenommen hatte, die Augen nur kurz zu schließen. Träge stieß er die Tür des Wagens auf.

»Was bin ich schuldig?« Fragend sah er über den Rückspiegel in die Augen des Fahrers.

»Nichts Sir, ich wünsche Ihnen einen schönen Tag.« Der Fahrer lächelte in den Rückspiegel und Taylor wünschte sich, er hätte seine Freizeitkleidung an und nicht die sandfarbene Uniform. Es war nicht das erste Mal, dass er eine Taxifahrt nicht zahlen musste, ebenso wie es ihm bereits passiert war, dass er in einem Schnellrestaurant die Rechnung nicht begleichen musste. Es gab Menschen, die Soldaten die Schulden erließen, da sie der Meinung waren, dass sie so auch etwas für ihr Land tun konnten. Meistens schaffte Taylor es allerdings, die erstandenen Dienstleistungen doch zu bezahlen. Er schob den Bedienungen das Geld zu und ließ ihnen keine Gelegenheit mehr zu widersprechen. Allerdings verpasste er diesmal die Möglichkeit, dem Taxifahrer das Geld auf den Rücksitz zu legen. Erst als der Wagen am Ende der Straße um die Ecke bog, fiel ihm auf, dass er vergessen hatte, das Geld, welches er noch in der Hand hielt, auf die Rückbank zu legen. Er hatte zwar seinen Rucksack von der Rückbank genommen, aber dann unüberlegt die Wagentür geschlossen.

Jetzt stand er alleine auf der Auffahrt und starrte die Haustür an. Seine Beine waren schwer und sein gesamter Körper fühlte sich an, als würde er bereits schlafen, nur verweigerte sein Kopf den anderen Extremitäten den so sehr benötigten Schlaf. Langsam ging er auf die weiße Haustür zu. Auf den Stufen angekommen hob er seinen Arm, sein Finger wanderte in Zeitlupe auf den Klingelknopf zu. Die Melodie ertönte im Haus und kurz schloss er die Augen. Er wusste nicht, wie Eva auf ihn reagieren würde. Das leise Klacken der Türklinke ließ ihn erwartungsvoll den größer werdenden Spalt beobachten.

»Teddy!«

Die Tür flog auf und im nächsten Augenblick legten sich Evas Arme um seinen Hals. Um seine Arme um sie legen zu können, ließ er seinen Rucksack zu Boden gleiten, den er sich nur locker über die Schulter gehängt hatte. Taylor zog sie eng an sich, vergrub sein Gesicht in ihren Haaren und inhalierte den fruchtigen Duft ihres Shampoos. Es waren nur Sekunden, in denen alles normal wirkte, und diese Sekunden genoss er in vollen Zügen.

»Hey, Honey«, hauchte er, als er seine Stimme wiederfand und in die Realität zurückkehrte.

»Du sollst doch anrufen«, flüsterte sie heiser, als ihre Tränen sein hellbraunes Shirt tränkten. Die Feuchtigkeit drang an seine Haut und an seinen Händen konnte er spüren, wie sie mehrfach tief einatmete, um sich zu beruhigen.

»Damit ich die Freude nur hören und nicht spüren kann?« Lächelnd schob er sie von sich, legte seine Hände an ihren Kopf und seine Lippen berührten das erste Mal seit Monaten wieder die ihren.

»Ich hab dich vermisst, Teddy.« Sie löste sich langsam von ihm und seine Daumen fingen die stillen Tränen auf, die über ihre Wangen flossen.

»Ich dich auch, Honey. Lass uns reingehen, bitte.«

Nickend wandte sie sich um und er konnte kurz ihre sanften Bewegungen bewundern, als sie in das Haus trat.

»Wo ist der Kleine?« Leise schloss Taylor die Tür hinter sich und eine tonnenschwere Last fiel von ihm ab. Es war, als würde er eine andere Welt betreten. Eine Welt, in der er nicht ständig beschossen wurde. Eine, in der er sich fallen lassen konnte, ohne Angst zu haben. Für eine kurze Zeit konnte er sich beschützt fühlen. Kurz übernahmen seine Kollegen den Schutz des Landes, ehe er wieder an der Reihe war, damit auch sie dieses Gefühl genießen konnten.

Sein erster Weg, nachdem er den Rucksack abgestellt hatte, führte ihn in das Wohnzimmer. Das Laufgitter war leer. Nur die Teddys starrten ihn mit ihren großen Knopfaugen interessiert an.

»Brian schläft.«

Taylor drehte sich zu ihr um. Sie lehnte lächelnd in der Tür. Sein Blick wanderte von ihren schlanken Beinen hinauf bis zu ihren strahlenden Augen. Sie war bis aufs Letzte perfekt. Konnte ein Mann glücklicher sein als mit dieser Frau? Er bildete sich sogar ein, dass sie noch schöner geworden war.

»Was ist?«, fragend sah sie ihn an.

»Nichts Honey, ich hab dich einfach vermisst.« Langsam, ihre Reaktion genießend, ging er auf sie zu. Es war nicht zu übersehen, dass sie ihm am liebsten in die Arme gefallen wäre. Als er sie erreicht hatte, waren es ihre Hände, die sich warm und schützend an sein Gesicht legten. Erst jetzt schien sie seine Wunde an der rechten Wange zu bemerken. Lange ruhte ihr Blick auf der Stelle seines Gesichtes, die immer noch wild pochte und von der er sich sicher war, dass er damit in den nächsten Tagen einen Arzt aufsuchen musste. Taylor rechnete damit, dass sie in Tränen ausbrach oder Fragen zur Herkunft der Wunde stellte, aber nichts dergleichen geschah. Zaghaft strich sie an der Wunde entlang, ohne ihren Blick zu lösen. Es tat gut, ihre Haut wieder an seiner zu spüren. Diese Wärme, die aus ihren Fingerspitzen an sein Gesicht wanderte, machte ihm einmal mehr klar, dass es noch etwas anderes gab außer Krieg, Terror, Gewalt und den unerbittlichen Überlebenskampf, den er jeden Tag im Einsatz zu sehen bekommen hatte. Er versank in ihren bernsteinfarbenen Augen. Die herrschende Stille zwischen ihnen war nicht wie die, die er jeden Tag in Mogadischu hatte ertragen müssen. Angespannt, bedrohlich, explosiv und unerträglich. Diese Stille war wunderschön. Jeder Atemzug war zu hören und es hatte nichts Bedrohliches.

»Was ist passiert?«

Da war sie nun doch, diese Frage, vor der er sich gefürchtet hatte. Doch Eva stellte sie ganz ohne Angst, ohne Tränen in den Augen und ohne Vorwürfe in der Stimme. Ruhig und immer noch mit ihren Händen an den Wangen, erzählte er ihr, was geschehen war. Um sie nicht doch noch zu beunruhigen, ließ er einige Punkte weg. Taylor erwähnte nicht, dass Randy zu weit weg gewesen war, als er mit dem Angreifer ringend am Boden gelegen hatte. Auch erzählte er ihr nicht, dass der Mann ihn hätte töten können, wenn das Messer seinen Hals getroffen hätte. Für Eva stellte er es so dar, als ob er die Situation die gesamte Zeit völlig unter Kontrolle gehabt hatte. Das Einzige, was nicht beschönigt oder gelogen war, war der Moment, in dem er ihr erzählte, dass die Westen nicht nur vor Kugeln, sondern auch vor Messern schützten, wobei es immer auf die Kugel ankam. Aber das war wieder eine der Tatsachen, die sie besser nicht erfahren sollte.

Stunden später, nachdem er bereits das zweite Mal aus dem Kinderzimmer zurückkam, da Brian immer noch Probleme mit dem Durchschlafen hatte, sank er neben Eva auf die Couch.

»Er schläft wieder.« Müde ließ Taylor seinen Kopf nach hinten fallen und schloss die Augen.

»Danke.« Ihre Hand wanderte von seinem Knie über seinen Oberschenkel und er brummte zufrieden, was Eva mit einem leisen Kichern bedachte. In ihm regten sich Gefühle, die er seit

Monaten nicht mehr gehegt hatte. Ihr Kopf sank an seine Schulter und er beobachtete seine eigene Hand dabei, wie sie sanft über Evas linkes Bein strich. Ihr leises Schnurren bestätigte ihn in seinem Tun. Er ließ sich nach links auf die Armlehne der Couch sinken und griff nach Evas Hand, um sie zu sich zu ziehen. Beim Betreten der Wohnung hatte er noch diese bleierne Müdigkeit gespürt und gedacht, dass er tagelang schlafen wollte. Jetzt aber regte sich in ihm dieses unglaubliche Verlangen. Dass Eva sein Hemd in Zeitraffer aufknöpfte, war wenig förderlich für seinen ersten Plan. Also warf er ihn komplett über Bord und tat das, was er auch als SEAL tun musste - improvisieren. Später konnte er immer noch schlafen. Nun lag eine wunderschöne Frau mehr auf als neben ihm und begann, mit ihren Fingern über seine Brust zu streichen.

Hektisch zog er sie auf sich und seine Finger suchten einen Weg unter ihr weites T-Shirt. Zitterten seine Finger wirklich, als er den Verschluss ihres BHs öffnete? Gewohnt schnell gelang es ihm, den Verschluss zu öffnen, und seine Hände suchten sich nervös einen Weg zu ihren Brüsten.

Auch Eva schien nur einen Plan zu verfolgen und darüber war er mehr als froh. Ihre Hände bebten spürbar, als sie den Reißverschluss seiner Hose umständlich öffnete. Er war sich sicher, dass er sich unter diesen Umständen nicht lange unter Kontrolle haben würde. Also legte er seine Hände an ihr Gesicht, genoss das Gefühl ihrer zarten Haut an seinen Fingern und zog sie langsam zu sich herunter. Zaghaft berührten sich ihre Lippen und kurz war da wieder das Gefühl ihres ersten Kusses.

Schnell und gierig trafen sich ihre Zungen zu einem wilden Tanz. Taylor spürte, dass Eva nicht länger warten wollte. Auch wenn ihre Zunge mit seiner tanzte, er ihren heißen Atem im Gesicht spüren konnte, waren ihre Hände hektisch damit beschäftigt, ihn von seiner Hose zu befreien. Immer öfter spürte er ihre Zähne an seiner Zunge und auch seine Hände machten sich selbstständig.

Er hatte keine Ahnung, wie sie es geschafft hatten, dass sie innerhalb von Sekunden nackt auf der hellen Couch lagen. Er konnte ihren Schoß an seiner Erektion spüren und auch Eva schien nicht mehr warten zu wollen. Langsam löste sie ihre Lippen von seinen. Seine Hände lagen auf ihrem Rücken und nur widerwillig ließ er zu, dass sie sich aufsetzte.

»Das hab ich so vermisst«, keuchte sie, als sie sich langsam auf seinem Schaft niederließ. Ihre Wärme nahm seine Erektion in Empfang und er schloss aufstöhnend die Augen, als sie vorsichtig begann, sich zu bewegen. Seine Hände wussten nicht mehr, wo sie zuerst hin sollten. Mal kneteten sie ihre weichen Brüste, mal versuchten sie, Eva am Rücken festzuhalten, um sie zu bremsen. Seine Frau war jedoch wie von Sinnen. Viel zu schnell spürte er, wie ihr Körper zu zucken begann und auch er konnte seinen Orgasmus nicht mehr verhindern. Es war das erste Mal in seinem Leben, dass Sterne vor seinen Augen tanzten als Evas verschwitzter Körper seinen berührte.

»Guten Morgen, Teddy. Brian, kannst du Daddy wecken?«

Nur leise vernahm Taylor Evas helle sanfte Stimme und bemerkte die kleinen Finger, die an seiner Hand zupften.

»Daddy fertig schlafen.«

Es war die Stimme seines Sohnes, die ihn veranlasste, die Augen zu öffnen. Blinzelnd stellte er fest, dass er immer noch auf der Couch lag und unter der blaugemusterten Decke nackt war. Er hatte tatsächlich keinerlei Erinnerung mehr an das, was nach dem Moment passiert war, in dem Eva auf ihn gesunken war.

»Hey Kleiner.«

Grinsend kletterte sein Sohn erst auf die Couch und dann umständlich auf ihn, um sich dicht an ihn zu schmiegen.

»Hast du gut auf Mom aufgepasst, während ich weg war?« Taylor strich durch das samtweiche braune Haar.

»Ja, Mom aufpasst.« Brian lächelte ihn voller Stolz an und Taylor musste sich zwingen, bei den unbeholfenen Worten seines Sohnes nicht zu lachen, der sich auf seiner Brust aufsetzte.

»Prima, ich bin stolz auf dich.«

»Und wie er auf mich aufgepasst hat. Jedes Mal, wenn Miss Smith mir ein Gespräch aufzwingen wollte, hat er darauf bestanden, dass wir heimgehen, weil er doch so einen Hunger hat«, erklärte Eva kichernd aus der Küche heraus. Vor Freude strahlend richtete Brian seine blauen Augen wieder auf ihn. Das Kinderlächeln verschwand, als Brian ihn musterte.

Der Anblick seines Sohnes, der federleicht auf seiner Brust saß, wirkte plötzlich fremd auf Taylor. Noch vor wenigen Tagen hätte er jeden getötet, der ihn im Schlaf berührt hätte. Egal, ob Mann oder harmloses Kind. Er schluckte. Der Gedanke an das, was er mit seinem Sohn getan hätte, wenn er nicht vorher Evas Stimme vernommen hätte, schnürte ihm den Hals zu.

»Mommy, Daddy hat sich wehgetan.« Sein Sohn deutete auf seine Wange und wandte seinen Kopf der Küchenzeile zu, wo Eva das Frühstück zubereitete.

»Ja, Schatz, ich weiß«, war die Antwort.

»Warum?« Fragende Augen richteten sich wieder auf Taylor.

Die Nähe des Dreijährigen war ihm unangenehm. Wie sollte er seinem Sohn erklären, was er tat, wenn er nicht daheim war? Konnte man einem Kind in dem Alter bereits erklären, was Krieg war? Taylor atmete hörbar aus, was Brian ein Kichern entlockte, da er plötzlich auf seiner Brust absank.

»Ich hab mich geschnitten«, erklärte Taylor, ehe Eva etwas sagen konnte, die von der Arbeitsfläche zu ihnen hinüber sah.

»Mommy sagt, mit Messer spielt man nicht«, erklärte Brian ihm mit einem entschlossenen Gesichtsausdruck.

Eva brach in Gelächter aus und auch Taylor musste grinsen.

»Ich bin ab sofort ganz vorsichtig«, versicherte er seinem Sohn in der Hoffnung, dabei glaubhaft zu klingen. Schließlich lag die Schuld nicht bei ihm. Vorsichtig hob er den Jungen von seiner Brust und dachte darüber nach, wie er am besten aufstehen könnte, ohne dass der Dreijährige ihn erneut belehrte. Schließlich war er unter der Decke nackt.

»Schatz, hilfst du mir? Daddy will sicher duschen.« Eva lächelte ihn über die freistehende Küchenzeile hinweg an, die die Küche von Wohnzimmer trennte.

Sie sah zauberhaft aus. Nur zu gerne hätte er sie geschnappt und mit unter die Dusche genommen, so wie sie es vor Brians Geburt getan hatten. Nun waren da allerdings die kleinen Kinderaugen, die von vielen Dingen noch nichts wussten. Weder von den wunderschönen noch von denen, mit denen er sich bei der Navy herumschlagen musste. Sein Sohn lief freudestrahlend auf Eva zu. »Jaaa.«

Taylor schlang die Decke um seinen Körper und erhob sich umständlich, immer darauf bedacht, dass sein Sohn seine Blöße nicht entdeckte. Die Wolldecke war viel zu riesig, um sich damit bewegen zu können. Als er um die Ecke auf den Flur bog, verfing sich die Ecke der riesigen Decke, die er wie einen Schleier hinter sich herzog, in den Beinen eines kleinen Tisches, auf dem neben dem Telefon eine Vase stand. Auch ein Teddy, den er seinem Sohn geschenkt hatte, wachte dort über die Besucher des Hauses.

Als Erstes landete der Teddy fast lautlos auf dem Boden. Taylor warf einen Blick über die Schulter. Er sah, wie Vase und Telefon wie in Zeitlupe zu Boden fielen.

Diese gottverdammte Vase!

Es war ein Erbstück aus Evas Familie.

Er wusste, was kommen würde, und doch geschah etwas, das er nicht kontrollieren konnte.

Das stumpfe Geräusch des Telefons, gepaart mit dem Zerspringen der wunderschönen Kristallglasvase, katapultierte ihn in Sekundenschnelle zurück nach Mogadischu. Vor ihm tauchten Männer auf, die lachend Handgranaten in den Händen hielten. Im nächsten Moment war er siebenhundert Meter entfernt und beobachtete sie durch das Objektiv seines Gewehres. Das Adrenalin, welches sein Körper ausstieß, ließ sein Herz rasen.

*»Hey, Taylor, komm runter.«*

Irritiert zusammenzuckend sah er sich um und entdeckte Jake, der in der Tür des heruntergekommenen Gebäudes lehnte, in dem er sich befand.

*»Beruhig dich, atme durch und sieh dich um.«*

Jake verschwand durch die Tür und ließ ihn alleine zurück. Taylor bemühte sich, ruhig zu atmen. Jeder Atemzug brannte plötzlich wie Feuer in seiner Lunge.

Nur schwer gelang es ihm, den Ratschlag seines Kollegen zu befolgen. Die Wand vor ihm verschwand. Blinzelnd versuchte er zu begreifen, was gerade geschah. Durch einen dicken Nebel, der sich langsam lichtete, entdeckte er Eva, die in der

Wohnzimmertür stand und ihn mit entsetzten Augen anstarrte. Vor ihren Beinen stand Brian, den sie mit den Händen auf seinen Schultern festhielt.

Erst jetzt bemerkte er, dass er in die Decke gehüllt auf dem kalten Fliesenboden des Flures lag und eine imaginäre Waffe in der Hand hielt.

»Schatz? Alles okay?« Angst und Besorgnis schwangen in ihrer Stimme mit und eine Träne glitzerte in ihren Augen.

Hektisch strauchelnd erhob er sich, ohne den Blick von Brian zu lösen, der ihn verwundert ansah. So sollte sein Sohn ihn nie sehen.

»Tut mir leid wegen der Vase, ich räum es gleich weg.« Seine Stimme wollte versagen.

Was sollte er sagen?

Wie erklären, was gerade geschehen war, wenn er es selbst nicht begreifen konnte?

»Nein, nein, geh duschen, ich mach das.« Evas Stimme zitterte.

Die Bilder vor seinen Augen wollten nicht verschwinden. Sollte er zu ihr gehen? Am liebsten wäre er zu ihr geflüchtet, hätte sie angefleht, ihn zu halten, damit die Bilder verschwanden, aber da war noch Brian. Der verunsicherte Gesichtsausdruck seines Sohnes und die in seinen Augen glitzernden Tränen, sagten ihm, dass Brian die Nähe seiner Mutter gerade dringender benötigte.

»Geh duschen, Teddy, es ist okay.« Eva schien sich langsam zu fangen, was er von sich nicht behaupten konnte.

Zögernd, mit immer noch rasendem Herzen, drehte er sich um und legte die letzten Meter bis zu ihrem großen Bad zurück. Nur kurz hatte er darüber nachgedacht, nach oben in das kleine Bad zu gehen, um sich weiter von Eva und Brian zu entfernen. Um sich vielleicht leichter beruhigen zu können. Diesen Gedanken verwarf er, als die Tür hinter ihm ins Schloss fiel. Schwer atmend lehnte er an der Tür und lauschte auf seinen Herzschlag. Was er noch vernahm, brannte sich tief in seine Seele, obwohl es nur unwissende Worte eines Kindes waren.

»Ist Daddy gestolpert?«

Nie wieder sollte Brian ihn so sehen. Nie wieder wollte er Eva einen solchen Schreck einjagen, auch wenn es für sie nicht das erste Mal gewesen war, dass sie einen seiner Flashbacks miterlebt hatte.

Das cremefarbene Bad, das Eva mit so viel Liebe eingerichtet hatte, wirkte befremdlich auf ihn. Es war das erste Mal seit Monaten, dass er ein Badezimmer betrat. Alles davor hatte selbst die Bezeichnung Nasszelle nicht verdient. Der Blick in den Spiegel zeigte ihm einen Mann, den er nicht erkannte. Die Narbe an seiner Wange würde ihn tatsächlich ein Leben lang zeichnen. Entweder er würde in wenigen Tagen ins Militärkrankenhaus fahren, um die Fäden ziehen zu lassen, oder er müsste es selbst erledigen. Normalerweise würde er sich nun mindestens eine Woche im Haus verschanzen. Über zwei Stunden später verließ er das Bad wieder. Barfuß, mit einem Handtuch um die Hüften geschlungen, bewegte er sich lautlos über die Fliesen Richtung Treppe.

Der weiche Teppich im oberen Flur schmiegte sich an seine Füße und ein seltsames Gefühl überkam ihn, als er das Schlafzimmer betrat. Die Betten waren gemacht, eine helle Tagesdecke verhüllte die Bettwäsche und das erste Mal, seit er Eva kannte, wurde ihm bewusst, was es für sie bedeuten musste, jede Nacht alleine einzuschlafen und nicht zu wissen, wie es ihm ging. Eine erdrückende Stimmung lag auf dem Raum.

# 11.

»Ey Taylor, meinst du nicht, dass es an der Zeit ist zu gehen?« Pablo riss ihn brutal aus seinen Erinnerungen und seine Gedanken flossen zäh zurück in die Realität.

Gehen?

Wo sollte er hin?

Daheim würde er nur sein leeres Bett vorfinden und vielleicht den blinkenden Anrufbeantworter, auf dem Eva verkünden würde, dass sie mit den Jungs gut bei ihren Bekannten angekommen war. Er hatte sich geweigert mitzufahren. Seit Monaten war er nicht mehr bei Freunden gewesen. In Gedanken lachte er makaber auf.

Freunde.

Mit Logan hatte er seinen letzten verloren, der seine Sorgen und Probleme wirklich verstanden hatte.

»Nein, schenk mir noch einen ein«, murrte er und sah sich in der Bar um. Keiner schien ihn zu beachten. Ihn, den Mann, der nicht nur Kollegen verloren hatte, nein, er hatte Freunde verloren. Gute Freunde. Und jetzt war er dabei, seine Familie zu verlieren. Es gab keinen Weg, es zu verhindern. Er war nicht mehr der, den Eva geheiratet hatte. Er war nicht mehr der Vater, den seine Kinder kennengelernt hatten. Dieser Mann war mit Logan in Maiduguri gestorben. Er war als leere Hülle zurückgekehrt, als jemand, der sich selbst verloren hatte. Seine Seele war mit Logans Blut auf dem Dach in Maiduguri versickert und er hatte keine Möglichkeit, sie zurückzuholen. Ebenso wenig wie er Logan zurückholen konnte.

»Vielleicht doch eine Cola?« Unsicherheit schwang in der Stimme des Barmannes mit.

»Nein«, zischte er den Mann, auf der anderen Seite des Tresens an.

»Hey, komm runter.« Pablo hob die Hände und füllte langsam das Glas wieder auf, das verloren vor Taylor stand. Dieses Glas und sein Inhalt boten ihm Halt.

Taylor fielen zwei Männer auf, die schräg hinter ihm an einem Tisch saßen. Der Ältere der beiden wollte dem Jüngeren gerade einen Tipp geben, doch dieser stellte sich als unbelehrbar dar. Um was genau es ging, konnte Taylor nicht verstehen, doch bildete er sich ein, dass es um Autos und Tuning ging. Ob der Jüngere mit seinen Behauptungen doch richtig lag, wusste Taylor nicht, und im Prinzip war es ihm egal.

Kopfschüttelnd wandte er sich wieder seinem Glas zu, in dem ein riesiger Eiswürfel schwamm. Wollte Pablo ihn vergraulen? Der Würfel machte mit Sicherheit die Hälfte des Glases aus. Hinter ihm wurde das Gespräch lauter und immer wieder war herauszuhören, dass der jüngere der beiden keine Ratschläge annehmen würde. Manche waren einfach unbelehrbar. Dann gab es noch die, die gerne Ratschläge annehmen würden, da sie daraus lernen wollten.

Vor Jahren hatte der Commander dem Team, nach Randys Verhaftung, einen neuen Kollegen zugeteilt. Da Logan allerdings auch ein guter Schütze war, nahm man es als selbstverständlich hin, dass Taylor sich seiner annahm. Aber im Team war Logan Collister nur der Neue. Der, den niemand wollte. Der, dem es an Erfahrung fehlte. Taylor hatte sich nur zu gut an seine erste Zeit erinnern können und sich vorgenommen, Logan den Einstieg leichter zu gestalten.

Ihre erste Begegnung hatte in Taylor den Neid geweckt. Mitten auf dem Schießplatz hatte er immer wieder einen Blick zur Seite geworfen und sich gewundert, wie ein Zweiundzwanzigjähriger es geschafft hatte, die Ausbildung zum SEAL hinter sich zu bringen und dann auch noch jedes Ziel zu einhundert Prozent sicher traf. Allerdings stellte sich schnell heraus, dass es bei Logan dafür an anderen Stellen mangelte. Er war ein Underdog.

Logan hatte das BUD und die anschließende weitere Ausbildung, bis man ihm das Trident überreicht hatte, immer als einer der Wackelkandidaten hinter sich gebracht. Taylor wusste jedoch, wie viel Potenzial in einem solchen Mann stecken konnte. Man musste Logan nur die Möglichkeit geben, es zu zeigen. Einige der besten SEALs, die er kannte, waren

Underdogs. Diese Männer waren einfach in der Lage, noch härter für ihre Ziele zu kämpfen, da sie immer härter für ihre Ziele gekämpft hatten als anderen.

»Harson, nimm dir mal ein Beispiel an dem Newbie.«

Taylor sah von seinem Zielfernrohr auf, als er die Worte seines Kollegen vernahm, der einige Meter von ihm entfernt auf dem staubigen Boden lag und ihn schadenfroh angrinste.

»Aber warte mal, wenn der richtig was um die Ohren hat, trifft der nichts mehr.« Der Mann aus Nevada erhob sich und drei weitere schlossen sich ihm an.

»Los, Harson, komm.« Steven Foa, einer der wenigen, die schon über zehn Jahre im Team waren, gab ihm einen sachten Tritt mit dem Fuß.

»Lasst ihn doch«, knurrte Taylor. Er hatte keinen Nerv auf die Spiele, die seine Kollegen nun mit Logan treiben würden.

»Spielverderber.« Lachend gingen seine Kollegen auf den Neuzugang zu, der sich im ersten Moment nicht beeindruckt zeigte.

Augenrollend beobachtete Taylor, wie die vier sich neben Logan positionierten und ihn anbrüllten. Es kam, wie es kommen musste. Logans Trefferquote sank rapide, und als ihr Captain diesen Umstand bemerkte, begann auch er, den dunkelblonden Mann mit Worten niederzumachen.

»Du sollst deine Freizeit nicht in Bars verbringen, Collister, sondern auf dem Schießplatz. Aber wenn ich das so sehe, bist du auf dem Minigolfplatz noch besser aufgehoben«, blaffte Captain Garth wutentbrannt.

»Minigolf, Cap? Schick ihn zurück auf den Indoorspielplatz, da kann er sich wenigstens nicht weh tun.« Lachend zogen die Männer sich wieder zurück und Taylor sah, wie Logan sich wieder auf sein Ziel konzentrierte. Dass seine Hände zitterten, war nicht zu übersehen.

»Okay Ladys, wir packen ein und fahren.« Mit den ersten Silben von Garth schlug die Kugel von Logan meterweit neben dem Ziel im Sand ein.

»Collister, du Nullnummer, los hoch«, brüllte der Captain mit hochrotem Kopf. Logan sprang auf, salutierte und schien selbst geschockt darüber zu sein, dass er sein Ziel verfehlt hatte.

»Aye, Sir.«

»Wen wolltest du mit der Kugel umbringen? Du läufst zurück! Vielleicht rückt das dein Hirn zurecht. Danach seh ich dich auf dem Parcours.« Das Gebrüll ihres Vorgesetzten wurde nicht leiser.

»Aye, Sir.« Logan stand immer noch vor Garth und verzog keine Miene. Er schien seine Strafe anzunehmen und zu wissen, dass jeder Widerspruch zwecklos war und nur zu noch mehr Problemen mit Garth führen würde.

Taylor erhob sich. Tief im Inneren hatte er ein Problem damit, dass man Neulinge nicht einfach behandeln konnte, wie jedes andere Teammitglied auch. Sie wurden bis aufs Blut gereizt und schikaniert, in der Hoffnung, dass sie das Handtuch warfen und die teaminterne Ordnung nicht durcheinanderbrachten.

»Ich laufe mit Collister.« Entschlossen trat Taylor neben seinen neuen Kollegen und salutierte seinem Captain. Es war nicht mehr zu übersehen, dass Garth auf hundertachtzig war. Die Schlagader am Hals seines Vorgesetzten pochte deutlich sichtbar und Taylor wunderte es, dass man den Puls des durchtrainierten Mannes nicht hören konnte. Die Augenbrauen von Garth schoben sich so dicht zusammen, dass sie fast eine Linie bildeten und als er Luft holte, wusste Taylor, dass die nächste Tirade ihn treffen würde.

»Hasenfuß, was soll der Scheiß?« Garth kam auf ihn zu und er konnte seinen Atem im Gesicht spüren. Er zwang sich nicht zu zucken oder eine andere unbedachte Bewegung vollführen. »Ist das dein Ernst, Mister Hasenfuß?«, brüllte Garth.

»Ja, Sir!«, schrie Taylor als Antwort.

»Dann lauft, verdammt! Und das Ganze schnell! Wenn ihr meint, dass ihr hier machen könnt, was ihr wollt, hab ihr euch getäuscht In fünfzehn Minuten am Parcours! Ich seh euch heute noch Blut kotzen! Mit mir nicht!« Brüllend wandte Garth sich den anderen des Teams zu. »Will noch jemand? Nein? Dann bewegt eure Ärsche auf den beschissenen Truck.«

Sie waren zu siebzehnt mit einem Truck, der Munition liefern sollte, auf dem Platz angekommen und in den Morgenstunden war Garth aus ihnen unbekannten Gründen so gnädig gewesen und hatte ihnen erlaubt, mit dem Truck zu fahren und nicht nebenher zu laufen.

»Und ihr bewegt euch endlich! Ich jag euch bis in die verfluchte Morgendämmerung über den Platz!«, blaffte Garth ihn und Logan an, als er sich zu den anderen auf die kleine Ladefläche schwang.

»Na dann mal los, Collister, fünfzehn Minuten sind knapp gerechnet.« Taylor sah zu Logan, der leicht gefrustet dem Truck nachsah. Das Gebrüll von Garth und die Androhungen hatten ihr Ziel erreicht. Der Neuling war eingeschüchtert und schien zu überlegen, ob sein Verhalten richtig gewesen war, wobei er nichts falsch gemacht hatte.

Taylor hätte es lieber gesehen, wenn der Captain seine Kollegen zu Strafrunden verdonnert hätte. Er lief los und sah nach einigen Metern zur Seite, wo er Logan entdeckte, der mit versteinertem Gesicht neben ihm herlief.

Was sollte er sagen?

Was hatte Logan erwartet?

Dass er einen Strauß Blumen dafür bekam, wenn er sein Ziel um Meter verfehlte?

Im Ernstfall hätte der Fehlschuss Leben gekostet.

Taylor schüttelte den Kopf, beschleunigte und sah erneut zur Seite, wo Logan wieder zu ihm aufschloss. Logan schwieg die gesamte Strecke bis zur Base eisern. Auch wenn Taylor gerne etwas mehr über den Neuling erfahren hätte, so war es der falsche Augenblick, um ihn auszufragen. Wobei Logan ihm ruhig dafür hätte danken können, dass er seine Strafe nicht alleine absitzen musste. Schließlich machte Taylor sich mit seinem Einsatz erneut beim Rest des Teams unbeliebt.

Sie hatten den Parcours noch nicht ganz erreicht, da entdeckte Taylor bereits denn Captain, der ihnen mit wutentbranntem Gesicht entgegen sah. Der Tag würde noch sehr lang und anstrengend werden. Der Captain brüllte sie an, doch Taylors Gedanken waren bereits auf dem Trainingsgelände.

Er hasste es.

Über Stunden, immer und immer wieder, nur mit kurzen Pausen, jagte Garth sie über die Strecke. Immer wieder die

Wände rauf, ins vierzehn Meter hohe Netz wieder runter. Über die Reifen und Baumstämme, an Seilen von einem zum nächsten hangeln und unter anderen Stämmen hinweg robben. Und das alles in weniger als zwölf Minuten. Anfangs war es noch leicht, die Zeit zu halten, irgendwann wurde es dann schwerer, schließlich unmöglich. Ob Garth am Ende einsichtig wurde oder ob er einfach keine Lust mehr hatte, sie von Runde zu Runde anzubrüllen, wusste Taylor nicht. Am Ende der letzten Runde ließ Logan sich schwer atmend in den Sand fallen. Auch Taylor brannte jeder Atemzug wie Feuer in der Lunge und er stützte seine Hände auf seinen Beinen ab und sah Garth an, hoffend, dass nicht noch eine Runde folgen würde.

»Collister, was soll der Scheiß!? Aufstehen! Zur Messe, sofort! Ein SEAL geht nicht, ein SEAL rennt!« Wieder brüllte Garth Logan an.

»Aye, Sir!«

Taylor konnte sehen, wie die Beine seines Kollegen zitterten, als er sich erhob, vermied es aber, Garth anzusehen.

»Schneller, Mann!«

Im Laufschritt ging es zur Messe, wo sie selbst beim Essen angebrüllt wurden. Garth benahm sich wie ein Choleriker auf Drogen. Was auch immer der Grund für die Laune ihres Captains war, Taylor konnte sich nicht vorstellen, dass Logans Fehlverhalten der eigentliche Grund war. Keiner der in der Messe Anwesenden wagte es, den Vorgesetzten des Team 10 anzuschauen.

Erst spät am Abend ließ er endgültig von ihnen ab. Bis dahin hatte er sie von der Messe zum Strand getrieben, wo sie immer wieder die Dünen hoch und runter gerannt waren, um bei jeder Runde ins Meer zu springen.

Kurz nach elf betrat Taylor gefolgt von Logan den Aufenthaltsraum, wo nur noch wenige Männer saßen. Die, die dem Team 10 angehörten, würdigten weder Taylor noch Logan eines Blickes. Taylor sank auf einen Sessel, warf einen Blick auf das Footballspiel im TV und bemerkte, wie Logan unschlüssig im Raum stehen blieb.

»Ich glaub, ich verschwind dann mal«, nuschelte Logan.

Am liebsten hätte er seine Kollegen dazu gezwungen, sich mit dem Newbie zu unterhalten, aber er hatte mehr als einmal erlebt, wie schwer es war, einen Stand im Team zu erhalten. Sollte er Logan gehen lassen, nachdem er ihn den ganzen Tag bei seiner Tortur begleitet hatte?

»Ich komm mit.« Er erhob sich, warf einen letzten Blick auf den Bildschirm und bemerkte die seltsamen Blicke seiner Kollegen, die sich bei seinen Worten in ihn bohrten. Er machte sich mit seinem Verhalten gerade keine Freunde. Ihm hatte auch niemand geholfen, seinen Weg ins Team zu finden und nun kümmerte er sich wie eine Glucke um einen Mann, der ein SEAL sein wollte. Warum er das tat, wusste er nicht. Es war eine Entscheidung, die er aus dem Bauch heraus gefällt hatte, und sowas war eigentlich nicht seine Art. Er war, gerade was seinen Job anging, doch eigentlich ein Kopfmensch und dachte über jede Handlung erst nach. Jetzt hatte er sich von irgendeinem Gefühl leiten lassen.

»Warum machst du das?« Logan sah ihn von der Seite an, als sie auf den Flur traten.

»Weil ich zu meiner Familie will?« Taylor wusste, dass das nicht die Antwort gewesen war, die Logan auf seine Frage hatte haben wollen, aber es war auch keine Lüge. Auch wenn er noch so müde und erschöpft war, so wollte er die wenigen Stunden, die ihm noch verblieben, bis er wieder auf der Base sein musste, bei Eva und seinem Sohn verbringen. Und sei es nur, um neben ihr ins Bett zu kriechen und wieder aufzustehen, wenn sie noch selig schlummerte.

»Du weißt, was ich meine.« Logan verließ vor ihm das Gebäude und trat auf den hell erleuchteten Platz, auf dem sich die Soldaten zum Appell sammelten.

»Tu ich das?« Scheinbar gleichmütig ging Taylor weiter. Wie sollte er erklären, warum er getan hatte, was er getan hatte? Mitleid? Dann würde Logan nie wieder ein Wort mit ihm reden. Sollte er ihm erzählen, wie es ihm in den ersten Wochen ergangen war? Dann würde der Rest der Einheit ihn meiden, wie der Teufel das Weihwasser, sollten sie davon Wind bekommen.

»Ja«, knurrte Logan aggressiv und machte sich auf den Weg zu den Unterkünften.

»Glaub ja nicht, dass ich das noch mal mache«, blaffte Taylor ihm über den Platz nach. »Undankbarer Idiot«, murrte er und ging auf seinen Wagen zu.

Vierzig Minuten später und immer noch wütend über Logans Undankbarkeit, warf er die Wagentür hinter sich zu, als seine Füße die roten Pflastersteine seiner Einfahrt berührten. Nie wieder würde er einem Kollegen bei seinen Strafrunden Gesellschaft leisten. Er war sich zwar nicht sicher, was für ein Verhalten er von Logan erwartet hatte, aber dass nicht ein einziges Wort über die Lippen des Newbies gekommen war, stieß ihm sauer auf. Seine Beine schmerzten und über seine Arme wollte er nicht nachdenken. Er wäre sicher nicht in der Lage, seinen Sohn auf den Arm zu nehmen. Und das alles nur, weil er einem Neuen einen Gefallen tun wollte. Langsam ging er über den schmalen Weg, der von der Garage am Haus entlang zur Haustür führte. Warum man beim Bau des Hauses keinen direkten Weg von der Garage ins Haus geschaffen hatte, war ihm ein Rätsel. Vor allem bei schlechtem Wetter wünschte er sich eine andere Möglichkeit, als sein Heim über einen alten Weg aus Waschbetonplatten zu betreten.

Ehe er langsam den Schlüssel in das Schloss schob, holte er mehrfach tief Luft. Die Sache mit Logan hatte ihn mehr aufgebracht, als er gedacht hatte. Vorsichtig schob er die Tür auf und schlich ins Haus. Das leise Klicken der Tür, die sich hinter ihm schloss, beachtete er nicht. Seine Aufmerksamkeit lag auf der Badezimmertür, die weit offenstand und aus der Licht in den dunklen Flur fiel.

Kopfschüttelnd ging er auf das Bad am Ende des Flurs zu. Wahrscheinlich hatte Eva das Licht vergessen. Beim Näherkommen beschlich ihn ein seltsames Gefühl. Er bildete sich ein, Geräusche aus dem gefliesten Raum zu hören. Irgendetwas war nicht so, wie es sein sollte. Sein Herzschlag beschleunigte sich, als er die letzten Meter zurücklegte. Sein Blick wanderte nach links zur Badewanne, als er den Raum betrat, und einen kurzen Moment setzte sein Herz aus. Eva lehnte am Heizkörper zwischen Wanne und Toilette und sah ihn mit rotunterlaufenen Augen lächelnd an. Das Lächeln passte so gar nicht zu dem, was er noch sah. Sie wirkte müde und krank und im Raum hing der Geruch von Erbrochenem.

»Hey.« Ihre Stimme war leise. Nicht verweint oder verzweifelt sie war fest und klang beinah glücklich.

»Honey, was ist passiert?« Er eilte auf sie zu.

»Nichts, alles gut.« Etwas schwerfällig erhob sie sich, verlor aber nicht diesen seltsam glücklichen Ausdruck in ihrem Gesicht.

»Das glaub ich dir nicht. Du siehst aus wie ...« Er schüttelte den Kopf. Das, was er dachte, konnte er nicht aussprechen.

»Wie ein Zombie?« Lachend trat sie an ihn heran.

Taylor legte den Kopf zur Seite, versuchte zu erkennen, was vor sich ging. Ob es allerdings die Betrachtungsweise veränderte, wenn er sie so ansah, wusste er nicht. Nur ihr Lächeln wurde noch breiter. Die kleinen Fältchen an Mund und Augen wurden noch tiefer und ihm fiel das Funkeln in ihren Augen auf. Nur langsam wurde ihm wieder bewusst, wann er dieses Glitzern das letzte Mal gesehen hatte. Beim Gedanken an diesen einen Moment hoben sich auch seine Mundwinkel.

»Teddy, du wirst wieder Papa.« Mit einem bezaubernden Lächeln legte sie ihre Hände in seinen Nacken und sein Herzschlag beschleunigte sich, als ihre Worte sich mit seiner Vermutung trafen. Langsam zog sie seinen Kopf zu sich und legte ihre Lippen auf seine. Aber der Geschmack, der sich auf seine Zunge legte, als ihre Einlass forderte, ließ ihn den Kopf zurückziehen. Sauer beißend legte sich der Geschmack von Erbrochenem auf seine Geschmacksknospen. Besorgt sah er sie an.

»Honey, wie lange geht das schon so?« Er deutete auf die Toilette.

»Noch nicht lange. Mach dir keine Sorgen.« Ihre weichen Finger strichen durch seinen Bart.

»Du musst aber auch essen und vor allem das Essen bei dir behalten.« In ihm machten sich Sorgen breit. Sorgen um Eva, um das ungeborene Kind und um Brian, der sicher darunter leiden würde, wenn seine Mutter in eine Klinik müsste. Und was noch schlimmer war, Sorgen darum, dass er eventuell nicht bei seinem Team sein könnte, wenn sie in einen Einsatz gehen würden. Vielleicht könnten sie ja eine Haushaltshilfe anstellen.

»Teddy, es ist alles okay, wirklich.« Das Lächeln auf ihren Lippen wirkte anders als sonst. Eva strahlte eine unglaubliche Wärme und Geborgenheit aus, obwohl ihre Augen wirklich denen eines Zombies glichen.

Diese Geborgenheit, die er die gesamte Nacht genossen hatte, verflog jedoch in den frühen Morgenstunden viel zu schnell. Nach nur wenigen Stunden Schlaf kam er dementsprechend schlecht gelaunt an der Base an. Jedoch war da einer, dessen Laune noch schlimmer war. Captain Garth hatte sich offensichtlich noch nicht wieder beruhigt. Den gesamten Tag jagte er das SEAL-Team 10 über Strand, Parcours und mit den Booten durch die Wellen. Logan sprach die ganze Zeit nicht ein Wort mit Taylor und so wurde seine Stimmung noch schlechter, als Garth ihm den Newbie als Spotter zuteilte.

Die wenigen Worte, die er in den kommenden Wochen mit Logan wechselte, waren rein auf die Arbeit bezogen. Bei einer Einsatzübung taute das Eis langsam, als sie regungslos auf einem Hügel ausharren mussten, um auf ihre Zielpersonen zu warten. Logan erzählte ihm, was er normalerweise am Wochenende tat, wenn er nicht auf trockenem, stechenden Gras lag. Allerdings unterschied sich die Freizeitgestaltung seines neuen Kollegen erheblich von seiner. Der junge Mann feierte jede Minute seines Lebens lang und ausgiebig. Es machte den Anschein, als würde Logan in seiner Freizeit nur eines noch lieber machen, als Frauen flachzulegen - saufen. Immer wieder versuchte Taylor, an den Verstand seines Kollegen zu appellieren und ihm klar zu machen, dass er seinen Job innerhalb von Sekunden verlieren würde, wenn einer der Vorgesetzten oder vielleicht auch einer der Kollegen mitbekam, dass er angetrunken zum Dienst erschien.

Monate verstrichen, ohne dass sie einen Einsatzbefehl erhielten und so konnte Taylor, unterbrochen von Trainingsmissionen, Evas Schwangerschaft miterleben. Das erste Mal, seit er bei den SEALs war, hatten sie viel Zeit, die sie miteinander verbringen konnten. Allerdings beinhaltete diese Zeit auch viele intensive Gespräche. Mit jeder dieser

Unterredungen wurde ihm klarer, dass Eva nur einen sehnlichen Wunsch hatte. Er sollte seine Dienstzeit bei den SEALs nicht verlängern. Sie wollte, dass er einem Job nachging, der weniger gefährlich war und dafür sorgte, dass er öfter bei ihr, Brian und dem dann geborenen Kind sein konnte. Das erste Mal in seiner Beziehung begannen auch seine Eltern und die von Eva, sich einzumischen. Auch sie wollten ihn dazu drängen, nicht weiterzumachen. Jahrelang hatten sie sich nicht im Geringsten um sie gekümmert. Weder um ihn, noch um Eva und Brian. Nun plötzlich versuchten beide Seiten, sich in ihr perfektes Eheleben einzuschleichen. Vor allem Evas Mutter schien großen Einfluss auf sie zu nehmen. Er war um jeden Satz froh, den sie aussprach, der nicht mit *»Meine Mutter«* begann.

Seine Mutter versuchte verbissen, ihm die Augen zu öffnen, doch seine Liste der Prioritäten blieb gleich.

Gott, Vaterland, Familie.

Die Mutter von Eva war nur minimal anders. Aber dieser kleine Unterschied sorgte für immer größere Spannungen.

Gott, Familie, Vaterland.

Sollte dieser kleine Unterschied in der Reihenfolge von drei Worten alles zerstören, was sie sich aufgebaut hatten? Das konnte und wollte er sich nicht vorstellen. Er versprach ihr jedoch, über seinen Austritt aus der Navy nachzudenken. Diese Momente in denen er es wirklich getan hatte, konnte er jedoch an einer Hand abzählen, als seine Dienstzeit sich dem Ende zu neigte. Er konnte einfach nichts Negatives an dem finden, was er tat. Jeder Job war gefährlich. Jeder auf seine Art. Dazu kam, dass er nichts anderes gelernt hatte, als mit der Waffe in der Hand sein Land zu verteidigen. Womit sollte er seine kleine Familie ernähren? Auch bildete er sich ein, dass er mit Jakes Tod und dem Umstand, dass er noch weitere Kollegen verlieren würde, abgeschlossen hatte. Daher war es für ihn völlig logisch, dass er sich zwei Tage vor der Geburt des Babys für weitere zehn Jahre verpflichtete. Allerdings erzählte er Eva diese Gegebenheit erst vier Tage, nachdem Thomas das Licht der Welt erblickt hatte.

Ihre Reaktion fiel jedoch völlig anders aus, als er erwartet hatte. Sie schrie ihn nicht an, brach nicht in Tränen aus und warf ihm auch nicht das Geschirr an den Kopf.

»Okay, zehn Jahre, ja?« Sie saß auf der Couch und hielt Thomas im Arm. Brian saß neben ihr und strich fast ängstlich über die kleinen zarten Finger seines Bruders, während Taylor im Wohnzimmer zwischen Couchtisch und Fernseher stand.

»Ja.«

Ihr Ausdruck änderte sich nicht und auch konnte er das Blitzen in ihren Augen nicht sehen, welches sonst immer auftauchte, wenn sie wütend war. Dieses Blitzen war für ihn und sogar schon für Brian immer ein Zeichen, dass Ärger ins Haus stand. Ein Zeichen, dass es an der Zeit war, entweder das Weite zu suchen oder aber sich eine sehr gute Ausrede zurechtzulegen.

Aber nichts geschah. Sie saß einfach nur da und sah ihn an.

»Ist dir klar, dass Thomas dann zehn ist und Brian vierzehn? Zehn Jahre, in denen ich damit leben muss, dass ich plötzlich Witwe sein könnte? Zehn Jahre, in denen deine Kinder mit dem Wissen aufwachsen werden, dass ihr Dad einfach nicht zurückkehren könnte? Taylor Harson, du bist einfach verantwortungslos.« Immer noch klang sie erschreckend ruhig dafür, dass sie ihm soeben ihre Ängste an den Kopf geworfen hatte.

»Mir wird nichts ...«

Die Türklingel unterbrach ihn und irritiert sah er aus der Wohnzimmertür.

»Vom Hinschauen erfährste auch nicht, wer es ist«, knurrte Eva in einer Art, die er noch nie von ihr gehört hatte. Erneut schellte es.

»Geh.«

Es war ein leises, drohendes Zischen, das ihm einen Schauer über den Rücken jagte. Sollte er wirklich gehen oder sich um die erste, wirklich ernste, Krise in ihrer Beziehung kümmern? Ein drittes Mal hallte der Ton der Klingel durch ihr kleines Eigenheim.

»Geh!«, fuhr Eva ihn an und Taylor sah, wie Brian, erschrocken von ihrem aggressiven Ton, zusammenzuckte. In seinen hellblauen Augen sammelten sich Tränen. Sein Sohn hatte Angst.

»Papa, machst du die Tür nicht auf?« Die Stimme des Dreieinhalbjährigen war leise. Taylor konnte hören, wie verunsichert sein Sohn war. Er spürte, dass etwas nicht in Ordnung war und hatte Angst, jetzt etwas Falsches zu sagen.

»Doch, Großer.« Nur zögernd verließ er das Wohnzimmer. Ihm wurde klar, dass er einen Fehler gemacht hatte. Eva hatte wirklich damit gerechnet, dass er seinen Dienst aufgeben und einem anderen Job nachgehen würde. Aber wie sollte er seine Familie sonst ernähren? Langsam, in Gedanken versunken, legte er seine Hand auf die kalte Türklinke und zog die Tür langsam auf. Mit großen Augen entdeckte er Logan, der mit einem Lächeln vor ihm stand. In der einen Hand hielt er einen riesigen Strauß bunter Tulpen und in der anderen einen Sechserträger Bier.

»Collister?«

»Aye.« Logan grinste ihn an.

»Was machst du hier?« Taylor hatte keine Ahnung, was sein Kollege von ihm wollte, noch weniger davon, wie Logan seine Adresse herausbekommen hatte. Seine Adresse war eine der wenigen Dinge, die nur seine Vorgesetzten kannten und diese gaben sie nicht heraus. Zumindest hatte er das immer gedacht.

»Ich wollte euch zur Geburt gratulieren und mit dir anstoßen.« Mit einem fragenden Blick hob Logan den Träger leicht an.

Sollte er Logan wieder wegschicken?

»Daddy, wer ist da?«

Hinter ihm tauchte Brian auf.

»Ein Kollege.« Ihm fiel erst auf, wie kalt die Worte geklungen hatten, nachdem sie seinen Mund verlassen hatten

»Hi, Brian.« Logan beugte sich zu Brian hinunter und wollte ihm die Hand reichen, doch der Junge klammerte sich an Taylors Hosenbein und versteckte sich hinter ihm. Nur ein leises »Hi«, verließ den kleinen Mund seines Sohnes. Logan richtete sich wieder auf und musterte Taylor abschätzend.

»Komme ich ungelegen?«

Taylor wollte Ja sagen, mochte seinen Kollegen aber nicht wegschicken. »Nein.« Er schloss die Augen und befürchtete bereits, dass der Ärger mit Eva sich durch Logans Besuch nur noch verschärfen würde. »Komm rein.« Er trat vorsichtig zur Seite, damit er Brian nicht auf die Füße trat, der scheinbar an seinem Hosenbein angewachsen war.

»Wer ist da?« Evas Stimme klang etwas entspannter als noch vor wenigen Minuten, aber es schwang immer noch für ihn unüberhörbarer Unmut mit.

»Ein Kollege.« Logan nahm ihm die Antwort ab und trat vor ihm in das Wohnzimmer. »Ich wollte euch zur Geburt gratulieren, Evangeline. Taylor hat mir schon viel von dir und Brian erzählt. Alles Gute für euch und euren Nachwuchs. Für dich hab ich ein paar Blumen. Ich hoffe, du magst Tulpen.«

Taylor beobachtete von der Wohnzimmertür aus, wie Logan den riesigen Strauß an seine Frau weiterreichte.

»Und für eure Kids habe ich einen Einkaufsgutschein, den du verwalten darfst.«

Als Nächstes wechselte ein gelber Umschlag den Besitzer, den Logan aus der Tasche seines Hemdes gezogen hatte. In Taylor kam Eifersucht auf, als er sah, wie sich Evas Miene aufhellte und sie seinen Kollegen anlächelte, der wiederum seinem Sohn zuzwinkerte.

»Danke, Logan.« Taylor bemühte sich, freundlich zu klingen und seinen Kollegen nicht merken zu lassen, was in ihm vorging.

»Danke.« Eva strich verträumt über Thomas Kopf, als sie Logan ansah.

Wenig später saß Taylor mit Logan an der Küchenzeile mit dem Rücken zur Couch. Brian saß bei ihm auf dem Schoß und vor ihm stand eine silberne Dose Bier, die Brian immer wieder greifen wollte.

»Nein, Brian, das ist was für Erwachsene«, knurrte Taylor, »Geh spielen oder schau dir ein Buch an.« Er hob seinen Sohn von seinem Schoß, stellte ihn auf dem Boden ab und hoffte, dass er tat, was er ihm gesagt hatte.

»Ich geh zu Mom.« Brian tapste los.

»Nein, sie stillt deinen Bruder, stör sie bitte nicht.« Taylor konnte sich das Aufstöhnen nicht verkneifen und sah, wie Logan grinste.

»Nein, ich will zu Mom.« Trotzig sah Brian ihn an.

»Bitte, Brian, geh in dein Zimmer spielen.« Taylor warf seinem Sohn einen drohenden Blick zu.

»Nein.« Kreischend stapfte sein Sohn weiter zur Wohnzimmertür.

»Hey, Großer, ich mach einen Deal mit dir. Du bringst mir dein Lieblingsbuch und ich les dir vor.« Logans Stimme ließ Taylor zu Seite sehen. Hatte sein Kollege seinem Sohn gerade einen Deal vorgeschlagen? Seine Aufmerksamkeit wanderte zu Brian, der freudestrahlend aus dem Wohnzimmer verschwand.

»Ehm, ich hoffe, das ist okay.« Logan sah ihn fragend an.

War es okay, dass sein junger Kollege seinem Sohn einen Vorschlag machte, auf den dieser mit einem Gesichtsausdruck reagierte, als hätte man ihm ein Eis versprochen? Taylor nahm einen Schluck Bier aus der Dose, welches inzwischen unangenehm warm war.

»Ja, ist es.« Es war mehr die Bestätigung für sich selbst, als dass er Logan eine Antwort auf seine Frage geben wollte.

»Taylor, ich will mich nicht einmischen, aber kann es sein, dass du und Evangeline, also das ihr ... ich meine ... also, eure Beziehung ...« Logan begann zu stottern.

»Ja, wir haben einen kleinen Streit«, knurrte Taylor, ohne zur Seite zu sehen.

»Du hast mir ja mal meine Strafrunden abgenommen.«

»Nein«, fiel er Logan ins Wort. »Ich habe sie dir nicht abgenommen. Ich wollte dich nur nicht mit dem Captain alleine lassen.«

»Ja, okay. Also, was ich dir vorschlagen wollte … ich lese deinem Großen vor und du klärst das mit deiner Frau, dann könnt ihr in Ruhe reden.«

Taylor traute seinen Ohren nicht. Einmal mehr erstaunte der Mann mit den grünblauen Augen ihn. Logan war so viel jünger und wirkte doch oft um einiges reifer, als andere Männer in seinem Alter.

Zehn Minuten später, als Taylor bereits befürchtete, sein Sohn wäre doch zu Eva ins Schlafzimmer geflüchtete, stolperte Brian mit einem breiten Grinsen wieder ins Wohnzimmer. Er trug sechs Bücher, die er mit seinen kleinen Händen kaum vor seiner Brust halten konnte.

»Wow, Brian, sind das alles deine?« Logan sprang von dem Barhocker auf, auf dem er gesessen hatte, und eilte auf den kleinen Jungen zu, der schwer atmend den Weg bis zum Couchtisch zurückgelegt hatte.

»Alles meine.« Mit hochrotem Kopf strahlte Brian Logan an.

»Das ist cool.« Logan nahm ihm den Stapel Kinderbücher ab und sank auf die Couch, wo er interessiert die bunten Einbände studierte. Nur kurz sah er auf und zwinkerte Taylor zu. »Okay, welches wollen wir zuerst lesen?« Interessiert sah Logan zu Brian.

»Peter Pan, oh bitte, Peter.« Brian krabbelte zu dem SEAL, dessen Lächeln immer breiter wurde, auf die Couch.

»Oh, das ist eine tolle Idee. Ich finde Wendy Klasse und du?«

»Tinkerbell.« Das kindliche Lächeln war ansteckend, und wenn er nicht eine andere Sache zu klären gehabt hätte, hätte sich Taylor gerne zu den beiden auf das Sofa gesetzt und den Geschichten aus dem Nimmerland gelauscht. Brian zog ein Buch mit einem grünen Einband aus dem Stapel, den Logan auf dem Schoß liegen hatte, und hielt das Kinderbuch vor die Nase des Mannes, der strahlend den Einband aufschlug.

»Großer, ich lass dich kurz mit Logan alleine, ja? Kommt gut in Nimmerland an und pass auf, dass Hook sich Logan nicht schnappt, ja?« Taylor war aufgestanden und strich durch das weiche Haar von Brian. Ein kurzer Blickkontakt zu Logan, der ihm kaum sichtbar zunickte, zeigte ihm, dass sein Kollege die Lage im Griff hatte und er sich voll auf das klärende Gespräch mit Eva konzentrieren konnte.

Er holte tief Luft, als er aus dem Wohnzimmer trat und nach nur zwei Schritten vor der Treppe stand. Er war nervös. Sein Puls pochte mit jeder Stufe, die er nach oben ging, schneller. Die Angst in ihm war schlimmer als die, die sonst in ihm herrschte, wenn er zwischen Kugeln und Granaten um sein Überleben kämpfen musste. Das Gefühl in seiner Magengegend, als er die letzte Stufe verließ, ließ ihn schwer schlucken. Lautlos überquerte er die letzten Meter auf dem weichen Teppich und blieb unschlüssig vor der Schlafzimmertür stehen. Sollte er wirklich reingehen? Vielleicht beruhigte sie sich auch so wieder. Aber was, wenn er in wenigen Stunden zu einem Einsatz müsste? Nein, er konnte nicht damit leben, dass sie vielleicht im Streit auseinandergehen würden. Er musste mit ihr reden, ihr klar machen, warum er getan hatte, was er getan hatte.

Leise zog er die Tür auf, vor der er stand, und fand seine Frau genau dort, wo er sie erwartet hatte. Eva lag neben Thomas auf dem großen Ehebett und strich bedächtig über den Rücken des winzigen Jungen. Kurz genoss er den Anblick, der sich ihm bot, und dachte an eine Karte, die sie vor wenigen Tagen von Verwandten bekommen hatten. Da lag wirklich ein wenig von ihm und ein bisschen von Eva und ganz viel Wunder.

»Hey, Honey.« Vorsichtig schloss er die Tür wieder hinter sich, ging auf das Bett zu und blieb unentschlossen stehen.

»Hey, Teddy.« Ihr Lächeln löste die Anspannung bei ihm.

»Es tut mir leid, Honey. Ich hätte vorher mit dir reden sollen.«

»Ja, hättest du. Aber ich habe nachgedacht. Auch wenn ich weder mit deiner Entscheidung einverstanden bin, noch verstehen kann, warum du so handelst, muss ich wohl doch damit leben, oder?« Fragend sah sie ihn an. Er entdeckte Tränen, die in ihren Augen glitzerten. Und auch die Angst, die in ihrer Stimme mitschwang, blieb ihm nicht verborgen. Sie so zu sehen, schnürte ihm die Kehle zu. Es schmerzte mehr als alles andere, was er bisher in seinem Leben gesehen hatte. Er hatte einen Fehler gemacht. Einen, der zwar niemanden getötet hatte, aber etwas zwischen ihm und Eva zerstörte, das wichtiger war, als alles andere in seinem Leben.

Was sollte er sagen? Welche Worte waren in der Lage, seine Entscheidung rational zu erklären? Wie sollte es ihm gelingen, sie nicht noch mehr zu verletzen?

»Honey, ich tu es für uns. Du weißt, dass ich nichts gelernt habe. Ich kann mich nicht irgendwo an einen Schreibtisch setzen und Steuererklärungen machen. Und auf dem Bau ist es mindestens genau so gefährlich, wie auf unseren Einsätzen.« Für diesen Vergleich hätte er sich am liebsten geohrfeigt. Er wünschte sich, er hätte ihn nie ausgesprochen. Evas Augen wurden größer und er konnte sehen, wie es in ihr arbeitete. Sie würde ihm die Leviten lesen, soviel war klar. Sie löste ihre Hand von Thomas Rücken, legte sie an ihre Hüfte und blieb regungslos liegen.

Gefühlte Minuten herrschte eine angespannte Stille und er meinte, man müsste seinen rasenden Herzschlag bis in das Erdgeschoss hören. Warum sagte sie nichts? Warum musste sie ihn anschweigen? Es gab kaum eine schlimmere Strafe als diese drückende Stille. Nicht zu wissen, was sie dachte, beunruhigte ihn nicht nur, es machte ihm Angst. Was, wenn sie ihm im nächsten Moment sagen würde, dass sie die Scheidung wollte? Was, wenn er mit seiner Entscheidung alles auf Spiel gesetzt hatte?

Eva holte tief Luft und sah von Thomas auf. Ihre Blicke trafen sich.

»Der Vergleich ist Scheiße, Teddy. Ich weiß, dass du nur unser Bestes willst und ich weiß, dass du deinen Job liebst. Aber mussten es gleich zehn Jahre sein? Taylor, in zehn Jahren liegt er nicht mehr hier in unserem Bett.« Sie deutete mit dem Kopf, den sie auf ihrer Hand abgestützt hatte, auf Thomas. »In zehn Jahren schämt er sich dafür, wenn wir vor seinen Freunden erwähnen, dass er je hier gelegen hat. Du wirst so viel verpassen.« Sie schluckte.

Für Taylor hatte es nie in Frage gestanden, etwas anderes zu machen. Irgendjemand musste dafür sorgen, dass die Bürger, zu denen auch Eva und seine Jungs zählten, nachts ruhig schlafen und am Tage sicher leben konnten.

Die Konsequenzen nun aus ihrem Mund zu hören, klang seltsam. Auf einmal bekam das, was er nicht erleben würde, ein Gesicht. Es hatte einen Fehler gemacht. Einen, der nicht nur sein Leben prägen würde, sondern auch das seiner Kinder. Sie würden oft auf ihn verzichten müssen und vielleicht jeden Abend mit der Angst einschlafen, ihn nie wieder zu sehen.

»Du bereust es, oder?« Fragend, ohne Wut oder einen Vorwurf im Blick, sah sie ihn an. Nickend machte er einen letzten Schritt auf das Bett zu und ließ sich langsam neben Thomas nieder, der auf dem Bauch lag und selig schlief.

»Es tut mir leid, Honey.« Sanft strich er über den weichen Stoff des Stramplers seines Sohnes.

»Du hättest einen anderen Job gefunden. Einen, der dafür sorgt, dass du hier bei uns bist.« Erneut schluckte sie sichtbar und er befürchtete, dass sie sich neue Anschuldigungen zurechtlegte. Taylor wusste nicht, was er sagen sollte. Ihm fehlten die Argumente. Sollte er ihr sagen, dass sie Recht hatte? Sollte er ihr klar machen, warum der Job des SEALs der einzig richtige für ihn war?

»Aber wir werden mit deiner Entscheidung leben, Teddy. Gemeinsam schaffen wird das. Mach dir keine Vorwürfe. Du hast auf dein Bauchgefühl gehört und das sagt dir, dass du mit allem, was in dir ist, ein SEAL bist. Vergiss aber bitte nie, dass du auch Vater bist. Gott wird auf dich achtgeben und dafür sorgen, dass du deine Kinder aufwachsen siehst.« Tränen glitzerten in ihren Augen, als sie sich über Thomas hinweg zu Taylor beugte. Sanft berührten ihre Lippen die seinen und ihr gehauchtes »Wir schaffen das« war ein in einen Kuss verpacktes Versprechen.

## *12.*

»Hey, Kumpel, soll ich dir ein Taxi rufen?«

Taylor blinzelte und ertappte sich dabei, wie er mit den Fingern über seine Lippen strich, als könne er den Geschmack und die Berührungen von Evas Lippen festhalten. Sein verschwommener Blick wanderte von Pablo zu seinem Glas, welches leer vor ihm auf dem Tresen stand. Es dauerte einen Moment, bis er den Inhalt der Worte des Barkeepers begriff.

»Pablo, kann es sein, dass man Gottes Schutz verliert?« Diese Frage brannte auf seiner Zunge wie ätzende Säure. Die hochgezogenen Augenbrauen seines Gegenübers machten Taylor klar, dass er den Mann auf der anderen Seite der Theke mit seiner Frage überrumpelt hatte.

»Keine Ahnung, aber ich denke, Gott bestimmt unseren Weg. Vielleicht sind wir auch ab und an der Meinung, dass er uns verlassen hat, aber das würde er nie tun. Warum fragst du?« Pablo legte seine Hände neben sein Glas und ein seltsamer Ton lag in seiner Stimme.

»Nur so.«

»Du fragst nicht einfach *nur so*. Du hast mich noch nie was gefragt, abgesehen von der Uhrzeit.« Kleine Fältchen bildeten sich auf seiner hohen Stirn.

»Ey Pablo, du hast auch noch andere Gäste«, brüllte ein Mann mit einer tiefen Stimme am anderen Ende der Bar.

»Halt die Klappe, Jeff«, blaffte Pablo unbeeindruckt zurück. »Also? Warum?«

»Eva meint, dass Gott auf mich achtgibt. Ich glaube aber, er hat den Falschen zu sich geholt. Ich hätte an seiner Stelle gehen sollen. Wäre es nicht sinnvoller gewesen, einen jungen Mann zu retten, der sein Leben noch vor sich hatte?« Ohne Pablo um Erlaubnis zu fragen, griff Taylor sich die Whiskeyflasche, die in seiner Reichweite stand, und füllte sein Glas bis zum Rand.

»Vielleicht hatte Gott einen anderen Plan für den Älteren?«

»Womöglich war der aber auch einfach nur ein Feigling und hat nur an sich gedacht.« Einen Augenblick herrschte Schweigen zwischen ihnen und Taylor blendete die allgemeine Lautstärke in der Bar aus.

»Möglich«, antwortete Pablo nachdenklich.

»Ey, kriegen wir nun auch noch mal was oder müssen wir uns auch selbst bedienen?«

»Hüte dich, Jeff!« Der Barkeeper lief an das andere Ende des Tresens und ließ ihn alleine zurück. Taylor leerte sein Glas in einem Zug und füllte es erneut auf. Er würde Pablo die gesamte Flasche zahlen. Seine Augenlider waren schwer und seine Gedanken seltsam zäh.

»Hey, schenkst du mir auch noch einen ein?« Logan sah ihn mit hochgezogenen Augenbrauen an.

»Ey, Onkel Logan, erst spielst du mit uns.« Brian versuchte, von hinten an Logan hochzuklettern, und Thomas hatte sich demonstrativ auf den Ball gesetzt, der in der Einfahrt lag. Taylor wagte es nicht, etwas zu sagen. Er fürchtete, dass seine Jungs ihn dazu nötigen würden, dass er den Ball von einem Ende zum anderen kicken müsste.

Fußball.

Warum spielten seine Jungs nicht Football oder Basketball?

»Hey, du Ungeheuer.« Logan packte Brian, wirbelte ihn herum als würde er nichts wiegen, warf ihn über seine Schulter und rannte die wenigen Meter vom Grill zur gepflasterten Einfahrt. Brian lachte, schrie und hämmerte auf Logans Rücken, bis er ihn vor dem Garagentor auf dem Boden abstellte. Dann rannte er auf Thomas zu, der vor Freude quietschend aufsprang. Die Schritte des Dreijährigen waren kurz, aber es gelang ihm, den nähren Umkreis des Balles zu verlassen, ehe Logan das runde Leder mit aller Wucht gegen das Tor schoss, wo Brian den Kopf einzog.

»Dann mal los, du Weltmeister!« Lachend nahm Logan den Ball wieder in Empfang.

Zwei Hände schoben sich auf Taylors Bauch, als er das Schauspiel in seiner Einfahrt beobachtete. Er konnte den Geruch von Lavendel wahrnehmen. Evas Körper schmiegte sich warm an seinen Rücken. Genüsslich schloss er kurz die Augen, als sie ihr Kinn auf seine Schulter legte.

»Logan ist ein großartiger Mensch«, hauchte sie in sein Ohr.

»Ja, das ist er. Hat er dir schon erzählt, dass es eine Frau gibt, die ihn interessiert?«, flüsterte Taylor, ohne Logan und die Kinder aus den Augen zu lassen. Er wollte nicht, dass sein Kollege mitbekam, wie er das ihm anvertraute Geheimnis, verbreitete.

»Nein, wirklich?« Evas heißer Atem strich an seinem Hals entlang. Sie klang ebenso erstaunt, wie er es gewesen war, als Logan ihm von Chrissy erzählt hatte. Vorher waren es immer nur One-Night-Stands gewesen, von denen er geschwärmt hatte, aber seit einiger Zeit gab es nur noch einen Namen, den Logan immer wieder erwähnte.

»Ja, schon eine ganze Weile. Er hat sie irgendwo in einer Bar kennengelernt, als wir vom letzten Einsatz zurückgekommen sind.«

»Lernt er nicht immer alle in einer Bar kennen?« Eva lachte amüsiert auf.

»Ja, schon, aber das scheint echt ernst zu sein. Ich höre nur noch ihren Namen.« Taylor lächelte, als er das helle Lachen der Kinder vernahm und das erstaunte Schnauben von Eva, das ein Vibrieren in ihrer Brust auslöste, welches sich auf seinem Rücken verteilte.

»Ich fasse es nicht.« Eva löste ihre Umarmung und trat neben ihn. »Logan?«

Taylor sog scharf die Luft ein. Sie würde doch nicht etwa …? Er hatte seinem Kollegen versprochen, es nicht weiterzuerzählen. Seiner Zähne gruben sich in seine Unterlippe. Wie sollte er Logan das erklären?

Logan sah zu ihnen und der Ball, den Brian gerade geschossen hatte, krachte scheppernd gegen das Fenster des Bades, welches knapp neben der Garage lag.

»Ups.« Brian zog schuldbewusst den Kopf ein.

»Ja?« Logans Gesichtsausdruck glich dem von Brian.

»Du hast eine Freundin?«

Taylor sah im Augenwinkel, wie Eva den Kopf zur Seite legte und wie sich Logans Blick änderte. Ihm war klar, dass ihm eine ausgiebige Ausarbeitung der Anweisung *›Das bleibt unter uns‹* bevorstand.

»*Freundin* ist bestimmt übertrieben. Wir haben uns einige Male getroffen«, erwiderte der Mann, dessen Shirt an seiner nassgeschwitzten Brust klebte, ohne seinen Blick von Taylor zu lösen. Es würde nicht nur eine Unterredung werden, Taylor würde mehr als nur ein Sixpack Bier ausgeben müssen. Logan war sauer, und das war nicht zu übersehen.

»Was hältst du davon, wenn du sie heute Abend hier zum Essen einlädst? Ob Taylor nun für uns drei und die Kids Fleisch auf den Grill legt oder für eine Person mehr, ist egal. Ich würde mich freuen, sie kennenzulernen.« Der Vorschlag sprudelte aus Eva heraus, ehe Taylor sie aufhalten konnte. Mit den Augen rollend sah er sich schon eine Flasche Whiskey als Entschädigung kaufen.

»Ich weiß nicht, Eva. Es ist noch nichts Festes.« Logan ließ die Kinder stehen und kam auf sie zu. Immer noch bohrte sich der Blick des dunkelblonden Mannes wie ein Kampfmesser in Taylor.

»Na, was noch nicht ist, kann ja noch werden. Ruf sie an und frag sie. Heute Abend ab Sieben - oder was denkst du, Teddy?«

Taylor stieß einen zischenden Ton aus. Er konnte es nicht leiden, wenn Eva ihn in Anwesenheit anderer bei seinem Spitznamen nannte. Logans Mundwinkel hoben sich schadenfroh.

»Wenn Logan das nicht möchte, akzeptiere das bitte, Eva.« Taylor löste seinen Blick nicht von Logan. Zu gerne hätte er gewusst, was sein Kollege gerade dachte.

»Doch, doch, ist okay, Teddy. Ich ruf sie an.« Grinsend löste Logan seinen Blick und zog sein Handy aus seiner Gesäßtasche. Von Taylor fiel ein tonnenschweres Gewicht ab, als sein Kollege ihn endlich nicht mehr anstarrte.

Am späten Abend zogen sie sich zu viert in die Wohnung zurück. Die Kinder waren seit Stunden im Bett, was nicht geklappt hätte, wenn sie Logan nicht davon überzeugt hätten, ihnen vorzulesen. Nie hätte Taylor gedacht, dass Logan zum einen Chrissy zum Essen einladen und zum anderen vor ihren Augen den Kindern vorlesen würde. Aber sie alle hatten es genossen, seiner Stimme zu lauschen. Jedes seiner Worte hatten sie gierig aufgesogen, als er im Schneidersitz vor ihnen auf dem

Rasen gesessen hatte. Für wenige Seiten waren sie gemeinsam vor dem Alltag geflüchtet. Eva hatte in Taylors Armen gelegen und die Kinder hatten sich an Chrissy gekuschelt, als würden sie sie schon ewig kennen. Gemeinsam mit Peter Pan und Wendy hatten sie Abenteuer im Nimmerland erlebt, bis Thomas eingeschlafen war.

Es war unglaublich, wie es Logan immer wieder gelang, die Kinder mit seiner Stimme gefangen zu nehmen und für eine Ruhe zu sorgen, die nicht mal Eva oder er in Brian und Thomas hervorrufen konnte.

Taylor war positiv überrascht von Chrissy. Die dunkelhäutige Frau hatte samtweich schimmerndes Haar und verteilte auf ihren knapp einssiebzig jede Rundung an der richtigen Stelle. Sie studierte, wie Eva vor Jahren, Jura und die Frauen hatten sehr schnell festgestellt, dass an der Uni immer noch dieselben Professoren ihr Unwesen trieben. Überhaupt verstanden sich die Frauen bestens.

»Na, ist es was Ernstes zwischen dir und Chrissy?« Taylor zog Logan hinter sich her in den Wohnbereich, während die Frauen in der Küche einen Mitternachtsimbiss zubereiteten.

»Von meiner Seite ja, aber sie hat Bedenken wegen meines Jobs. Aber das muss ich dir ja nicht erklären.« Gefrustet sank Logan auf die Couch und sah zu Chrissy hinüber.

»Stimmt, da bin ich der falsche Ansprechpartner. Ich hab mir Evas Unmut zugezogen, weil ich um zehn Jahre verlängert habe.«

»Wollte sie, dass du aufhörst?« Mit hochgezogenen Augenbrauen sah Logan ihn an.

»Ja. Nun hat sie sich damit arrangiert, dass ich weiter mache. Auch wenn sie es nie sagt, weiß ich, dass sie schreckliche Angst um mich hat. Das macht es nicht unbedingt einfacher.«

»Verständlich«, murmelte Logan und auch Taylor bemerkte die fragenden Blicke der Frauen, die scheinbar einen Teil ihres Gespräches mitgehört hatten. Sie hatten keinen einfachen Job und immer wieder fragte er sich, was schwieriger war - lebend zurückzukehren oder seine Frau und die Kinder mit Tränen in den Augen auf der Türschwelle stehen zu lassen, wenn er wieder aufbrechen musste.

Nur drei Tage später saß er gemeinsam mit Logan sprichwörtlich auf gepackten Taschen und wartete auf das endgültige Go.

»Wo ist der Rest von uns?« Fragend lag der Blick von Logan auf ihm, der ebenfalls eine sandfarbene Uniform trug.

»Ob du es glaubst oder nicht, die sind bereits da. James dachte, sie brauchen uns nicht«, knurrte Taylor.

»Alter, ich fass es nicht. Seit Garth weg ist, tut James so, als würde ihm alleine die Navy gehören«, murmelte sein Kollege, während er die Landebahn durch ein Fenster des Zimmers, in dem sie saßen, im Auge behielt. Seit Stunden saßen sie mal in einem der riesigen Hangar an der North Island Naval Air Station oder im Inneren eines Gebäudes, in dem sich dutzende klimatisierte Konferenzzimmer befanden.

Der zur Coronado Base gehörenden Airport war Dreh- und Angelpunkt für die Airforce. Sie sollten im Laufe des Tages nach Afghanistan ausgeflogen werden. Wann genau und mit welcher Maschine, wussten sie nicht. Dass Garth das Team 10 verlassen hatte, mochte für diejenigen, die er ständig terrorisiert hatte, gut sein, auf der anderen Seite fehlte es James an Erfahrung als Commanding Officer.

»Weißt du, wer von uns noch da ist?«

»Nein, weiß ich nicht.« Taylor beobachtete eine Transportmaschine bei der Landung. Es war gefühlt die Tausendste.

»Alter ...«

»Boah, sag nicht immer *Alter*«, fiel er Logan ins Wort.

»Warum nicht? Dein Großer sagt das auch immer.« Logan sprang auf und entging so dem Schlag von Taylor.

»Ja, von wem er das wohl hat.«

»Von mir nicht.« Mit einem breiten Grinsen sank Logan zurück in den Stuhl, von dem er aufgesprungen war, und legte seine Füße auf den Tisch.

»Nein. Onkel Logan würde meinen Kindern niemals sowas beibringen«, erwiderte Taylor mit einem ironischen Unterton.

»Genau, ich würde mit ihm in eine Stripclub gehen.« Logan grinste ihn schelmisch an.

»Alter, wag es nicht.« Drohend hob Taylor seinen Finger.

»Ha, siehste, von mir haben sie es nicht.« Logan lachte auf und Taylor rollte mit den Augen. Seine Kinder liebten Logan abgöttisch. Es gab keinen Menschen, den sie, abgesehen von ihm und Eva, mehr liebten. Die Art, wie sein Kollege mit den Kindern spielte, zeigte Taylor immer wieder, dass Logan sein inneres Kind bewahrt hatte. Immer wieder saßen nicht nur die Kinder im Wohnzimmer auf dem Teppich und lauschten Logan, wenn er vorlas. Auch Taylor und Eva genossen diese Momente. Logan war selbst auf den Einsätzen ein Bücherwurm, nur dass er dann nicht vorlas. Dann versank er alleine in den fremden Welten, um kurz dem zu entfliehen, was um ihn herum geschah. Seltsam war nur, dass es immer das gleiche Buch war, das er in seinem Rucksack dabei hatte. Irgendwann würde er Logan fragen, warum ausgerechnet Tom Sawyer ihn auf den Einsätzen begleitete.

Krachend flog die Tür des Raumes auf und ein junger Mann in dunkelblauer Uniform stürmte in den Raum.

»Lieutenant Harson, Ensing Collister, Sie haben grünes Licht. Ich soll Sie zum Flieger bringen.« Der Mann verschränkte die Hände hinter seinem Rücken.

»Wohin?« Taylor sah verwirrt von dem Mann zu Logan, der amüsiert grinste. Den Weg zum Flugzeug hätten sie tatsächlich ohne Hilfe gefunden.

»Zum Flieger, Sir. Sie fliegen von hier nach Bagram«, erklärte der Soldat mit Nachdruck.

»Dass wir nicht rüber schwimmen, war mir klar, aber den Weg zum Flieger finden wir selbst«, knurrte Taylor.

»Der Befehl, dass ich Sie zu Ihrer Maschine bringe, stammt direkt von Commanding Officer Dietzen, Sir.« Der junge Soldat schien sich sehr sicher bei dem zu sein, was er tat, und dass James nun begann, sie wie kleine Kinder zu behandeln, nervte Taylor schon jetzt zu Beginn der Mission. Logan entfuhr ein leiser Fluch, als er seinen Rucksack griff.

»Wenn Sie mir folgen würden, Sir.«

»Wenn Sie noch länger leben wollen, sollten Sie schweigen, auch wenn Sie nur einen Befehl ausführen«, blaffte Taylor gereizt.

Nach über fünfzehn Stunden Flugzeit verließen sie gemeinsam mit zwanzig Soldaten die Lockheed, die neben ihnen noch Ausrüstungsgegenstände geladen hatte. Kaum war Taylor aus dem Schatten des Flugzeugs getreten, brannte die Sonne erbarmungslos auf ihn nieder. Die letzten Stunden hatte Taylor damit verbracht, Logan zu bewundern, der entweder geschlafen oder mit seiner Nase tief in seinem Buch gesteckt hatte. Außerdem hatte er sich bemüht, die wilden Gerüchte und Spekulationen um eine neue Antiterroreinheit zu ignorieren, die im Flieger wie ein Haufen aufgescheuchter Bienen herumgeschwirrt waren. Er kannte die Gerüchte bereits und hatte die letzten Wochen versucht, sie zu ignorieren, aber im Flieger war es ihm nicht mehr möglich gewesen. Zu oft hatte er die Männer darüber reden hören, und zwar so laut, dass der Lärm der Propeller die Spekulationen nicht hatten übertönen können. Die Informationen über die IATF, mit denen er ungewollt bombardiert worden war, zogen seine Stimmung weit in den Keller.

Einige der Männer, die Captain Paul Redman in sein Team geholt hatte, kannte Taylor mehr oder weniger gut und es ärgerte ihn maßlos, dass Redman einige der Besten zusammengezogen hatte. Dass sie als SEALs die Möglichkeiten hatten, sich der DEVGRU, dem ehemaligen Team 6, anzuschließen, war okay. Aber dass Redman sich die Besten rauspickte, stieß Taylor sauer auf. Dass er dann auch Cayden Harrison in sein Team geholt hatte, machte es nicht ein Stück besser. Taylor kannte den SEAL seit Jahren. Immer wieder waren sie sich auf Leergängen in Fort Benning begegnet und immer wieder war es Cayden gewesen, der mit dem besten Score abgeschlossen hatte. Cayden war einer der wenigen, die Taylor sich immer an seiner Seite gewünscht hatte. Wenn er je die Möglichkeit bekommen hätte, mit dem Mann aus dem Team 3 zu arbeiten, wäre er glücklich gewesen. Dann hätte er auch das Team gewechselt. Das Schärfste an den ganzen wilden Geschichten der letzten Stunden war aber, dass angeblich eine Frau im Team war. Taylor wusste nicht, was er von der ganzen Aktion halten sollte. Schlecht gelaunt und durchgeschwitzt ging er auf einen der Hangar zu, vor denen Jeeps standen.

»Hasenfuß, Donnerwetter.«

Taylor schreckte aus seinen Gedanken auf, als er die vertraute Stimme vernahm. Suchend sah er sich um und entdeckte Mike Lutrell, der mit großen Schritten auf ihn und Logan zukam, der schweigend neben ihm herging.

»Tex, verdammt, du bist immer noch hier?« Lachend umarmte er seinen alten Bekannten. Es war Monate her, seit sie sich das letzte Mal gesehen hatten. Und dass sie miteinander gesprochen hatten, war noch länger her. Wie es schien, stimmten die Geschichten, die er gehört hatte, und man hatte Mike zum Captain befördert. Als er Mike freundschaftlich auf den Rücken klopfte, stieg eine Staubwolke auf, die Taylor husten ließ, als ihm das feine Material in die Lunge zog.

»Ey, hättest du was gesagt, hätte ich dir Wechselwäsche mitgebracht. Was ist hier los? Haben sie euch das Wasser abgestellt?« Er schob den Mann aus Texas von sich und reichte ihm die Hand. »Glückwunsch zur Beförderung, Mike.«

»Danke, Taylor.« Die Aufmerksamkeit des Mannes mit den braunen, schulterlangen Haaren wanderte zu Logan.

»Mike, Logan Collister kennst du bereits?« Meistens wussten die Vorgesetzten mehr als ihnen lieb war, daher ging Taylor davon aus, dass Mike Logans Papiere bereits eingesehen hatte.

»Nein, ich hab nur gehört, dass ihr einen Neuen ins Team bekommen habt nach der Sache mit Jake.« Mike senkte respektvoll die Stimme und Taylor wurde schlagartig wieder bewusst, was er lange verdrängt hatte. Es war Jahre her und doch fühlte es sich plötzlich wieder an, als wäre es gestern passiert. Taylor schluckte schwer und suchte den Blickkontakt zu dem Texaner, dem er in seiner Karriere immer wieder begegnet war. Eine tiefe Freundschaft hatte sich zwar nicht aus ihren Begegnungen entwickelte, aber doch gab Mike ihm kurz das Gefühl, nicht mit seinen Gedanken an Jake allein zu sein. Mike schien zu bemerken, dass er einen wunden Punkt getroffen hatte und die Erinnerungen Taylor mit brutaler Wucht überrollen würden, wenn er weitersprach.

»Kommt, ich zeig euch, wo wir euch einquartiert haben. Dann muss ich wieder an die Arbeit. Dietzen wird sich bei euch melden.« Der Mann mit der staubigen, sandfarbenen Kleidung ging auf einen der Jeeps zu und Taylor hoffte inständig, dass sie mit dem Wagen zu ihrem Quartier fahren würden. Er hatte keine Lust, in der Hitze mit Rucksack und Waffe zu einer der Baracken zu laufen, die sich weit von der Landebahn entfernt befanden.

»Warst du schon mal hier?« Taylor sah Logan an, der neben ihm her ging und alles um sie herum genau im Auge behielt. Die meisten der SEALs, die Taylor kannte, waren bereits mehrfach in Bagram gewesen oder hatten Kundus unsicher gemacht. Überrascht bemerkte er das Kopfschütteln von Logan.

»Hier ist es nicht viel anders als in San Diego. Ein Stück weiter im Westen, noch im Radius des eigentlichen Stützpunktes, findest du sogar ein Fastfood-Restaurant. Onkel Sam will es uns hier so angenehm wie möglich machen.«

Für Taylor war Bagram kein Neuland. In seiner bisherigen Laufbahn war er mehrfach in Afghanistan stationiert gewesen und hatte viel Zeit auf dem Stützpunkt verbracht, allerdings mied er das besagte Fastfood-Restaurant seit einer Lebensmittelvergiftung. Ob er die allerdings wirklich auf die dort angebotenen Burger schieben konnte oder ob doch das Sandwich Schuld trug, das seine Kollegen ihm damals in die Hand gedrückt hatten, wusste er nicht. Das Einzige, was ihm von der ganzen Sache in Erinnerung geblieben war, dass er stundenlang die Toilette belagert und sich teilweise den Tod gewünscht hatte.

Taylor bemerkte, dass sie an den Fahrzeugen vorbei liefen, stöhnte auf und entdeckte einige neuere Unterkünfte. Es waren provisorische Unterkünfte um dem wachsenden Personal vor Ort Obdach zu bieten. Ihm graute davor, das Gebäude aus Holzbrettern zu betreten.

Logan stieß ein seltsames Geräusch aus, als sie die vier Baracken erreicht hatten, die man nebeneinander aus dem Boden gestampft hatte. Auch Taylor war nicht begeistert, aber er wusste die Vorteile im Vergleich zu einem der Container zu schätzen, in denen er bereits gelebt hatte.

»Collister, nicht meckern. Lieber eine Holzhütte als so ein Blechkübel. In denen kannst du bei so einem Wetter wie heute vierundzwanzig Stunden am Tag Spiegeleier ohne Strom braten«, erklärte er seinem jungen Kollegen, der wie er bereits komplett durchgeschwitzt war. Mikes Grinsen, welches trotz des dichten Bartes nicht zu übersehen war, sprach Bände. Hier wusste jeder um die Vorteile der Holzhütten.

»Ganz hinten sind zwei frei, ich muss jetzt wieder zurück. Ich sag James Bescheid, dass ihr da seid. Kommt einfach rüber, wenn ihr soweit seid.« Mike deutete auf ein großes Gebäude aus Wellblech. Nickend trat Taylor vor Logan in die kleine Holzbarracke. Selbst hier drin war es warm. Aber das war nicht das Problem. Das Problem war die stickige Luft, die nach Schweiß und wochenlang getragenen Socken roch.

Drei Stunden später stand er zähneknirschend neben Logan in einem Raum, der noch heißer war als die Baracke, in der sie untergebracht waren. Vor ihnen saß ihr neuer CO James Dietzen, der lässig die Füße auf den Tisch gelegt hatte und sie strammstehen ließ. Gerade hatte er ihnen erzählt, dass sie zwölf Stunden zu spät angekommen waren und ihre Teamkollegen bereits zu einer längeren Mission an der Grenze nach Pakistan aufgebrochen waren.

»Alter, du bist doch nicht ganz frisch im Kopf. Warum bestellst du uns dann hier her und machst einen auf dicke Hose? Erzähl mir nicht, dass du nichts von dem Einsatz wusstest. Von dem Einsatz wusstest du, bevor du uns hast abholen lassen. Dann hätte ich mit meinem Arsch auch zuhause bleiben können. Ist dir dein Posten hier zu Kopf gestiegen, oder was?«, blaffte Taylor den Nachfolger von Barry Garth an.

»Pass mal auf, Harson, ob es dir gefällt oder nicht, ich habe hier das Sagen und ich entscheide, wen ich hier wann brauche. Und ob du es glaubst oder nicht, für euch ist auch schon was geplant. Ich geb doch nicht tausende Dollar aus, um einen wie dich hierher zu schaffen und mich dann von dir anmachen zu lassen. Ich bin genauso froh wie du, wenn ich dich nicht sehen muss. Und dass Garth weg ist, dafür kann ich nichts. Bei mir fährst du keinen Kuschelkurs!«, bellte James aggressiv zurück und riss seine Füße vom Tisch.

»Na prima, und was wird das für ein hochwichtiger Einsatz?« Taylors Blut kochte, am liebsten hätte er James am Kragen gepackt, auch wenn er vielleicht wirklich nichts für die Situation konnte. Aber zu wissen, dass seine Kollegen bereits irgendwo unterwegs waren, während er sich langweilte, regte ihn auf. Er wollte bei seinem Team sein und nicht in diesem stickigen Büro stehen, welches einer vollgemüllten Abstellkammer glich.

»Sobald wir Genaueres wissen, geht ihr los und holt diesen Typen hier.« James hielt das Bild eines Mannes hoch, den sie alle nur zu gerne fassen würden. Damanis war ihm schon lange kein Unbekannter mehr. Zu viele Anschläge und Morde gingen auf das Konto des Terroristen. »Die anderen suchen ihn an der Grenze, aber ich glaube nicht, dass er dort ist.«

»Und was macht dich da so sicher?« Hoffend, dass James wichtige Informationen besaß, die auf den genauen Aufenthalt des Afghanen hinwiesen, hob er fragend die Augenbrauen.

»Ein Bauchgefühl.« Der Mann mit dem struppigen Bart sah ihn ernst an. Taylor jedoch konnte sich das Auflachen nicht mehr verkneifen.

»Du jagst einen Typen wie Damanis aus einem Bauchgefühl heraus? Sag mal, ist dir die Hitze zu Kopf gestiegen? Hast du ein altes Sandwich gegessen oder was? Du weißt genau so gut wie wir alle, wie der tickt. Den fängst du nicht lebend. Und schon gar nicht, weil dein verdrehter Magen dir das sagt.« Taylor rang nach Luft. Er hatte James noch nie leiden können, aber jetzt hatte er sich völlig ins Aus geschossen. Einen Topterroristen nach Bauchgefühl zu jagen, war wie der Versuch, eine Fliege zu erschießen.

»Wie wir das Scheusal erledigen, ist doch völlig egal. Ich bekomme meine Infos wie alle anderen auch von der CIA«, zischte James und wirkte beinahe beleidigt.

Taylor schüttelte belustigt den Kopf. »Alter, mach was du willst, wir sind hier, aber glaub bloß nicht, dass du den lebend fängst, weil dein Bauchgefühl dir gesagt hat, wo er gerade zu Mittag isst. Kannst ihm ja eine Einladung schicken, vielleicht kommt er dann freiwillig.«

»Lieutenant Harson, Sie vergessen, mit wem Sie reden«, knurrte James wütend.

»Nein, habe ich nicht, Senior Chief Dietzen.« Taylor salutierte. Er wollte nicht, dass man ihn zurückschickte und er ein Disziplinarverfahren riskierte, auch wenn er James liebend gerne weiter die Meinung gesagt hätte.

Sechs Stunden nach dem Streitgespräch saß er mit Logan auf einer Bank vor der Messe und genoss die endlich kühler werdende Luft.

»Warum bist du dir so sicher, dass wir Damanis nicht kriegen? Wir jagen ihn doch schon jahrelang, irgendwann muss er doch mal einen entscheidenden Fehler machen, der uns in die Hand spielt.« Mit einer Dose Cola in der Hand musterte Logan ihn interessiert.

»Ja, irgendwann wird er den machen. Aber nicht hier. Er ist hier aufgewachsen. Der kennt die Gegend hier wie kaum ein anderer. Hier gibt es Hunderte, wenn nicht sogar Tausende kleiner Höhlen, von deren Existenz wir nicht mal wissen. Er könnte fünf Meter neben uns in so einem Scheißding sitzen und wir würden es nicht mal mitbekommen. Er hat hier zu viele Mittelsmänner, die ihm Informationen zukommen lassen. Und wenn wir uns einen von denen schnappen, sind die in wenigen Stunden tot.«

Logan nickte nur. Er schien zu verstehen, auf was Taylor hinaus wollte. »Also wieder nur hier sitzen und warten, dass was passiert?« Logans Aufmerksamkeit wanderte zum Horizont, wo die Sonne langsam unterging.

»Möglich, aber vielleicht können wir ja was anderes jagen.« Grinsend beobachtete auch Taylor das Schauspiel am Horizont und dachte daran, wie er vor einiger Zeit mit einigen Kollegen verbotenerweise wilde Kamele gejagt hatte.

Kamele fanden sie in den kommenden Tagen keine, aber andere Tiere, über deren Anwesenheit er sich nicht freute. Er entdeckte Skorpione in seinen Stiefeln, die, wenn auch nicht tödliche, aber sehr schmerzhafte Stiche verursachten. Und er wurde Zeuge einer urkomischen Jagd in einer Gruppenunterkunft.

In dem Raum einiger Soldaten hatte sich eine Walzenspinne verirrt und wenn die Männer nicht wie kleine Kinder gekreischt hätten, hätte er wohl keinen Blick in das Gebäude riskiert. Mit zum Teil nackten Füßen sprangen drei durchtrainierte Männer von einem Bett aufs andere, stießen Rucksäcke von einem Ende ans andere und rückten die kleinen Spinde zu Seite. Was genau sie suchten, sah er, als sich das lichtscheue Tier kurz blicken ließ. Mit ihrem sieben Zentimeter großen Körper und den langen Beinen raste das Tier vom Spind unter ein Bett und wieder johlten die Männer auf. Bei dem Anblick des Spinnentieres lief auch Taylor ein Schauer über den Rücken. Aber die erwachsenen Männer zu sehen, die von einem Ende des Raumes zum anderen sprangen, hinderten ihn daran, weiterzugehen. Das ganze Schauspiel nahm erst ein Ende, als es einem der Männer gelang, das Tier mit einem gezielten Schuhwurf kurzzeitig außer Gefecht zu setzen, damit ein anderer Mann mit seinem Stiefel das Leben des Ungeziefers beenden konnte.

# 13.

Die Briefings der folgenden Tage ergaben immer dasselbe.

Nichts.

Das änderte sich abrupt, als Taylor in den frühen Morgenstunden aus dem Schlaf gerissen wurde, weil ein großes Transportflugzeug über die Baracke hinweg flog. Weil das Dröhnen der Propeller nicht nachließ, als die Maschine gelandet war, entschloss er sich, aufzustehen und die wenige, kühlere Zeit des Tages draußen kurz zu genießen. Als er vor seiner Unterkunft seine Aufmerksamkeit auf die Landebahn richtete, sah er wie Mike und James drei Männer in dunklen Anzügen in Empfang nahmen.

Es dauerte Stunden, bis er gemeinsam mit Logan erneut in das Lagezentrum zitiert wurde. Man hatte zwar nicht Damanis gefunden, aber seine rechte Hand, Ahmed Haqqani. In weniger als achtundvierzig Stunden würden sie aufbrechen, um den Handlanger von Damanis zu erledigen.

»Ihr geht zu viert da hoch. Die Berets suchen noch nach Damanis, aber wenn wir Haqqani erledigen, sollte bei Damanis Panik ausbrechen. Vielleicht kommt er dann aus seinem Versteck.«

»Moment, zu viert? Als Sniper? Wer ist denn noch hier?« Taylor überlegte angestrengt, welchen der vielen Soldaten am Stützpunkt er vielleicht von der Sniper School in Fort Benning kannte. Aber ihm wollte niemand einfallen, und da sie eindeutig über eine Distanz von fast tausendachthundert Metern arbeiten würden, musste es jemand sein, der nicht nur auf fünfhundert Meter gut traf.

»In einigen Stunden kommt noch ein Team aus San Diego an«, erklärte James gleichgültig, »Nehmt schon mal die Unterlagen mit und macht euch mit allem vertraut. Das andere Team wird gebrieft hier ankommen.« Der Mann mit den braunen Haaren reichte ihm und Logan einen Schnellhefter. James warf Taylor einen seltsamen Blick zu. Wusste sein Vorgesetzter, dass er ein Problem mit ihm hatte? Würde es in den nächsten Tagen zu einem Eklat kommen, wenn er sich nicht so verhielt, wie James es erwartete?

Die Ankunft des anderen Teams verschlief Taylor. Was ihn jedoch daran hinderte, die gesamte Nacht durchzuschlafen, war ein lautstarker Streit irgendwo vor den Baracken. Mehrfach dachte er darüber nach, hinauszugehen und den Streithähnen die Meinung zu sagen. Aber der Wunsch, liegen zu bleiben, war größer und irgendwann kehrte ebenso plötzlich, wie der Streit entbrannt war, wieder Ruhe ein. Nachdem das lautstarke Gebrüll von weiteren Männern ertönt war, konnte Taylor sich wieder in das Land der Träume gleiten lassen. Vielleicht war dieser Schlaf für eine lange Zeit der letzte, den er bekommen würde.

Am darauf folgenden Nachmittag zitierte man ihn und Logan erneut in das Lagezentrum. Augenrollend traf er an der Tür auf seinen Kollegen, der ebenso begeistert aussah, wie Taylor sich fühlte. Das ständige Antreten, um dann nichts Neues zu erfahren, ging ihm auf die Nerven.

Als sie James geräumiges, wenn auch vollgestelltes Büro betraten, lagen die Füße des COs erneut auf dem Schreibtisch und Taylor fragte sich insgeheim, ob James in den letzten Wochen, seit er in Bagram angekommen war, je eine der Duschen von innen gesehen hatte. Im Raum hing der muffige, beißende Geruch von Schweiß.

»Wir müssen noch auf die anderen beiden und Tex warten«, brummte James gelangweilt, verschränkte die Hände hinter dem Kopf und kippelte mit dem Stuhl noch weiter nach hinten. Zu gerne hätte Taylor James Füße vom Tisch gerissen und dafür gesorgt, dass er nach hinten vom Stuhl fiel.

»Wann kommen die anderen denn?« Logan stellte die Frage, die Taylor bereits auf der Zunge gelegen hatte. Allerdings schien diese Frage nicht gut bei James anzukommen, da sich der Blick des Mannes am Schreibtisch verfinsterte. Der CO zog seine Füße vom Tisch, kippte mit dem Stuhl nach vorne, stützte seine Arme auf dem Tisch ab und sah Logan mit einem Blick an, den Taylor sonst nur seinen Feinden schenkte.

Logan hatte diese Linie, die man nicht überschreiten durfte, nun eindeutig überschritten.

»Wenn Sie noch länger bleiben wollen, halten Sie die Schnauze, Collister!«, blaffte James.

»James, er hat nur gefragt.«

Taylor drehte sich zu Tür um und entdeckte Mike, der auf sie zu kam. Als Antwort kam nur ein Knurren von dem bärtigen Mann am Schreibtisch.

»Lasst uns ins Konferenzzimmer gehen, die anderen kommen gleich. Ich habe gerade jemanden losgeschickt, der sie herbringt.«

Ihm fiel auf, dass Mike seine Aufmerksamkeit nicht von James löste, und er bildete sich ein, dass die Spannung in der Luft bereits zu hören war. Der Blick von James glich dem Bösen in Person, als er sich erhob. Taylor war froh, dass sie schnell das große Konferenzzimmer erreicht hatten, wo bereits eine Karte der Gegend an der Wand hing, auf der ihr Einsatzgebiet abgebildet war. Am äußersten Rand der Karte war ein Bild von Damanis befestigt, unter dem das von Ahmed Haqqani hing. Taylor war sich sicher, dass es einem Wunder gleichkommen würde, wenn sie den Kopf des Terrornetzwerks in den nächsten Tagen fassen könnten. Er wusste, dass Damanis schneller war als sie und vor allem schneller als die Männer der CIA. Es war unglaublich, wie viel Glück ein einzelner Mann haben konnte. Vielleicht war er auch einfach nur besser informiert.

Sie starrten gemeinsam schweigend die Karte und die Fotos an, als Taylor Schritte vernahm. Gleichzeitig mit Logan drehte er sich um, als die Tür scheppernd aufgestoßen wurde. Verblüfft sah er die zwei Personen an und hörte, wie sein Kollege überrascht den Atem ausstieß.

»Da sind sie ja, die beiden besten Scharfschützen der Navy SEALs.« Lachend ging Mike auf die Frau zu, die soeben neben Cayden Harrison den Raum betreten hatte. Der dunkelblonde Cayden war Taylor kein Unbekannter. Snipes, wie der Scharfschütze von den meisten genannt wurde, war einer der besten Schützen, die die SEALs je gehabt hatten. Sein Score, das interne Ranking der SEALs, war weit höher als das von Taylor, was ihn immer wieder leicht aggressiv stimmte. Der Score wurde immer wieder verbreitet wie Gerüchte in einem Dorf. Jeder wusste innerhalb kürzester Zeit, was der andere wieder geleistet hatte. Und somit setzte jeder Treffer von Cayden ihn weiter unter Zugzwang, um den Anschluss nicht komplett zu verlieren.

Die Frau mit dem Kurzhaarschnitt aber als Scharfschützin der SEALs zu bezeichnen, stieß ihm sauer auf.

»Bitte? Ihnen ist schon bewusst, dass das eine Frau ist?« Logan platzte mit einem Gedanken heraus, den Taylor zwar gehegt, aber nie in der Art ausgesprochen hätte.

»Man sollte annehmen, dass ich das weiß, Ensing Collister.« Mike wandte sich wieder der Karte zu.

»Mrs. Banz, Mr. Harrsion, das sind Ensing Logan Collister und Lieutenant Taylor Harson vom Team 10.« James stellte sie vor und in Taylor regte sich der Verdacht, dass James bereits viel länger von der Frau wusste.

»Poison, Snipes James würde gerne eure Hilfe in Anspruch nehmen.« Mike übernahm erneut das Wort, als er sich an Yvonne Banz und Cayden wandte. Taylor wurde das Gefühl nicht los, dass die Positionen zwischen James und Mike nicht geklärt waren. Im Normalfall hätte James sich erst auf Geheiß von Mike zu Wort melden dürfen. Irgendetwas war seltsam. Vielleicht hatte eine dritte Instanz bei diesem Einsatz ihre Finger im Spiel. Sonst würde es keinerlei Probleme geben und es wäre klar, wer die Befehle erteilte.

Was Mike ihnen in den nächsten Minuten erzählte, war ihm nicht neu. Neu war allerdings, dass Logan seine Aufmerksamkeit nicht von der Frau lösen konnte, die mit ihrem Undercut und der sportlichen Figur durchaus attraktiv aussah, aber irgendwie so gar nicht in die Szenerie passte.

»Entschuldigen Sie, Captain?«

Als Taylor Logans Worte vernahm, stieß er zischend den Atem aus. Nie im Leben wäre er auf die Idee gekommen, Mike in seinen Ausführungen zu unterbrechen.

»Ensing?« Der Captain zog fragend die Augenbrauen hoch, zumindest hoffte Taylor, dass diese Geste als Frage und nicht als Entrüstung zu werten war.

»Sind Sie sicher, dass Mrs. Banz drei Tage im Hindukusch aushält?«

Kaum merklich schüttelte Taylor den Kopf. Sein junger Kollege schien ein besonderes Radar für Fettnäpfchen zu haben.

Noch eine dieser Fragen und Logan würde schneller im nächsten Flieger nach San Diego sitzen, als ihm lieb war.

Auch für Taylor war es ungewohnt mit einer Frau in einen solchen Einsatz zu gehen. Wenn seine Vorgesetzten allerdings sagten, sie war in der Lage den Job zu machen, musste er auf diese Meinung vertrauen.

»Ensing, sind Sie sicher, dass Sie ein SEAL sind?«

Logans verblüffter Blick wanderte von der uniformierten Frau zu Mike.

»Ja, Captain.« Logan tat das einzig Richtige. Er salutierte und schien endlich bemerkt zu haben, dass seine Fragen absolut unangebracht gewesen waren.

»Dann nehme ich an, dass Sie keine weiteren Fragen haben?« Der Blick des Captains sprach Bände. Taylor ahnte, dass der Texaner nur Sekunden davor stand, Logan rauszuwerfen.

»Nein, Captain.«

»Gut.« Dass Mike ausatmete, war nicht zu überhören, als er sich wieder dem Einsatzplan zuwandte.

»Du bist ein Vollidiot, Collister. Sprich doch nicht immer aus, was du denkst«, raunte Taylor Logan zu.

»Du denkst das Gleiche«, flüsterte Logan.

»Ich spreche es aber nicht aus.« Taylors Blutdruck stieg. Wollte sein Kollege nun eine Grundsatzdiskussion mit ihm führen? Hier bei der Einsatzbesprechung?

»Alles verstanden?« Mike forderte mit seiner Frage wieder Taylors Aufmerksamkeit. Er würde dringend mit Logan reden müssen, wenn sie diesen Raum verlassen hatten.

»Aye, Captain.« Mrs. Banz Ansprache sorgte für ein amüsiertes Lächeln im Gesicht des Captains und auch bei James konnte man unter dem dichten Bart die Gesichtsmuskeln zucken sehen.

»Poison, ich denke, du musst noch eine Menge lernen. Wenn du schon *Aye* sagst, dann bitte Mike oder Tex.«

Taylor stieß genervt den Atem aus. Hatte Mike Lutrell, Captain auf der Bagram Air Base, einer Frau gerade angeboten, ihn Tex zu nennen? Was um alles in der Welt war an dieser Frau so toll, so wichtig, dass er ihr das gestattete? Tex durften ihn nur

Freunde, SEALs und Menschen nennen, die jahrelang mit ihm gedient hatten.

»Aye, Tex«, fiepste sie fast verlegen und wirkte einmal mehr völlig fehl am Platz.

»Dann bleibt noch eine Frage offen. Wer geht mit wem? Ihr geht als Spotter und Sniper da hoch und ich erwarte eine einhundertprozentige Trefferquote, wenn ihr unseren Mann ausmacht.« James übernahm erstaunlicherweise wieder das Wort und trat vor sie. Dass sie jeweils zu zweit gehen würden, war Taylor klar. Aber wie kam James darauf, dass er womöglich mit jemand anderem als Logan gehen würde?

»Ich weigere mich, mit einer Frau da rauszugehen.« Logan funkelte Mrs. Banz wütend an.

»Ich ebenfalls.« Jetzt konnte auch Taylor seinen Unmut nicht mehr zurückhalten. Er konnte nur darauf hoffen, dass auch Cayden sich weigern würde.

»Okay, wenn ihr nicht wollt … ich fasse es als Ehre auf, für sie den Spotter zu machen.« Caydens Worte ließen ihn lauter, als er es geplant hatte, ausatmen. Mit dieser Aussage machte Cayden Harrison klar, dass die Frau besser war als er. Das konnte Taylor sich nicht vorstellen. Cayden hatte viele Jahre Erfahrung auf dem Schießplatz wie auch im Kampfeinsatz. Ihn interessierte brennend, welche Voraussetzungen Yvonne mitbrachte, dass Cayden ihr den Platz am Abzug überlassen wollte.

Mit dem Gedanken, dass sein Kollege einer Frau den Vortritt ließ, konnte Taylor sich einfach nicht anfreunden. Auch wenn sie nicht die erste war, die er in der sandfarbenen Uniform der Army sah, so war sie doch die erste, die er mit dem schweren Scharfschützengewehr zu Gesicht bekommen würde. Mit einer Waffe, die auch über weit mehr als einem Kilometer mit einer tödlichen Präzision ihr Ziel traf, wenn man sie richtig bediente.

»Ey, das kann doch nicht wahr sein. Wenn ich ein neues Messer brauche, muss ich vier Wochen Papier wälzen und die bekommt einfach ne M82 in die Hand gedrückt, als könnte Mike sie aus der Portokasse bezahlen«, zischte Logan ihm zu.

Verwundert löste Taylor seinen Blick von der topographischen Karte, die er immer noch unbewusst angestarrt hatte.

»Ich glaub´s nicht«, stieß er geräuschlos aus und konnte den wütenden Blick nicht vermeiden, den er der Frau zuwarf, die mit vor Freude leuchtenden Augen das große Scharfschützengewehr musterte. Cayden schien den in der Luft liegenden Unmut zu spüren und schob die brünette Frau auf die Tür zu. Nur eine Sekunde, nachdem die Tür hinter den beiden ins Schloss gefallen war, platzte es aus Taylor heraus. Keinen Moment länger wäre er in der Lage gewesen, seine angestaute Wut unter Kontrolle zu halten.

»Sagt mal, hab ich was verpasst? Beste Schützen? Ihr schiebt ihr ´ne M82 in den Arsch und ich muss tagelang um einen Kugelschreiber betteln?«, blaffte er James und Mike an.

»Ey, komm mal runter.« James sah ihn mit einem Blick an, der mehr als nur eine Warnung war. Das rechte Auge leicht zusammengekniffen, tiefe Falten auf der Stirn und zwischen seinen Augen deuteten auch bei dem CO auf einen Rauswurf hin.

»Runterkommen? Ich hab mir Monate, nein, Jahre den Arsch aufgerissen. Hab zugesehen, wie so eine beschissene Kugel Jake erwischt hat und andere umgekommen sind und nun kommt so ´ne Schnepfe daher und ihr sagt, sie ist besser als die meisten von uns? Was für ein verkacktes Kraut habt ihr geraucht? Hat sie euch das Hirn weggevögelt? Wie viele Freunde hat sie schon verloren, abgesehen von Keksen, Tee und Sektflaschen?« Mit jedem Wort wurde seine Stimme leiser. Er war kaum noch in der Lage seine Wut gegen die junge Frau unter Kontrolle zu halten.

»Was soll das, Hasenfuß? Sie hat dir nichts getan und sie hat, wie ihr alle, eine Ausbildung hinter sich.« James funkelte ihn an, während Mike das Schauspiel auf dem Rand des Schreibtisches sitzend verfolgte.

»Stimmt. Sie weiß sicher, auf was sie sich einlässt. Das hat sie ja sicher schon tausende Male getan«, zischte Taylor zwischen zusammengebissenen Zähnen hindurch.

»Sie wird es lernen, Taylor. Sie ist wirklich eine der Besten.« Nun mischte sich Mike auch noch in das Gespräch ein. Konnte dieser Konflikt nicht im Team 10 bleiben? Am besten zwischen ihm und James? Den er so oder so für absolut inkompetent hielt? Was musste sich Mike einmischen?

»Die Besten? Genau, Tex. Genau da liegt das Problem. Ihr holt für so ein Scheißteam die Besten bei uns raus und schickt unerfahrene Männer wie Logan los.«

»Ey, ich bin kein Anfänger mehr«, fiel Logan ihm ins Wort.

»Wir brauchen Leute wie Snipes in den Teams und nicht irgend so eine dahergelaufene Soldatin«, knurrte Taylor aggressiv.

»Harson, es reicht. Geh raus, hol Luft und beruhig dich.« Mike stand auf und deutete zur Tür.

»Tex, das ist ....«

»Taylor, raus! Jetzt! Du bist schon mit einem halben Fuß raus. Wenn ich noch ein Wort höre, kannst du deine Papiere noch heute bei mir abholen. Verzieh dich und denk mal über das nach, was du gesagt hast«, brüllte Mike ihn an.

Taylor dachte kurz darüber nach, weiterzusprechen, verwarf den Gedanken allerdings. Er wollte nicht zurück nach San Diego. Zumindest nicht, weil er einen Fehler gemacht hatte, der ihn den Job kosten würde. Er wollte erhobenen Hauptes zurückkehren, wie all die anderen Male zuvor auch. Vor Logan verließ er den Raum und nur wenige Meter weiter das Hauptgebäude.

»Eine Frau. Das ist etwas, woran ich mich nicht gewöhnen kann. Die glaubt auch, sie kann was Besonderes. Wetten, dass sie nicht mal einen Elefanten trifft, wenn der vor ihr steht?« Logan lachte auf, als die Stahltür hinter ihnen zufiel.

»Es ist mir egal, was die kann. Die ziehen die ganzen guten Leute wegen so einer fixen Idee ab. Dass sie dabei ist, ist das Letzte. Entweder sie geht da oben drauf oder streicht nach der Sache die Segel. Frauen in der Army - okay, aber bei den SEALs, Rangern, Berets und Delta Force oder so haben die nichts zu suchen. Die können nicht mit uns mithalten«, knurrte Taylor ohne seinen Kollegen anzusehen. Er schlug den Weg zur Messe ein, da er seinen Magen schon seit Stunden ignorierte.

»Das kannst du nicht wissen. Sie wollen ja, dass Frauen auch zu den SEALs, Rangern und so können, bis jetzt ist es aber nur ein Plan.« Logan schloss schnellen Schrittes zu ihm auf.

»Alter, hör mir mit dem Scheiß auf. Als ob ich das noch nicht gehört hätte.«

»Ey, vielleicht sollten wir den Frauen eine Chance geben.«

»Bitte? Collister, hör auf mit dem Scheiß! Du weißt selber, wie die Ausbildung abläuft. Du wärst selber um ein Haar nicht hier angekommen und willst mir nun erzählen, dass eine Frau das durchstehen würde?« Taylor griff nach Logans Arm, der strauchelnd abbremsen musste, damit Taylor ihm nicht den Arm auskugelte.

»Ey, du Freak! Lass mich los! Dir fehlt Schlaf.« Zerrend löste sein Kollege sich aus seinem Griff, der unbeabsichtigt viel zu fest gewesen war.

Taylor holte tief Luft. Nein, es war kein Schlaf, der ihm fehlte, und es war auch nicht das Essen. Es war etwas anderes. Ihm war klar, dass er gerade aus der Rolle fiel. Er war kurz davor, nicht nur seine Fassung, sondern auch seinen Job zu verlieren.

»Lass uns was essen.« Logan schien von seinem Aussetzer unbeeindruckt zu sein und steuerte wieder auf das alte Wellblechgebäude zu.

Während sie sich über das gute Steak hermachten, welches die Messe anbot, schnappte Taylor Gesprächsfetzen auf, die dafür sorgten, dass er sich nicht beruhigen konnte. Er erfuhr, wer alles in dem neuen Team war und dass die Frau keine Amerikanerin war, sondern aus Deutschland kam. Ihm wollte aber nicht einfallen, ob es im deutschen KSK Frauen gab. Wo um alles in der Welt kam sie her, dass sie so viel Aufmerksamkeit bekam? Wenn er den wilden Gerüchten wirklich Glauben schenken konnte, waren auch die Brüder von Cayden im Team, wobei er sich sicher war, dass der jüngste der Harrisons nicht im Team war. Das letzte, was er von Nathan Harrison gehört hatte, war nichts Gutes. Angeblich hatte man ihn unehrenhaft entlassen, da er plötzlich verschwunden war. Sean, der älteste der drei, hatte einen brutalen Ruf bei den BUD-Anwärtern. Vom Rest hatte er noch nichts gehört, aber alleine die Tatsache, dass es sogar einen Corpseman, einen Spezialisten für Sprengstoff und einen IT-Experten gab, trieb Taylors Blutdruck weiter in die Höhe.

»So ein Humbug. Wir haben genug Spezialeinheiten«, knurrte Taylor, als er sein Tablett in den Sammelwagen schob. Logan erwiderte nichts und verließ gemeinsam mit ihm schweigend die Messe.

Vor der Tür fiel ihm der suchende Blick von Logan auf. Sein Kollege musterte jede Ecke, an der sie auf dem Weg zu ihrer Baracke vorbeikamen.

»Suchst du jemanden?« Taylor blieb stehen und sah sich ebenfalls um.

»Nein.« Logan eilte wie ein gescheuchtes Huhn die letzten Meter auf die Baracke zu, blieb nur Zentimeter vor der offenen stehenden Tür stehen und sah einer Frau mit kurzen, dunklen Haaren nach. Einen Augenblick blieb Taylor der Mund offen stehen, ehe er seinen Verdacht aussprach.

»Sag nicht, du hast sie gesucht.« Das konnte nicht Logans Ernst sein. Jede Minute ohne diese Frau und ohne das Team, war eine gute Minute und nun machte es den Anschein, als fiebere sein Kollege dem Anblick der trainierten Frau entgegen.

»Mich würde interessieren, ob sie wirklich so gut ist, wie erzählt wird.« Logan blieb in der offenen Tür stehen. »Fuck, die Luft da drin ist zum Kotzen«, knurrte er weiter und schien zu überlegen, nicht doch vor der Tür stehen zu bleiben.

»Daran musst du dich gewöhnen. Und ob sie gut ist, werden wir sehen. Aber ich wette mit dir, dass sie flüchtet, bevor es losgeht.«

»Und wenn nicht?« Logan legte den Kopf schräg und musterte ihn fragend.

»Dann wird die Mission ein Reinfall oder wir sind die Helden und ihr muss einer ein Taschentuch reichen, weil sie vor Freude heult.« Murrend betrat er das warme, muffig riechende Gebäude.

Die stickige Luft in ihrer Unterkunft war unerträglich und doch döste Taylor immer wieder ein, um kurz darauf wegen der Hitze aufzuwachen. Gegen Abend kühlte es ab, dafür schürte das, was er durch die dünnen Wände hörte, wieder den Hass auf die Frau, die mit auf ihre Mission gehen sollte. Es war wie beim Kaffeeklatsch, wenn Eva die Nachbarsfrauen einlud. Neben ihm war ein Mann einquartiert, der scheinbar den ganzen Tag auf dem großen Gelände an der Base verbrachte, das als Schießplatz genutzt wurde.

»Ohne Scheiß, jeder Schuss ein Treffer.« Klar und deutlich drangen die Worte bis zu Taylor vor, der auf dem Feldbett lag und die Holzdecke anstarrte. Sie konnten nur über Cayden sprechen. Allerdings hörte er auch, dass ein Schuss mehr als daneben gegangen war, und er nahm sich vor, Cayden darauf anzusprechen, ob er vor hatte, seinem eigenen Ruf zu schaden. Ein Sniper schoss nicht daneben, schon gar nicht völlig daneben. Er würde Cayden damit aufziehen, wenn sie aufbrachen, falls sie überhaupt aufbrachen. Es bestand immer noch die Möglichkeit, dass die gesamte Aktion im letzten Moment abgeblasen wurde. Vielleicht würde aber auch Mrs. Banz die Flinte wortwörtlich in den Sand werfen und er würde alleine mit Cayden und Logan losziehen, wobei er Cayden aufgrund seiner Kompetenz klar bevorzugen würde.

Grübelnd strich er sich durch den Bart. Wie könnte er Logan klar machen, dass er Cayden als Partner bevorzugte? Logan würde es ihm sicher übel nehmen, ihm die Freundschaft kündigen und somit würde er sich den Unmut seiner Kinder aufladen. In Gedanken versunken döste er wieder ein, als die Männer im Raum nebenan entschieden, die Messe aufzusuchen.

## *14.*

Mitten in der Nacht lief er neben Logan, Cayden und Mrs. Banz auf einen bereitstehenden Black Hawk zu, nachdem man ihn am späten Abend nochmal zu einem Briefing einberufen hatte. Taylor war gereizt. Im Abstand von wenigen Stunden immer wieder geweckt zu werden, war etwas, das er noch weniger leiden konnte, als gar keinen Schlaf zu bekommen.

»Ich fasse es nicht, die geht echt mit«, brüllte Logan ihm gegen den Lärm der Hubschrauberturbinen zu.

»Und ich fasse es nicht, dass ihr nicht einfach euren Job machen könnt.« Cayden sank auf die Ladefläche und ließ seine Beine aus der offenen Tür des Helikopters hängen, als dieser abhob. Kopfschüttelnd sank Taylor ebenfalls auf den kalten Stahlboden, lehnte sich an die Wand, die sie vom Piloten trennte und beobachtete, wie die Frau sich in einer elegant fließenden Bewegung neben Cayden niederließ.

»Snipes, wer war heute eigentlich auf dem Platz? Der soll ja gut gewesen sein, hat mir der Munitionsmeister gesagt.«

Bei Logans Frage hätte Taylor um ein Haar aufgelacht. Logan hatte von den Erzählungen der anderen Soldaten nichts mitbekommen, da er scheinbar auch in einem Backofen in einen Tiefschlaf fallen konnte. Taylor hatte seinem Kollegen auf dem Weg zum letzten Briefing von den Gesprächen erzählt, die er dank der papiergleichen Wände hatte mithören können.

»Ach, weiß auch nicht, der soll einsfünfundsiebzig groß sein und heute auf Mission gehen.«

Um ein Haar hätte Taylor laut ausgeatmet. Logan hingegen schien noch nicht begriffen zu haben, auf was Cayden hinaus wollte.

»Heute gehen doch nur wir, oder?« Logan machte eine Pause und Taylor konnte förmlich hören, wie bei seinem Kollegen der berühmte Groschen fiel.

»Du willst mir doch nicht sagen, dass sie ...?«

»Doch, Logan, genau das will ich dir sagen. Du solltest dir mal die Akten der Leute durchlesen, mit denen du losziehst.«

Taylor rollte bei Caydens Bemerkung mit den Augen und gab Logan ein kurzes Handzeichen, damit er zu ihm kam und nicht noch länger wie eine Salzsäule mitten im Black Hawk stand.

»Fünf Minuten bis zum Checkpoint eins« Der Pilot sorgte dafür, dass Taylor seinen Gedanken nicht aussprach und Logan jedes weitere Wort verbot. Langsam machte sich die Wirkung des Adrenalins bei ihm bemerkbar. Es könnte Stunden, wenn nicht sogar Tage dauern, bis sich ihre Zielperson zeigte, wenn überhaupt. Sie mussten aufmerksam bleiben und durften sich nicht von der Müdigkeit und Trägheit ablenken lassen, die sie irgendwann heimsuchen würde.

»Funkkontakt nur wenn nötig. Ich will keine News aus der Welt der Stars und Sternchen hören.« Taylor warf einen Blick zur Tür und sah, wie Cayden sich mit verzogenem Gesicht zu ihm umsah.

»Lieutenant, wir wissen, was zu tun ist«, knurrte der Scharfschütze. Das gedämpfte Licht an Bord erlosch und nur noch eine kleine rot leuchtende Lampe war zu sehen. Taylor zog seine Nachtsichtbrille vor die Augen und sah im Restlicht, wie Cayden der Frau ein knappes Handzeichen gab. Keine fünf Minuten, nachdem sie Cayden und Yvonne abgesetzt hatten, sprangen sie am zweiten Checkpoint aus dem Hubschrauber, der nur kurz den steinigen Untergrund berührte. Logan lief mit dem Rucksack, in dem sie den Großteil ihrer Ausrüstung verstaut hatten, neben ihm her. Er trug das schwere Gewehr und achtete auf jeden seiner Schritte. Die vielen losen Steine könnten auf dem abschüssigen Hang sein Tod sein.

Schnell ließ der Lärm des Hubschraubers nach und tauchte die Gegend in eine unheimliche Stille. Die einzigen Geräusche, die zu hören waren, waren ihre Schritte auf dem steinigen Untergrund. Einige hundert Meter weiter erreichten sie ihren eigentlichen Einsatzort - ein kleines Plateau, das eigentlich nur ein etwas größerer Felsen war, von dem sie einen guten Blick auf das kleine Dorf hatten. Kurz zog Taylor seine Nachtsichtbrille von den Augen und warf einen Blick in den Himmel, an dem die Sterne mit der Mondsichel um die Wette funkelten. Selten hatte er eine solche Menge Sterne am tiefschwarzen Himmel gesehen. Die Umgebung wirkte viel zu friedlich für den Umstand, dass sich knappe zweitausend Meter weiter unten in dem kleinen Dorf ein Mann aufhielt, der den Tod vieler Menschen zu verantworten hatte.

»Lass uns mal einen Blick riskieren.« Taylor riss Logan aus seiner Starre und zwang sich selbst dazu, seinen Auftrag zu erledigen. Mit einer Hand zog er sein Fernglas, das genau wie sein Nachtsichtgerät restlichtverstärkend arbeitete, aus seinem Rucksack. Er aktivierte sein Mikrofon und sank am Rande des Felsens auf den harten Stein. Robbend bewegte er sich einige Zentimeter weiter vor und warf einen Blick durch das Fernglas. Die Umgebung mochte für andere durch das Grüngrau und Schwarz fremd und unwirklich wirken, aber für ihn war es fast so normal wie der Blick am helllichten Tag. Er benötigte einen Moment, um sich an der Umgebung zu orientieren, bis er Mrs. Banz und Cayden entdeckte, die einen strategisch ungünstigen Punkt bezogen hatten. Zwar bot ihr Plateau durch Büsche Deckung, aber hinter seinen beiden Kollegen tat sich ein steiler Felsen auf. Sollte man sie von dort oben finden, hatten sie kaum eine Chance, ihren Feind zu bemerken.

Logan begann in seiner Nähe, die dünne Isomatte auszurollen, die sie vor dem kalten Stein schützen sollte, während sie auf ihre Zielperson warteten. Taylor wandte seine Aufmerksamkeit von Logan ab und versuchte, mit Hilfe des Nachtsichtgerätes im Dorf Menschen zu erkennen. Aber es war wie nicht anders zu erwarten - dort unten schliefen alle selig. Die einzigen, die tief in der Nacht durch den Hindukusch turnten, waren SEALs und eine Frau, die meinte, den Titel Elitesoldat tragen zu können. Er gab Logan, der am Boden lag und das Gewehr ausrichtete, einen kleinen Stoß mit dem Fuß und signalisierte ihm, dass sie in den nächsten Stunden nichts Spannendes zu erwarten hätten. Träge setzte er sich neben seinen jungen Kollegen.

»Team zwei in Position.«

Taylor rollte mit den Augen, als er Logans Worte vernahm. Noch vor wenigen Minuten hatte Taylor den Auftrag gegeben, dass sie sich nur im Notfall melden wollten. Warum konnte Logan sich diesen einfachen Auftrag nicht merken?

»Wo seid ihr?«

Am liebsten hätte Taylor Logan jetzt lautstark die Meinung gesagt, aber auch wenn alles friedlich wirkte, so konnte es sein, dass die Berge um sie herum Ohren hatten und diese Gefahr wollte er nicht eingehen.

»Da wo wir sein sollen«, war die kurze Antwort von Mrs. Banz.

»Oh, sie ist ja auch noch da.«

Taylor bemerkte, dass Logan bei dem Kommentar breit grinste. Vielleicht sollten sie einfach ein Feuer anzünden, um allen zu zeigen, dass sie da waren, dann würde er sich viel sinnloses Gerede ersparen.

»Ruhe jetzt! Sonst schieß ich euch gleich das Brot aus der Hand«, blaffte Cayden aggressiv ins Mikro und nahm Taylor so die Arbeit ab. Mit einer deutlichen Geste gab er Logan zu verstehen, dass es gesünder wäre, ab sofort den Mund zu halten. Insgeheim spielte er bereits mit dem Gedanken, seinen Kollegen k.o. zu schlagen, sollte er nochmals die angeordnete Funkstille brechen.

Die Warnung hatte offensichtlich ihre Wirkung nicht verfehlt. Selbst als die Sonne aufging, schwieg Logan beharrlich. Im Dorf begann das Leben, und der Blick zu Cayden und Mrs. Banz zeigte ihm, dass die beiden ihre volle Konzentration auf das gerichtet hatten was im Tal geschah. Schon in der frühen Dämmerung war ihm aufgefallen, dass er und Logan einen schlechten Blick ins Dorf hatten. Zu viele Häuser standen im Weg und er konnte nur wenige Wege über mehr als fünfzig Meter einsehen. So beschloss er irgendwann, eine Kleinigkeit zu essen und dann Logan abzulösen, der wie versteinert neben dem Gewehr ausharrte.

»Hey Collister, Zeit zum Atmen? Oder sogar um was zu essen?« Er schob Logan eine braune Packung mit der Aufschrift *Cracker* zu.

»Oh ey, mach wenigstens Wasser warm, die Dinger kann doch keiner kauen. Wir haben doch auch was anderes mit, oder?« Logan setzte sich auf.

Er hatte recht, sie hatten nicht nur die trockenen Cracker als Verpflegung dabei, aber er hatte wirklich keine Lust, Wasser auf dem kleinen Kocher zu erhitzen.

»Dann koch du das Essen und bügel bitte auch die Hemden.« Mit einem Grinsen deutet Taylor auf den Rucksack und bemerkte das Augenrollen seines Freundes. »Du bist der Junggeselle. Hast du eine Ahnung, wie lange es her ist, dass ich das letzte Mal einen Herd benutzt habe?«

»Klar, schon klar, du steckst die Pizza auch mit Folie in den Ofen.« Logan verließ seinen Posten am Gewehr und begann, im Rucksack nach dem Kocher zu suchen, mit dem er das Wasser erhitzen würde, um ihre Instantnahrung genießbar zu machen.

»Taylor, kannst du mir mal sagen, was ihr da macht?« Caydens Frage sorgte dafür, dass er seinen Blick von Logan löste, der das Objekt seiner Begierde gefunden hatte und ihn schelmisch angrinste. Was würde er nur machen, wenn er auf sich gestellt wäre. Er wusste nicht einmal mehr, wann er das letzte Mal für sich alleine eine der Instantmahlzeiten aufgewärmt hatte. Meistens hatte er diesen Job an andere abgegeben.

»Snipes, wir genießen die Zeit, ihr habt ja alles im Griff.« Taylor wandte sich kurz um, obwohl er Cayden ohne Fernglas nicht sehen konnte.

»Du hast sie doch nicht mehr alle. Ich hatte gehofft, dass wir hier ab und an eine Stunde schlafen könnten«, bellte Cayden durch das Mikro und Logan zog verwundert die Augenbrauen hoch. Eigentlich hatte Taylor seinen Kollegen in einigen hundert Metern Entfernung nur ein wenig mit seinem Kommentar ärgern wollen. Dass dieser gleich so aggressiv reagierte, damit hatte er nicht gerechnet.

»Könnt ihr ja, hier tut sich ja ohnehin nichts«, war seine Antwort und zu spät fiel ihm auf, dass auch er nicht unbedingt gut gelaunt klang. Was musste Cayden ihn am frühen Morgen nach einer kalten Nacht auch gleich so anmachen?

»Du willst ein SEAL sein? Ich fasse es nicht.«

Laut schnaubend stieß Logan den Atem aus und Taylor konnte nicht fassen, was er hörte. Mit dieser Äußerung ging Cayden zu weit.

»Ich bin ein SEAL, Snipes. Du bist es nicht mehr, bei dir weiß ja keiner, was du nun bist, wenn du schon mit Frauen zusammenarbeitest.« Er konnte spüren, wie sein Blutdruck anstieg und wenn sie nicht eine tiefe Schlucht getrennt hätte,

hätte er seinem Kollegen die Worte direkt in Gesicht gesagt. Er hatte sich nicht umsonst Monate abgemüht, um das Trident zu tragen. Nie wäre er auf die Idee gekommen, sein Team zu verlassen, um beim Aufbau eines Neuen zu helfen, das sehr wahrscheinlich ohnehin keine Chance hatte.

»Komm runter, Hasenfuß. Wir haben unsere Zielperson. Er steht draußen an dem halbverfallenen Gebäude zusammen mit einer Frau. Wir sind uns aber nicht ganz sicher, ob er es ist. Wir sehen ihn nur zur Hälfte.« Caydens Einwurf ließ Taylors Zorn zwar nicht verfliegen, aber es blieb ihm nichts anderes übrig, als nun mit ihm und der Frau zusammenzuarbeiten. Er legte sich an das Gewehr, während Logan immer noch mit dem Wasser in dem kleinen Topf beschäftigt war. Aber ihm gelang es nicht, ihre Zielperson zu einhundert Prozent zu identifizieren. Stöhnend blieb ihm nichts anderes als zuzusehen, wie der Mann in einem Gebäude verschwand.

Stunden verstrichen in der glühenden Hitze, ehe ein tiefes Donnergrollen ihn aus seiner Konzentration riss.

»Fuck, so ein Dreck, das auch noch. Erst gebraten werden und dann schwimmen gehen.« Genervt sah er vom Gewehr auf und bemerkte, dass Logan seinen Blick bereits gen Himmel gerichtet hatte. Tiefblaue, beinah schwarze Wolken zogen über die Spitzen der Berge auf sie zu und erste Blitze erhellten das Dunkel der Wolken immer wieder.

»Na ja, lieber nass als vom Blitz getroffen.« Logan begann, eine dunkle Plane auszupacken, unter der sie sich verkriechen konnten.

»Die wird nicht helfen, wenn es richtig regnet«, knurrte Taylor und erinnerte sich an sein erstes Gewitter im Hindukusch. Damals hatte er von Glück reden können, dass die Wassermassen ihn und seine Kollegen nicht den Hang hinunter gespült hatten. Er sah sich nochmals genau um und ihm wurde klar, dass sie dringend ihre Position ändern mussten, wenn ihnen ihr Leben lieb war und sie nicht auf dem Felsen ausrutschen wollten, wenn er durch den Regen nass wurde. Ihre Position war zwar nur leicht abschüssig, aber weiter oben waren größere Flächen, auf denen sich das Wasser sammeln und dann einen Weg in das Tal suchen würde.

»Taylor? Seid ihr noch wach?« Cayden meldete sich das erste Mal seit Stunden wieder.

»Jo, Snipes. Wir sollten uns warm einpacken, das könnte eine Menge Regen geben. Wir ziehen uns ein Stück zurück, hier wird das sonst zu gefährlich«

»Okay, wir bleiben hier.«

Instinktiv nickte Taylor, obwohl er wusste, dass Cayden diese Geste nicht sehen konnte. Aber sie hatten keine andere Wahl. Sie konnten nur hoffen, dass ihre Zielperson bei dem aufkommenden Wetter auch lieber im Trockenen blieb und keinen Spaziergang unternahm. Wie er erwartet hatte, dauerte es nicht lange und der Himmel verfärbte sich fast schwarz, nur die Blitze erhellten die Dunkelheit. Der Regen war ebenso wie befürchtet. Nass, kalt und mehr als ausreichend.

»Echt, es wird Zeit, dass es wieder aufhört. Da ist man schon sechstausend Meter über dem Meeresspiegel und wird trotzdem mindestens so nass wie im Meer«, knurrte Logan nach unendlich lang wirkender Zeit des Schweigens.

»Stell dich nicht so an.« Taylor ahnte, dass zu der Nässe noch Kälte kommen würde, wenn sie noch lange auf dem kalten Felsen liegen müssten. Der Regen hatte nachgelassen und er machte sich vorsichtig wieder auf den Weg an den Felsrand, um seine Position wieder zu beziehen. Logan folgte ihm mit wenigen Metern Abstand und er war es, der nach nicht einmal zwei Minuten plötzlich den Mann sah, den sie suchten.

»Snipes, Zielperson draußen.«

Logans Stimme brach die Funkstille und Taylor begann, sein Gewehr auszurichten. Er musste sich beeilen.

»Wo? Ich sehe nichts. Poison, du?« Caydens Antwort war hektisch, wahrscheinlich wollte auch er, so schnell es ging, ihren Auftrag erledigen und zum Stützpunkt zurückkehren.

»Negativ, habt ihr eine genauere Angabe?« Mrs. Banz hingegen war unüberhörbar nervös.

»Etwas rechts von dem Gebäude, in dem er vorhin verschwunden ist.« Logan bemühte sich, die Stelle zu beschreiben, an der er den Mann ausgemacht hatte und endlich konnte Taylor ihn ebenfalls ins Visier nehmen.

»Cayden, er ist da, aber so hast du nie im Leben freies Schussfeld.« Sollte die Aussage der Schützin stimmen, hätten sie ein Problem. Aber Taylor ging davon aus, dass Cayden genau wusste, was zu tun war und besser einschätzen konnte, ob er ihr Ziel treffen könnte.

»Ja, leider. Wie sieht's bei euch aus, Taylor?« Caydens leise Stimme ließ Taylors Traum von einem baldigen Heimflug wie eine Seifenblase zerplatzen.

»Negativ, so treff ich höchstens die Wand.«

Taylor stöhnte auf. Wenn der Mann nicht wenigstens einen Schritt zur Seite tat, würde er ihn nicht treffen. Er sah nur noch die Schulter des Mannes, dazu Kinder und eine alte Frau. Was genau unten vor sich ging, wusste er nicht. Aber wenn er jetzt abdrücken würde, würde ihre Zielperson mit einem Kratzer davon kommen. Die Kinder stoben auseinander und der Mann verschwand wieder von der Bildfläche. Gefrustet atmete Taylor aus, ließ seinen Kopf neben das Gewehr sinken und sah zu Logan, der mit den Schultern zuckte.

»Ich möchte ja mal wissen, was es in der Hütte so Interessantes gibt, dass man den ganzen Tag darin zubringen kann.« Logan schnaubte genervt und rollte sich auf den Rücken.

»Na, was glaubst du, was man den ganzen Tag in einer Hütte macht, die in einem Dorf steht, deren Großteil der Einwohner weiblich ist.« Taylor konnte sich ein Lachen nicht verkneifen.

Einzig der Gedanke an ein warmes Bett hielt ihn die kommenden Stunden davon ab, einfach aufzustehen und sich zu bewegen, um die Kälte zu vertreiben, die schleichend in jede Faser seines Körpers kroch. Es war die Art von Kälte, die noch schlimmer war als die, die er von der San Diego Bay aus der Ausbildung kannte. Diese hier schaffte es bis zu seinen Knochen, gefühlt sogar bis ins Mark und er begann sich zu fragen, ob die Frau auf dem anderen Plateau eventuell schon erfroren war, da von ihr und Cayden seit einer Ewigkeit kein Laut mehr zu vernehmen war. Logan lag seit drei Stunden wie versteinert am Gewehr, während er das Dorf durch das Fernglas im Auge behielt.

»Lieutenant, Ensing. Es tut sich etwas.« Die Stimme, die an sein Ohr drang, ließ ihn blinzeln. Sie war noch nicht erfroren, aber sie klang auch nicht so, als würde sie sich wohl fühlen. Konzentriert warf er einen Blick auf das Haus, in dem Haqqani vor Stunden verschwunden war. Da stand er wieder, und wieder konnte Logan nur die Schulter erkennen.

»Ich hab kein freies Schussfeld.« Kurz sah sein Kollege vom Gewehr auf, scheinbar suchte er bei ihm die Bestätigung, dass es wirklich nicht möglich war, so einen Schuss ins Ziel zu bringen.

»Snipes, ist deiner.« Taylor hatte keine Lust, noch länger zu warten. Dann sollte eben der Beste von ihnen ruhmreich zurückkehren. Hauptsache nicht länger in der Kälte liegen.

»Negativ, ist Poison's.« Caydens Worte hallten in seinen Ohren. Das meinte er nicht ernst. Wenn sie nicht traf, hätten sie ein gewaltiges Problem und auf Probleme hatte er in diesem Moment absolut keine Lust mehr.

»Bist du irre, Snipes, die trifft nie so genau wie du«, knurrte er wütend ins Mikrofon.

»Taylor, halt den Mund und lass sie machen.« Es war ein tonloses, drohendes Zischen, das Cayden Harrison von sich gab.

»Wenn die nicht trifft, bring ich sie um, wenn wir hier lebend wegkommen«, blaffte Logan und setzte sich auf. Taylor behielt den Mann im Auge, von dem er einfach nicht mehr sehen konnte als die Schulter. Dazu stand ein weiterer Mann viel zu nah an Haqqani.

Ein Schuss durchschnitt die Stille der hereinbrechenden Nacht. Ihre Zielperson verschwand aus seinem Blickfeld und Logan starrte wie paralysiert durch das Zielfernrohr.

»Das kann doch nicht wahr sein, wie kann eine Frau so mit einer M82 umgehen.«

Auch Taylor konnte nicht glauben, was er gerade gesehen hatte.

»Staunen kannst du später auch noch, Logan. Go, go, go, zusammenpacken und los.« Cayden hatte recht. Sie mussten machen, dass sie von hier verschwanden.

## *15.*

»Komm Taylor, steig wenigstens auf Bier um, dann kannst du bleiben.« Schwammig hallend trennte eine Stimme ihn von dem Augenblick, in dem er Yvonne Banz das erste Mal ermutigt hatte, auch wenn sie so ausgesehen hatte, als würde sie jeden Moment in Ohnmacht fallen.

Die Erinnerungen hingen schwer wie Blei an ihm und er wollte sich einfach nicht von ihnen lösen. Es waren Momente, in denen die Freundschaft zwischen ihm und Logan gewachsen war.

»Taylor?«

Diese gottverdammte Stimme. Immer wieder hallte sie durch seinen Kopf. Drang ungefragt in sein Gehirn vor und wirkte dort wie ein Lösungsmittel, das all die Erinnerungen in einem grauen Brei auflöste, der dann wabernd vor seinen Füßen lag. Blinzelnd und wissend, dass die Bilder in seinem Kopf das einzige waren, was ihm von seiner Vergangenheit blieb, zwang er sich, Pablo anzusehen. Vielleicht wäre alles anders gekommen, wenn er sich Yvonne Banz gegenüber damals nicht so abwerten verhalten hätte. Wenn er ihre Leistung anerkannt und ihr womöglich noch eine Karte zugesandt hätte, nachdem sie schwer verletzt worden war. So, wie man es bei Kollegen tat, wenn man sie nicht besuchen konnte. Er schüttelte den Kopf. Nein, das wäre zu weit gegangen. Aber er hätte sich vielleicht anders verhalten müssen.

»Kein Bier?« Pablo - eines Tages würde er den Barmann umbringen. Wie konnte es sein, dass ein einzelner Mann so penetrant nerven konnte.

»Gib mir dein verdammtes Bier und halts Maul«, murrte er wütend, warf einen Blick über die Schulter und bemerkte, dass sich die Bar gefüllt hatte. Fast alle Plätze waren besetzt und ihm zog der Duft von Nachos und Baguettes in die Nase. Sollte er auch was essen? Nein, er schüttelte den Kopf und starrte wieder das leere Glas an, das noch vor ihm stand.

»Was ist jetzt? Willst du mir dein beschissenes Bier geben oder muss ich es mir selbst holen?« Taylor bemerkte, dass seine Zunge nicht tat, was sie sollte. Seine Worte waren nicht nur leise, sie klangen wie die eines Mannes, der mehr als nur einen Whiskey zu viel gehabt hatte. Er ahnte, dass Pablo ihn heimschicken würde, aber da wollte er nicht hin.

Noch nicht.

Er konnte nicht. Seine Hände zitterten, als er sie um das eiskalte Glas legte. Eine unangenehme Kälte kroch durch seinen Körper und er sah zu Pablo, der das erste Mal, seit er ihn kannte, mitleidig ausatmete und ihn kopfschüttelnd ansah.

»Taylor, so kann das nicht weitergehen.«

Er war sich nicht sicher, ob es die Worte von Pablo waren oder die von Eva, die durch einen Nebel vor ihm auftauchte.

»Was denn?« Gefrustet lehnte er sich in die Wohnzimmertür, sah an den Kindern vorbei, die am Boden saßen und spielten, zu Eva, die in der Küche stand und ihn mit einem seltsamen Blick ansah. Sie hatte doch gesagt, sie würden es schaffen, sie würden die zehn Jahre gemeinsam überstehen. Warum machte sie ihm in letzter Zeit immer öfter Vorwürfe?

»Ich weiß es selbst nicht. Du bist anders. Du bist nicht mehr der, der du noch vor Jahren warst. Ich kann es nicht mal in Worte fassen.« Sie schluckte hörbar und wandte sich von ihm ab. Aber an ihren schweren Atemzügen konnte er sehen, dass sie gegen die Tränen kämpfte. Langsam ging er auf sie zu, erwartete, dass wieder dieses warme Gefühl nach seinem Herzen greifen würde, wenn sie zusammen waren, aber da war nichts. Selbst in dem Augenblick nicht, als er Eva an der Schulter berührte und ihre Tränen bemerkte. Er war nicht einmal in der Lage, etwas zu sagen, das sie trösten konnte. Hatte er sich derart verändert? Es war nichts vorgefallen. Fast nichts. Nur der für ihn tägliche Wahnsinn - Training, vom Tod von Kollegen erfahren und mitbekommen, wie andere nach schweren Verletzungen versuchten, ihren Weg zurückzufinden. Immer vor Augen, dass es auch ihn treffen könnte. Es war doch alles wie immer. Wie konnte er sich da verändert haben?

Eva drehte sich langsam zu ihm um, strich mit ihrer Hand über seine Wange und zwang sich zu einem Lächeln.

»Lass doch mal wieder den SEAL vor der Tür, Teddy. So wie du es früher getan hast.« Sanft legten sich ihre Lippen auf seine und plötzlich wurde ihm bewusst, was sie meinte. Es war nicht mehr da, dieses Kribbeln, dieses Gefühl daheim zu sein. Es war verschwunden. Zögernd legte er seine Arme um sie und zog sie dicht an sich. Aber das Gefühl war nicht das gleiche.

Am späten Abend saß er gemeinsam mit Chrissy, Eva und den Jungs im Wohnzimmer und lauschte Logan, der aus einem Buch vorlas. Es dauerte lange, bis er sich auf die Geschichte einlassen konnte, in der eine Frau die Heldin war. Immer wieder ertappte er sich dabei, wie er in Gedanken an die IATF abschweifte, die immer mehr von sich reden machte und Missionen übernahm, die für die SEAL-Teams gedacht waren. Dazu fragte er sich, wie es sein konnte, dass Yvonne Banz immer noch im Team war. Zwar hatte er das gesamte Team eine Weile nicht gesehen, aber die Gerüchteküche bot die wildesten Geschichten.

»Teddy, magst du uns einen Wein aufmachen? Ich bring die Kinder ins Bett.«

Ihm war nicht aufgefallen, dass Logan sein Buch zugeschlagen hatte und dass Thomas auf seinem Schoss eingeschlafen war.

Nickend erhob er sich aus dem Sessel, warf einen Blick zu Logan und Chrissy, die engumschlungen auf der Couch saßen. In der Ecke der Küchenzeile stand ein Weinregal, aus dem er geistesabwesend einen Rotwein zog. Wie in Trance griff er nach dem Korkenzieher, der in der Schublade neben dem Kühlschrank lag.

»Alter, was ist mit dir los?«

Erschrocken fuhr er zusammen, spürte seinen jagenden Puls und benötigte einen Moment, um Logan in die Augen sehen zu können, der dicht neben ihm stand, als er sich umdrehte.

»Was soll sein?« Mit zitternden Händen gelang es ihm, den Korken aus der Flasche zu ziehen und Gläser aus dem Schrank zu nehmen, der direkt vor ihm hing.

»Du bist mehr als eigenartig im Moment. Eben hast du die ganze Zeit Eva mit einem Blick angeschaut, als hätte sie dir Rattengift ins Essen gerührt«, flüsterte sein Kollege und richtete seine Aufmerksamkeit auf Chrissy, die alleine auf der Couch zurück geblieben war.

Hatte er das? Er konnte sich nicht daran erinnern, überhaupt irgendwo hingesehen zu haben. Taylor starrte die Rotweingläser an, als er sie füllte. Sollte er etwas auf Logans Kommentar erwidern? Vor allem, was dachte Eva, wenn ihr sein Blick aufgefallen war und er so böse gewirkt hatte, wie Logan behauptete?

»Wollen wir uns ´n Bier nehmen und ein bisschen an die Luft gehen?« Logan flüsterte immer noch mit dem Blick auf Chrissy gerichtet. Ein Bier klang weit verlockender als Wein und auch der Gedanke, sich nicht die neusten Fälle am Gericht anhören zu müssen, war verlockend.

»Klingt gut.« Taylor zog die Kühlschranktür auf und griff nach zwei Bierdosen.

»Wollt ihr keinen Wein?« Eva trat von hinten an ihn und Logan heran.

»Ich wollte mit deinem Mann eine Runde vor die Tür.« Logan antwortete, ehe ihm auch nur eine Begründung eingefallen war, warum er auf den Wein verzichten wollte.

»Ah, Männergespräche?« Eva zog fragend die Augenbrauen hoch.

»Jup.« Wieder war Logan schneller.

»Na dann viel Spaß.« Eva griff sich die beiden Gläser und ging auf die dunkelhäutige Frau zu, die Logan anlächelte, als sie das Wohnzimmer verließen.

»Was ist los?«

Die Tür war gerade hinter Taylor ins Schloss gefallen, da blieb Logan stehen und sein Blick bohrte sich fragend in ihn.

»Keine Ahnung. Eva meint, ich hätte mich verändert«, nuschelte Taylor, ehe er einen Schluck Bier nahm.

»Hast du auch. Ich kenn dich zwar noch nicht lange, aber die letzten Monate hast du dich verändert. So verbissen, wie du in letzter Zeit bist, kenne ich dich nicht. Hat das alles was mit den Jungs von der IATF zu tun oder mit Barry?«

Barry.

Taylor schluckte und versuchte, den Kloß zu verdrängen, der ihm die Luft nehmen wollte.

»Du hast es Eva nicht gesagt, oder?«, fragte Logan mit gesenkter Stimme.

Taylor konnte nur den Kopf schütteln, zu mehr war er nicht in der Lage.

»Und bei dir ist es auch noch nicht angekommen. Das ist der Grund, warum du nicht bei der Beisetzung warst, oder?«

»Ich musste mit den Kindern zum Arzt«, knurrte Taylor.

»Einen Scheiß musstest du. Wenn du Eva davon erzählt hättest, wäre sie gefahren, wenn ihr überhaupt einen Termin gehabt habt.« Die Stimme seines Kollegen war erstaunlich ruhig.

Einige Minuten herrschte eine drückende Stille zwischen ihm und Logan. Nur langsam wurde Taylor klar, was vor einigen Wochen passiert war. Warum er Eva nicht mehr an sich heranließ, warum er immer gegen seine Emotionen kämpfen musste, wenn er die Kinder in den Arm nahm.

Das Wissen, dass das, was er und seine Kollegen bei jedem Einsatz erlebten, in der Lage war, einen Menschen in den Suizid zu treiben, lag seit Wochen tonnenschwer auf ihm.

Barry Garths plötzlicher Rücktritt vom Posten des COs hatte von Beginn an psychische Gründe. Es hieß, er wäre von heute auf morgen nicht mehr zur Arbeit erschienen. Er wäre einfach verschwunden. Das Nächste, was Taylor gehört hatte, war, dass man seine Leiche auf einem ausgemusterten Zerstörer am Hafen gefunden hatte. Er war nicht der Einzige, der nicht glauben konnte, dass Barry Garth, ein Mann, der immer und überall und in jeder Situation die Ruhe in Person gewesen war, Suizid begangen hatte. Barry war einer der wenigen gewesen, die Taylor immer bewundert hatte, auch wenn er noch so hart gewesen war. Dass ein solcher Mann sich selbst das Leben nahm, war unbegreiflich. Und nicht nur ihm, auch viele andere hatten Probleme damit, die Tat zu begreifen.

»Du hast es ihr nicht gesagt oder?« Wieder die Frage von Logan, die nach einer Antwort verlangte.

»Nein.« Mehr wollte seine Stimme in diesem Augenblick nicht hervorbringen.

»Willst du es ihr sagen?«

»Irgendwann vielleicht.« Taylor sah zum Himmel auf und fragte sich, wie Eva darauf reagieren würde, wenn sie erfuhr, dass sein ehemaliger Vorgesetzter sich mit seiner Dienstwaffe erschossen hatte.

Würde sie die gleichen Fragen stellen, die er sich stellte?

Die, auf die niemand eine Antwort hatte?

Niemand konnte die Frage nach dem Warum beantworten. Es gab keinen Abschiedsbrief von Barry. Nichts. Er hatte sie einfach mit all den Fragen alleingelassen. Und mit den nagenden Vorwürfen, dass sie seine Veränderungen hätten bemerken müssen.

»Niemand kennt seine Gründe und du weißt auch, dass er weder der Erste war, noch der Letzte sein wird.«

Logans Worte lagen schwer in der Luft und Taylor wusste, dass er recht hatte. Aber Barry war einer derjenigen gewesen, von denen er immer gedacht hatte, sie hätten ihr Leben im Griff. Ein harter SEAL, jemand, der das, was bei den Einsätzen geschah, gut verarbeiten konnte. Hatte er sich so in seinem Vorgesetzten geirrt? Wer trug noch alles eine Maske, die er nicht durchschauen konnte?

»Geh Eva deswegen nicht aus dem Weg, Taylor. Unsere Mädels sind diejenigen, die uns zur Seite stehen, egal was passiert. Weise sie nicht ab, sie tut alles für dich und deine Jungs.«

Wieder musste er Logan recht geben und wieder fehlten ihm die Worte.

»Lass uns auf Garth anstoßen. Semper fi, CO Garth.«

## *16.*

»Taylor?«

Er rang nach Atem, als er blinzelnd feststellte, dass es nicht Logan war, der ihm gegenüberstand. Das erste Mal an diesem Abend kämpfte er gegen die Übelkeit und es gelang ihm nur schwer, den beißend sauren Geschmack zu verdrängen, der seine Kehle hinaufkletterte. Er hatte Eva immer noch nicht gesagt, was passiert war.

»Hey, also ich mach mir langsam echt Sorgen.« Pablo beugte sich zu ihm über den Tresen.

»Kümmer dich um mein Glas.« Lallend schob er dem Barmann sein leeres Glas zu.

»Du solltest vielleicht ...«

»Einen Scheiß sollte ich.« Taylor gelang es, Pablo an seinem weiten Shirt zu packen und ihn auf seine Hälfte des Tresens zu reißen. »Sag du mir nicht, was ich sollte, du nicht«, zischte er wütend. In ihm brannte ein Feuer. Eines, das sich tief in ihn fraß. Wie ein Brandeisen presste es Bilder in seinen Kopf, die er nie wieder hatte sehen wollen.

»Bleib mal locker, Taylor.« Pablos Worte rückten in die Ferne. »Ich lass dich ja schon in Ruhe.«

Nur schwer gelang es ihm, seinen Puls unter Kontrolle zu bringen. Es fühlte sich an, als wolle sein Herz ihm plötzlich nicht mehr gehorchen.

»Daddy? Wo wollt ihr hin?« Thomas klammerte sich an sein Bein und Taylor schluckte. Logan stand neben ihm und hielt seine Freundin im Arm. Ihre Pager hatten sie direkt aus einem angenehmen Grillnachmittag gerissen und ließen ihnen nun nur noch eine knappe Stunde, um an der Base zu sein.

»Ich muss arbeiten, Kurzer.« Er strich durch das weiche Haar seines Jüngsten und sah zu Brian, der Evas Hand hielt, die einige Meter von ihm entfernt stand. Immer noch stand da etwas zwischen ihnen. Nichts, was er begreifen konnte, aber er spürte, wie sie sich weiter von ihm entfernte. Oder war er es, der sich weiter von ihr entfernte? Küsse, Umarmungen, selbst der Sex waren nicht mehr wie noch vor zwei Jahren. Er beobachtete, wie Logan seine Hand auf den Bauch von Chrissy legte und ihr etwas ins Ohr flüsterte und dann bemerkte er das seltsame Strahlen in Evas Augen. Nochmals ließ er seinen Blick auf Chrissy wandern. Eva kam auf ihn zu, legte ihre Arme um ihn und zog ihn eng an sich. Brian klammerte sich an sein anderes Bein und ein Gefühl der Wärme durchströmte ihn. Eines, das er solange nicht gespürt hatte. Es war dieses Gefühl, das ihm sagen wollte, er solle nicht gehen. So lange war es so gewesen, als würde er ins Büro nebenan fahren, wenn er aufbrach. Jetzt war da wieder beim Verlassen seiner Liebsten dieser Druck auf der Brust, der einem sonst bei Heimweh das Denken schwer machte.

»Teddy, gib auf dich und auf Logan acht, ja? Wir müssen dann dringend mal schauen, was wir von unseren Babysachen alles weggeben wollen.« Ein sanftes Lächeln umspielte ihre Lippen.

»Ist sie...«

»Ja, aber es ist noch sehr früh. Sie hat gesagt, ich soll es dir noch nicht sagen. Sie hatte Angst, dass du jetzt schon Windeln kaufst für den Fall, dass sie auch so schusselig wird wie ich damals«, flüsterte Eva leise lachend in sein Ohr.

»Ich versuch´s. Und wenn ich wieder da bin, bringen wir alles in Ordnung, ja?« Vorsichtig legte er seine Lippen auf ihre. Wenn er sich nicht schnell wieder von ihr trennte, würde er bleiben, das wusste er. Er wollte, dass alles wieder so war, wie es in der Vergangenheit gewesen, war und er würde alles dafür tun. Wie, wusste er noch nicht, aber er würde den alten Taylor wiederfinden.

»Daddy? Seid ihr lange weg?« Brian sah ihn mit verweinten Augen an.

»Ich weiß es nicht, Großer. Du weißt doch, dass ich das nie genau weiß.« Taylor hatte seinem achtjährigen Sohn schon so oft sagen müssen, dass er nie wusste, wann er zurückkam.

»Bist du an meinem Geburtstag wieder da?«

Taylor schluckte und bemerkte nicht, wie Logan neben ihn trat, als Brian ihm die Frage stellte.

»Wenn wir nicht wieder da sind, schmeißt dein Dad eine Riesenfete, wenn wir zurück sind, okay?«

Er war dankbar dafür, dass Logan ihm die Antwort abnahm. Er wäre nicht in der Lage gewesen, seinem Sohn zu sagen, dass sie sehr wahrscheinlich nicht in drei Wochen zurück sein würden.

»Versprochen?« Brian sah fragend zu ihm auf.

»Versprochen. Indianerehrenwort.« Er strich durch die Haare seines Ältesten.

Keine zehn Minuten später gab er Eva einen letzten Kuss, ehe er in Logans Wagen stieg.

»Na, was hat mir da eben ein Vögelchen gezwitschert?« Feixend sah er seinen Kollegen an

»Oh Mann, kann man vor dir auch was geheim halten?« Logan löste seinen Blick nicht von der Straße, aber es war nicht zu überhören, dass er nicht gerade begeistert darüber war, dass Taylor sein Geheimis kannte.

»Hey, ist doch klasse. Und sie ist bei Eva gut aufgehoben, wenn was sein sollte.« Taylor versuchte, seinen Kollegen zu beschwichtigen.

»Wir wissen es doch selbst gerade mal vier Tage«, murmelte Logan.

»Ja und?« Er warf einen Blick auf seine Uhr. Auf keinen Fall wollte er zu spät an der Base sein.

»Bis es so weit ist, kann noch so viel passieren.«

»Du bist ein Schwarzmaler, was sollte passieren?« Taylor schüttelte entschieden den Kopf und erinnerte sich an Evas Ängste während der Schwangerschaft. Am Ende hatten sie sich alle als unbegründet dargestellt.

»Mir könnte was passieren?« Logan sah ihn an.

»Wenn du nicht auf die Straße schaust, passiert sicher was.« Taylor griff in das Lenkrad, um den Wagen wieder auf die Spur zu bringen und er bemerkte, wie Logan zusammenzuckte.

»So war das nicht gemeint.« Sein Kollege stieß seine Hand zur Seite und konzentrierte sich wieder auf den vollen Highway. »Du weißt, was ich meine, Taylor. Sag nicht, du machst dir nie Gedanken, wenn wir unterwegs sind.«

»Nein, du darfst dir nicht einreden, dass etwas schiefgeht. Wenn du die ganze Zeit überlegst, was schiefgehen könnte, bist du nicht konzentriert und es geht garantiert was daneben. Dir wird nichts passieren.« Taylor traute seinen eigenen Worten nicht, aber es war vielleicht die einzige Möglichkeit, um seinem Kollegen die Grübeleien abzunehmen. Er rechnete damit, dass Logan jetzt ein logisches Argument gegen seine Aussage vorbrachte, aber der Mann auf dem Fahrersitz schwieg. Taylor hatte sich angewöhnt, die Gedanken an seine Liebsten spätestens auf der Base zurückzulassen und nur noch an den Auftrag zu denken. Es war ihm nur langsam gelungen, einfach nicht mehr an Eva und die Jungs zu denken, aber er bildete sich ein, dass er seine Arbeit so besser verrichten konnte.

Zehn Minuten später fuhren sie auf das weitläufige Gelände der Naval Base. Taylor sah sich bereits auf dem Weg zum Parkplatz nach den Wagen seiner Teamkollegen um, konnte aber nicht einen entdecken.

»Komisch«, nuschelte er. Es konnte nicht sein, dass alle Mitglieder des Team 10 einen neuen Wagen bekommen hatten.

»Bilde ich mir das nur ein oder ist keiner hier? Wir können doch nicht die Ersten sein.« Auch Logan schien bemerkt zu haben, dass etwas anders war. Er lenkte den Wagen auf einen von vielen freien Plätzen.

»Keine Ahnung.« Taylor überlegte angestrengt, ob James Dietzen vielleicht einen Grund hatte, sie auf die Base zu zitieren, aber ihm fiel nichts ein. Sein Verhältnis zu James hatte sich in den letzten Monaten nicht gebessert. Es hatte sich eher verschlechtert und James war einer der wenigen, denen Taylor Böses an den Hals wünschte.

Kurz nachdem sie schweigend aus dem Wagen gestiegen waren, betraten sie das große Hauptgebäude. An einer Wand, nur wenige Meter vom Eingang entfernt, lehnte ein Mann, den Taylor noch weniger leiden konnte als den CO des Team 10. Paul Redman sah erst sie, dann seine Armbanduhr an.

»Ab und an hat Dietzen ja doch mal recht. Lieutenant Harson, Ensing Collister, schön, dass Sie den Weg hierher gefunden haben.«

»Captain Redman, was verschafft uns das Vergnügen?« Taylor ging auf den Mann mit dem ernsten Gesichtsausdruck zu und reichte ihm die Hand. Er bemühte sich, Redman nicht spüren zu lassen, dass er es in keinster Weise als Vergnügen auffasste, ihn zu sehen.

»Captain Redman.« Logan trat neben Taylor und auch er reichte dem Chef der IATF die Hand.

»Collister, schön, Sie wiederzusehen.«

»Weswegen sind wir hier? Sie stehen doch nicht einfach so hier.« Taylor wollte nicht darauf warten, dass Redman ihm sagte, weswegen man sie in die Base bestellt hatte, da sie offensichtlich die einzigen des Team 10 waren, die vor Ort waren.

Was er im Laufe der nächsten Stunde zu hören bekam, hätte ihn fast mehrfach laut auflachen lassen. Der Captain benötigte zwei weitere, gut ausgebildete Scharfschützen und hatte sich für ihn und Logan entschieden, da sie bereits einmal mit dem Team zusammengearbeitet hatten. Der andere Grund zum Lachen war ihr Einsatz. Angeblich hatte man Asim Faruk Damanis in Nigeria ausgemacht. Und Redman vertraute dieser Quelle wohl so weit, dass er Willens war, seine Leute diesen Verdacht überprüfen zu lassen.

Dass Redman am Ende des Gesprächs noch fragte, ob sie mit in den Einsatz gehen würden, kam einer Farce gleich. Sie konnten nicht ablehnen. Es war ein Befehl und keine Bitte.

»Holt eure Sachen aus den Käfigen. Wenn ihr noch irgendwas braucht, sagt es. Die anderen sollten bald hier sein. Ich muss mich noch um ein paar Dinge kümmern.« Nickend verschwand Redman aus dem kleinen Raum, in dem er ihnen die groben Eckpunkte der Mission mitgeteilt hatte.

»Wenn ihr noch was braucht …- pah.« Taylor drehte sich zu Logan um, der bereits in der Tür stand und ihn ansah.

»Das sollten wir ausnutzen. Wer weiß ...«

»Alter, wir werden nicht die Sachen bekommen, die sie kriegen, sondern nur den normalen Kram.« Er war genervt. In dem Moment, in dem er seine Tasche gepackt hatte, war er davon ausgegangen, dass sie mit ihrem Team losziehen würden. »Kindergärtner spielen«, knurrte er, als sie sich auf den Weg in den Keller machten.

»Yvonne wird ja auf sich selbst aufpassen können, wenn sie schon Freigang fürs Training bekommt.« Lachend zog Logan eine schwere Stahltür auf, hinter der sich die Käfige mit ihrer Ausrüstung befanden. Da normale Schränke zu klein waren, lagerten die SEALs ihre Sachen in großen begehbaren Schränken, die jeder auf seine Art eingerichtet hatte. Die einen hatten Bretter als Regalböden an den engmaschigen Gittern befestigt, andere hatten sich die Arbeit gemacht und echte Regale aufgebaut. In ihren Käfigen lagerten sie alles, was sie für einen Einsatz benötigten. Vom einfachen Halstuch, über Wechselkleidung, Tauchausrüstung, Waffen und Granaten bis hin zu Bolzenschneidern und Ersatzbatterien. Mit ein wenig Talent konnte man mit den Dingen nicht nur einen Kampf gewinnen, sondern auch ein Haus bauen und Essen kochen.

»Hör doch auf.« Taylor öffnete das Schloss vor seinem Käfig und trat hinein, während Logan noch mit dem Schloss an seiner Tür kämpfte. »Wenn ich schon höre, dass wegen einer Trainingsmission ein ganzer Landstrich gesperrt wird. Können die nicht auch da trainieren, wo alle anderen es auch tun? Oder mit anderen Einheiten zusammen, wenn große Sachen anstehen? Nein, sie bekommen eine Sonderbehandlung, damit Madame was lernen kann. Hauptsache, sie weiß, was sie tut.« Kurz sah er sich suchend um, ehe er begann, seine Ausrüstung in eine Tasche und Rucksack zu verstauen.

Zwanzig Minuten später und mit der Feststellung, dass er sich keine Ausrüstung von Redman erbetteln würde, standen er und Logan wieder vor dem Gebäude. Da sie keine Ahnung hatten, wo sie sich mit den anderen treffen sollten, hatte er beschlossen, vor der Tür zu warten, da sowohl Cayden als auch Mrs. Banz durch die Tür hinter ihnen müssten. Außerdem wollte er so früh wie möglich wissen, mit wem er es zu tun bekommen würde.

Taylor entdeckte einen dunkelgrünen Jeep, der auf den Parkplatz fuhr, auf dem auch sie geparkt hatten.

»Logan?« Taylor deutete auf den Wagen. »Das werden sie wohl sein, oder? Ganz ladylike zu spät.«

»Wer weiß, warum sie zu spät ist. Du weißt doch, dass sie mit Snipes im Feld war«, erwiderte Logan.

»Hör auf. Willst du sie nun in Schutz nehmen oder wie?« Amüsiert auflachend ging er auf seinen Kollegen zu, der den Wagen nicht aus dem Auge ließ. »Ach Greenhorn, du hast echt noch eine Menge zu lernen.« Er wusste, dass er Logan mit dem Ausdruck *Greenhorn* zu Weißglut treiben konnte, aber das war und blieb das Los eines Mannes, der neu im Team war.

»Mag sein«, nuschelte Logan und Taylor sog scharf die Luft ein. Das war eine Antwort, die er nicht erwartet hatte.

Nachdem der Fahrer des Wagens eine freie Parklücke gefunden hatte, stieg einer der wenigen Männer aus, der lange Haare auf der Base trug. Syrell Navajo genoss schon seit dem Eintritt in die Navy einen besonderen Bonus, was seine Haarpracht anging.

»Schau an, der Indy ist auch immer noch bei denen. Das passt doch prima, ein Spooky-SEAL und eine Frau in einem Team, das Terroristen fangen soll«, knurrte er leise. Auch den Mann, der Yvonne Banz einen Rucksack reichte, kannte er bereits vom Sehen. »Ach ne. Rodriguez ist auch dabei«, murmelte er geistesabwesend.

»Und wer ist der Surfertyp da?« Logan deutete mit einer knappen Geste auf einen braungebrannten Mann.

»Keine Ahnung, hab ich noch nie gesehen, glaub ich.« Nur ungerne gab Taylor zu, dass er den Mann nicht kannte, der sich Rodriguez, Syrell Navjo und Mrs. Banz angeschlossen hatte. Als letzen entdeckte er Cayden Harrison, der einen Rucksack aus dem Kofferraum nahm, ehe er den Wagen abschloss.

»Logan, Gott, nun schau sie doch nicht so an. Mann, du sabberst ja schon.« Er versetzte seinem Kollegen einen harten Stoß mit dem Ellenbogen, als ihm auffiel, wie gierig Logan die Frau ansah, die mit einem Lächeln gemeinsam mit Navajo vor ihnen stehen blieb

»Collister, Harson.« Der Indianer reichte ihm kurz die Hand, die er nur widerwillig ergriff. Nicht, dass er ein Problem mit Syrell Navajo hatte, aber zu wissen, dass auch der Indianer zum Team der IATF zählte, stieß ihm sauer auf. Navajo hatte oft ein seltsames Gespür für Gefahrenlagen und war somit ein wertvolles Mitglied der SEALs. Aber nun war auch dieser gute Mann unter die Fittiche von Redmans Team gelangt und er durfte wieder nur als Ersatzmann herhalten, da dem Team Männer fehlten.

»Hawk wartet sicher schon.« Der Fremde deutete auf die Tür hinter ihnen.

»Harson, Collister, schön euch wieder zu sehen.« Yvonne wollte Logan die Hand reichen. Das ging dann doch zu weit. Sie war kein SEAL, sie war keiner von ihnen. Er legte seine Hand auf Logans Arm und warf ihm einen Blick zu, der hoffentlich ausreichend war, um ihn in seine Grenzen zu weisen.

»Ebenfalls«, nuschelte Logan kleinlaut und schien verstanden zu haben, dass sie der Frau keinen unnötigen Zuspruch zukommen lassen wollten.

»Na, du hältst es ja lange zwischen den großen Jungs aus.« Taylor konnte sich bei seinem Kommentar ein Auflachen nicht verkneifen. Er hatte wirklich damit gerechnet, dass ihr Einsatz in Afghanistan ihr erster und letzter sein würde. .

»Na ja, ich hab schon immer gerne mit gefährlichen Typen gespielt«, gab sie blinzend zurück.

»Dann lass uns schauen, wann dir die Lust vergeht, Mrs. Banz.« Er war in keinster Weise gewillt, sich von ihr schöne Augen machen zu lassen. Da war sie wieder, diese Wut, die er der Frau gegenüber empfand. Wenn sie damals ausgestiegen wäre, wäre er vielleicht mit Cayden losgezogen. Dann hätte er sich direkt mit ihm messen und eventuell den entscheidenden Treffer landen können.

Schnaubend über die *Vielleichts*, drehte er sich um und betrat als Erster das Gebäude. Als er einen kurzen Blick über die Schulter warf, sah er wie Logan Mrs. Banz anlächelte. Hatte sein Kollege das Wichtigste vergessen? Mrs. Banz war eine Kollegin, wenn auch keine gern gesehene. Mit Kollegen flirtete man nicht.

»Collister«, blaffte er wütend und war froh, dass Logan seinen Blick sofort von Yvonne löste und zu ihm aufschloss.

»Was wird das, Collister?«, flüsterte er, als er stehen blieb.

»Was wird was?«

»Willst du der Kleinen nun schöne Augen machen, oder was? Lass den Scheiß bleiben, wir sind zum Arbeiten hier und nicht um Weiber flachzulegen.«

»Ich will sie nicht flachlegen!« Entrüstet fuhr Logan ihn an.

»Das will ich auch stark hoffen. Zuhause wartet deine Frau auf dich, vergiss das nicht. Das hier ist ´nen Job wie jeder andere auch. Wenn auch ein absolut blödsinniger.« Musste er Logan wirklich die Augen öffnen? Konnte ein Mann alleine so blind sein? Sie waren zum Arbeiten hier und nicht zum Flirten.

»Sie hat ihren Job aber gut gemacht und sie ist verwundet zurückgekommen.« Logan warf ihm einen wütenden Blick zu.

»Fang nicht schon wieder damit an! Wenn sie nicht dabei gewesen wäre, wäre vielleicht nichts schief gegangen.« Taylor war nicht gewillt, die alte Diskussion neu aufleben zu lassen.

»Das kannst du nicht wissen«, flüsterte Logan ihm tonlos zu, als sie vor einer schweren, weißen Tür stehen blieben, die Cayden Harrison Sekunden zuvor erreicht hatte.

»Halts Maul, Collister«, zischte Taylor seinem Freund zu. Es war der falsche Ort für eine solche Diskussion.

Mit vom Sitzen müden Gliedern verließ er eine gefühlte Ewigkeit später wieder den Raum, in dem er Agentin Swan zugehört hatte. Sie hatte ihnen erklärt, dass Damanis sich mitten in Maiduguri aufhielt, dass ihre Informationen zu hundert Prozent verlässlich waren und dass die CIA ihn lebend haben wollte. Was Taylor erfreute, war, dass nicht nur er große Zweifel an den Informationen hegte. Auch die Mitglieder der IATF schienen den Worten der jungen Frau keinen wirklichen Glauben zu schenken. Da das ganze Unternehmen aber vom Verteidigungsminister abgesegnet war, waren sie nun die, die feststellen mussten, wie korrekt die Informationen waren. Sollte sich der Afghane in der umkämpften Stadt aufhalten, würde es einem Wunder gleichkommen. Taylor konnte sich nicht vorstellen, dass man ihn dort finden würde. Maiduguri war nicht nur für Soldaten und Zivilisten ein heißes Pflaster. Auch wenn Damanis niemand war, der von dortigen Terroristen etwas zu befürchten hatte, war die Gefahr, von einer Kugel getroffen zu werden, sehr hoch.

»Ey, was ist das bitte für eine? Wie viel von dem, was die uns erzählt hat, glaubt die eigentlich selbst?« Taylor beeilte sich, um zu Cayden aufzuschließen, der mit großen Schritten auf den Wagen zusteuerte, mit dem er angekommen war.

»Keine Ahnung. Ich bin froh, dass Nathan sich eben kurz gefasst hat. Wenn ich gewusst hätte, dass die so lange nur hohles Zeug von sich gibt, wäre ich absichtlich später gekommen.« Cayden sah ihn nicht an. Er ging einfach weiter.

»Harrison?« Taylor versuchte erneut sein Glück.

»Aye?« Der Mann in der dunklen Jeans blieb stehen und sah ihn mit hochgezogenen Augenbrauen fragend an.

»Besteht die Möglichkeit, dass die Kleine hier bleibt und jemand anderes mitgeht? Dein Bruder zum Beispiel?« Vielleicht hatte Taylor die Möglichkeit, die Meinung seines Gegenübers und so die Meinung von Redman zu ändern. Maiduguri war nicht Afghanistan. Sie würden in ein Gebiet gehen, in dem hinter jeder Ecke der Tod auf sie lauerte und nur auf die passende Chance wartete, sich sie zu schnappen.

„Nein, die Möglichkeit besteht nicht, Taylor."

Taylor schnaubte auf und warf einen Blick über die Schulter, wo er Logan entdeckte, der mit Yvonne Banz in ein Gespräch vertieft war.

Bei dem Anblick keimte in ihm erneut die Befürchtung auf, dass es zu einem Problem werden könnte, wenn Logan sich zu sehr mit der jungen, durchaus attraktiven Frau anfreundete. Was, wenn er im falschen Moment nur Augen für die Frau hatte und nicht für seine Umgebung? Er hatte Chrissy versprochen, auf Logan aufzupassen. War es voreilig gewesen, ein solches Versprechen abzugeben?

„Collister!" Wütend blaffte er seinen Kollegen an, der zusammenzuckte und auf ihn zu kam. Taylor griff seinen Arm und zog ihn zu sich. »Was soll das, Logan? Du sollst dich auf den Auftrag konzentrieren und nicht auf ihre Brüste.«

»Ich habe ...«

»Oh doch, hast du! Deine Augen lagen direkt auf ihren Brüsten. Lass uns unseren Scheiß holen.« Taylor war sich sicher gesehen zu haben, wie sein junger Kollege die Brüste der Frau angestarrt hatte.

Stunden später saß Taylor im Halbschlaf im Laderaum eines Transportflugzeugs, das sie nach N'Djamena in den Tschad bringen sollte. Vor ihm waren Kisten mit Ausrüstung, neben ihm saß Logan, der in sein Buch vertieft war, und zwischen den

Kisten und überall wo freie Plätze waren, hatten sich Soldaten niedergelassen. Das Team der IATF, er, Logan und ein Special Boat Team versuchten, die nächsten Stunden so bequem wie möglich zu verbringen. Nur langsam freundete Taylor sich mit dem Gedanken an, dass er Yvonne Banz als vollwertiges Teammitglied zählen musste.

Kurz vor der Abreise, ehe er mit Logan seine gepackten Taschen aus dem Keller geholt hatte, hatte er beobachtete, wie Syrell Navajo die junge Frau geküsst hatte. Taylor war zwar bereits in Afghanistan zu Ohren gekommen, dass es zwischen dem Indianer und der Deutschen etwas mehr gab, als nur ein kollegiales Verhältnis. Aber dass Syrell so weit gehen würde, hatte er nicht gedacht. Allerdings zeugte es auch von Redmans Führungsqualität, dass es nicht Syrell war, der sie in den Einsatz begleitete, sondern Roderick Rodriguez und der ihm noch recht seltsam erscheinende Darrel White. Gerne hätte Taylor auch den Posten des Commanding Officers bei dieser Mission übernommen, aber Redman hatte Cayden die Verantwortung übertragen und wieder einmal war Snipes der Bessere von ihnen. Es war einfach frustrierend. Ständig war Snipes ihm einen Schritt, oder besser Schuss, voraus.

Der Streit von zwei Männern an Bord des Flugzeuges hinderte ihn daran, einzuschlafen, und scheinbar war aufgrund des Gebrülls auch Darrel wieder wach.

»Hey, muss das sein? Ich wollte schlafen, verschiebt den Scheiß auf später.« Der Mann, der, wie Taylor während des Briefings erfahren hatte, ein Major der SASR war, war unüberhörbar gereizt, als er durch den Bauch des Flugzeugs brüllte.

»Siehste, ich hab doch gesagt, dass dein Schnarchen stört«, war der Kommentar, der als einziges von irgendwo zwischen den Kisten kam.

»Ey, sein Schnarchen stört mich nicht, euer Gezicke stört mich.«

Um ein Haar hätte Taylor bei der trockenen Erwiderung von Darrel aufgelacht.

»Schnauze.«

Verschlafen registrierte er in der Dunkelheit, einige Meter von ihm entfernt, die Stimme der einzigen Frau an Bord. Warum meinte sie, dass sie gestandenen Soldaten den Mund verbieten konnte?

»Danke, Poison.«

Taylor traute seinen Ohren nicht, als er die Stimme von Logan vernahm.

»Misch dich da nicht ein, Collister«, versuchte er seinem Kollegen, so leise es unter dem herrschenden Lärm möglich war, zu verstehen zu geben. Aber scheinbar war er so laut, dass auch Darrel ihn verstanden hatte.

»Wieso, er hat doch recht, Harson. Poison bringt es wenigstens auf den Punkt.«

»Halt dich da raus«, blaffte Taylor den Australier an, den er nicht sehen konnte.

»Was hast du überhaupt für ein Problem, Harson?«

Die zweite Stimme, die er vernahm, gehörte eindeutig zu Roderick. Einem SEAL, der zwar in der Lage war, fast jeden Sprengsatz zu entschärfen, aber seit Monaten immer wieder von einer Frau vor Gericht gezerrt wurde. Es gab auf der Base sogar Wetten, wann und wo die nächste Verhandlung stattfinden würde.

»Du willst wissen, was ich für ein Problem habe? Ausgerechnet du? Ey, Rodriguez … echt. Als ob gerade du mit Frauen klarkommen würdest. Sie hat dir gut Kohle aus der Tasche gezogen, oder?«, platzte es aus Taylor heraus.

»Die hat nichts damit zu tun, dass du offensichtlich was gegen Yvonne hast. Wo zum Teufel ist dein Problem?« Immer noch konnte Taylor Roderick nicht sehen. Er konnte nur erahnen, wo in dem riesigen Bauch der Militärmaschine der SEAL war, der eindeutig auf Ärger aus war.

»Ganz einfach, Frauen haben bei den SEALs nichts zu suchen, und wenn du mich fragst, auch sonst in keiner Eliteeinheit«, brüllte Taylor in die Dunkelheit des Fliegers.

»Du hast doch nur ein Problem damit, dass sie deinen Score übertrifft.«

Er schnappte nach Luft, als er Logans Vorwurf vernahm. Was bildete sein Freund sich ein, dass er ihm nun in den Rücken fiel? Okay, eine Weile hatte er ihre Trainingsergebnisse mit seinen verglichen, war dann aber zu dem Entschluss gekommen, dass sie sehr wahrscheinlich unter Druck in einem echten Einsatz, wenn ihr die Kugeln um die Ohren flogen, lange nicht mehr so gut sein würde. Schließlich herrschte auf dem Schießplatz eine Ruhe, die nichts mit der Realität in einem Einsatz zu tun hatte.

»Halt dich raus, Greenhorn. Die sollte lieber kleine Brötchen backen«, fuhr er Logan an, der kurz von seinem Buch aufgesehen hatte

»Vergiss nicht, dass *›Die‹* dir genau zuhört«, brüllte Yvonne durch das Flugzeug.

Wo um alles in der Welt war er gelandet? Frauen in Eliteeinheiten, Kollegen, die einem in den Rücken fielen, und andere, die meinten, sie müssten gemeinsame Sache mit ihr machen.

»Das ist mir recht egal, du hast einfach nichts im Krieg verloren. Auch wenn du dich in Afghanistan vielleicht gut geschlagen hast, sollte dir bewusst sein, dass das, was uns erwartet, etwas ganz anderes ist«, versuchte er, so ruhig es ging, zu erwidern, auch wenn sein Blutdruck sich weit über dem normal Zustand befand.

»Hältst du mich für blöd oder was? Ich hab durchaus verstanden, dass die Swan einen Schaden hat. Wir werden Damanis da nicht finden und wir werden in Schwierigkeiten geraten. Harson, besteht die Möglichkeit, dass wir ein paar Tage friedlich zusammenarbeiten? Von mir aus kannst du deine Hasstiraden wieder abfeuern, wenn wir zurück sind. Ich hab aber keine Lust, dass ich auch noch aufpassen muss, damit du mir kein Messer in den Rücken rammst.« Yvonnes Stimme wurde mit jedem Wort leiser.

Taylor lachte amüsiert auf: »Willst du mich provozieren? Ich bin doch nicht so blöde und bringe jemanden in einem Einsatz um, der auf meiner Seite kämpft.« Taylor bewegte sich einige Meter auf die Stelle zu, an der er Yvonne vermutete. Dachte sie wirklich, er wäre so wenig Profi und würde nicht mit ihr zusammenarbeiten, wenn es sein musste? Er würde ihr den Rücken decken, schließlich waren sie nur zu sechst und ihre

Feinde waren weit in der Überzahl. Er war darauf angewiesen, dass sie am Leben blieb. »Pass auf, ich werde nicht meinen Kopf riskieren, wenn du irgendwo im Dreck liegst«, erklärte er, als er ihren Schatten erkennen konnte. Das spärliche Licht machte es ihm fast unmöglich, ihre Gesichtszüge zu erahnen. Nur am Rande vernahm er ein Poltern.

»Du brauchst deinen Kopf nicht riskieren«, gab Yvonne ihm trocken als Antwort.

»Ruhe, verdammt, seid ihr alle irre geworden oder was? Beweg deinen Arsch dahin zurück, wo er hergekommen ist, Taylor. Wenn du so weiter machst, schmeiß ich dich aus dem Flieger.« Cayden tauchte dicht neben ihm auf. Taylor konnte das wütende Funkeln in den braunen Augen sehen, die auf ihn gerichtet waren. »Hör zu, Taylor, ich hab keine Lust auf Stress. Yvonne ist, wie wir alle, ein vollwertiges Mitglied des Teams, ob du willst oder nicht, und sie weiß, was sie tut. Glaub ja nicht, dass ich das sagen würde, wenn ich nicht zu einhundert Prozent davon überzeugt wäre. Es ist an der Zeit, dass du das akzeptierst und mit ihr zusammenarbeitest. Ich erwarte nicht, dass du sie heiratest oder sonst was, aber begreif, dass sie ein Teampartner ist wie jeder andere hier«, flüsterte Cayden ihm zu, drehte sich um und verschwand wieder in der Dunkelheit zwischen zwei großen Stahlcontainern, ehe er etwas erwidern konnte.

Verwundert sah Taylor hinter Cayden her und bemerkte erst beim erneuten Blick zur Seite, dass auch Yvonne wieder dorthin gegangen war, wo sie noch Minuten zuvor gesessen hatte. Kopfschüttelnd sank er wieder neben Logan auf den kalten Stahlboden. Sollte er seinem Kollegen, der bereits wieder in seinem Buch versunken war, die Meinung sagen? Oder sollte er wirklich einfach mit ihr zusammenarbeiten und hoffen, dass die Tage in Maiduguri schnell ein Ende fanden und er wieder mit seinem Team, seinen Kollegen und Freunden losziehen konnte? Das gleichmäßige Dröhnen der Turbinen drängte ihn viel zu schnell in einen traumlosen Schlaf.

Erst kurz vor der Landung erwachte er wieder, als Logan ihm einen Stoß gab.

»Hey, wir sind gleich da.«

Knurrend streckte er sich und versuchte so, die Müdigkeit zu vertreiben.

»Ich hoffe, du lässt die Augen von Mrs. Banz. Konzentrier dich auf deinen Job. Ich hab keine Lust, Chrissy zu erklären, warum dir was zugestoßen ist, wenn du die ganze Zeit mit den Augen im Dekolleté einer Fremden hängst«, knurrte er Logan zu, der als Antwort nur ein Schnauben für ihn übrig hatte.

Die folgenden Stunden verbrachte er damit, im Schein von riesigen Flutlichtern zuzusehen, wie ihre Ausrüstung ausgeladen und verteilt wurde. Er beobachtete, wie die Männer des SBT ihr Boot an einem bereitstehenden Chinook befestigten und sich selbst für den Flug bereit machten. Die Piloten der Night Stalker würden das Boot mit ihnen und dem Team aus Little Creek auf dem Ngadda absetzen. Der Fluss würde sie dann mitten in die umkämpfte Stadt Maiduguri bringen. Taylor war sich sicher, dass sie, solange sie an Bord des schwerbewaffneten und gepanzerten Bootes waren, keine Probleme bekommen würden. Die Männer des SBTs waren bestens ausgebildet und wussten genau, was sie taten. Taylor war sich sicher, dass es nicht oft der Fall war, dass sie Soldaten in eine umkämpfte Stadt brachten. Normalerweise evakuierten sie Soldaten oder sammelten SEALs nach Einsätzen ein.

Auf dem Flug mit dem Chinook herrschte eine drückende Stille. Alle schienen zu wissen, dass das, was sie vorhatten, nicht leicht werden würde. Im Dämmerlicht einer kleinen Lampe konnte Taylor die anderen Teammitglieder beobachten. Jeder war in sich gekehrt und hing seinen eigenen Gedanken nach. Einige begannen damit, die zähe Tarnfarbe in ihren Gesichtern zu verteilen, um die letzten hellen Stellen an ihren Körpern in der Dunkelheit besser verstecken zu können. Auch er griff nach der Dose, die er vorne in seinem Rucksack in einer kleinen Tasche verstaut hatte. Den Deckel legte er sich auf den Oberschenkel und strich grob durch die grüne Farbe, die er sich auf den Wangen verteilte, um anschließend den Rest mit Schwarz zu bedecken, das er aus einer anderen Dose nahm. Vielleicht sollte er sich nach seiner Rückkehr um neue Tarnfarbe bemühen. Seine war zäher als sie sein sollte und er bildete sich ein, dass sie kleine Klümpchen hatte. Wahrscheinlich waren ihr die letzten Einsätze nicht bekommen. Auch seine Laune hatte bei einigen der Übungsmissionen der von saurer Milch geglichen. Vielleicht konnte sogar Farbe ranzig werden, wenn sie stundenlang in sumpfigen Gebieten liegen musste.

Er schüttelte den Kopf und gab Logan einen kurzen Stoß, dessen Blick erneut auf Yvonne lag.

»Hey.« Er hielt Logan den Tiegel mit der schwarzen Farbe hin und bemerkte, wie sein junger Kollege erschrocken zusammenzuckte. Sollte er ihn nochmals darauf hinweisen, dass es der absolut falsche Zeitpunkt war, um einer Frau schöne Augen zu machen? Abgesehen davon, dass sie in einem Chinook saßen, unter dem ein schweres Boot hing, mit dem sie in eine Stadt vordringen würden, in der Terror und Tod regierten, hatte Logan eine schwangere Frau, die daheim auf seine unversehrte Rückkehr wartete. Taylor schluckte. Da war irgendetwas, das ihm nicht gefiel, und das war nicht nur die Tatsache, dass eine Frau im Team war.

Taylor starrte das Gesicht von Yvonne an, das man im gedämpften Licht des Laderaums kaum noch erkennen konnte. Wenn ihre Züge nicht weiblich und der schmale grazile Körperbau nicht wären, könnte man meinen, dass es ein Mann war, der konzentriert mit geschlossenen Augen da saß und darauf wartete, dass sie loslegen konnten.

Schnaubend wandte er sich wieder seiner Ausrüstung zu, während seine Gedanken zurückwanderten. Diese Frau dort hatte einen Mann erschossen, den er gerne auf seiner Liste gehabt hätte. Sie hatte einen Schuss über eine riesige Distanz sicher ins Ziel gebracht und damals hatte er einen Moment so etwas wie Anerkennung für sie empfunden. Ein Grinsen huschte über sein Gesicht, als er daran dachte, wie sie damals ausgesehen hatte. Nass bis auf die Haut, bei knappen zehn Grad über null. Mit den Zähnen klappernd und einem Blick, der vor Erschöpfung und Kälte keinen Glanz mehr hatte, hatte sie ihm im Black Hawk gegenübergesessen und ihn blicklos angestarrt. In diesem Moment war sie geistig nicht mehr auf dieser Welt gewesen.

Nein.

Energisch schüttelte er den Kopf. Diese Gedanken waren nun völlig überflüssig und sehr wahrscheinlich mehr als sinnfrei. Genau solche Eingebungen und Einbildungen würden dafür sorgen, dass sie nicht konzentriert arbeiten würden. Was, wenn einer der Männer mehr auf die weiblichen Reize achten würde, die sie durchaus hatte, als auf das, was um sie herum geschah? Genau das war der Grund, warum Frauen nichts bei den SEALs zu suchen hatten. Sie lenkten von der Arbeit ab, was zur Folge hatte, dass man Fehler machte, die sonst nie geschehen wären. Fehler, die Leben kosten könnten und auch würden.

Immer noch ärgerte er sich darüber, dass er keine Möglichkeit gehabt hatte Redmans Befehl zu widersprechen. Der Mann hatte doch im gleichen Atemzug erwähnt, dass auch die junge Frau mitkommen würde. Er musste ausblenden, dass sie eine Gefahr für die Gruppe darstellen könnte. Aussteigen konnte er nun nicht mehr und schon gar nicht, da Logan auch dabei war. Er trug die Verantwortung für seinen Kollegen. Er hatte den jungen Mann unter seine Fittiche genommen und sich geschworen, ihm alles beizubringen, was er wusste und gelernt hatte. Genau so, wie er an sein Wissen gelangt war. Das eine war immer die Ausbildung, die zwar hart und gut war, aber nicht unbedingt mit dem zu vergleichen war, wie es im Ernstfall ablief. Es konnte immer sein, dass man im Notfall improvisieren musste, und eben dieses konnte man nur in echten Einsätzen oder guten Trainingsmissionen lernen. Außerdem wartete Chrissy in San Diego auf Logan und in einigen Monaten würden zwei Ohren mehr den Geschichten lauschen, die Logan vorlas.

»Zwei Minuten«

Der Pilot riss Taylor aus seinen Gedanken. Das Licht erlosch und nur eine kleine rote Lampe, die nicht einmal in der Lage wäre, einen Kühlschrank zu beleuchten, spendete ein letztes Licht. Er zog sich sein Nachtsichtgerät vor die Augen, tastete ein letztes Mal seine Westentaschen ab und trat einen Schritt zur Seite, als die Crewmen des SBT an die Luke traten, die sich öffnete. Sie warfen die Seile in die Tiefe und waren die Ersten, die sich daran in das Boot abseilten.

Taylor holte tief Luft, sah zur Seite, wo Logan auftauchte und nach einem der vier Taue griff. Mit einem knappen Nicken gab er seinem Kollegen zu verstehen, dass er bereit wäre. Gleichzeitig glitten sie in die Tiefe und hatten schnell den Boden des Bootes erreicht. Nach ein paar Minuten waren alle an Bord und der Crew Chief konnte den Piloten einweisen. Nur wenigen Zentimeter über dem Wasser wurde das Boot ausgehakt und der Chinook verschwand in der Dunkelheit. Ab hier lagen noch fünfzig Kilometer zwischen ihnen und dem Ort, an dem sie an Land gehen würden. Fünfzig Kilometer um sich voll und ganz auf die Mission zu konzentrieren. Mit jedem Kilometer, dem sie der Stadt näherkamen, schüttete sein Körper mehr Adrenalin aus.

Bereits kurz nachdem sie an Land gegangen waren, begann das, was ihnen durch monatelanges Training ins Blut übergegangen war. Sie durchsuchten Haus für Haus einer Straße, die sie an ihr Zielgebiet bringen würde. Immer wieder fragte Taylor sich, wie Menschen in einer Gegend wie dieser leben konnten. Die kleinen Lehmhütten hatten weder fließend Wasser noch Strom, von einer Kanalisation ganz abgesehen. Der Geruch war dementsprechend beißend. Menschen, die hier lebten, lebten nicht. Sie existierten einfach. Hier gab es auch ohne Terroristen ausufernde Gewalt. Auf der anderen Seite des Ngadda herrschte zwar nicht der Wohlstand, aber dort gab es wenigstens eine Art normalen Lebens. Warum Damanis sich ausgerechnet in dieser Ecke der Stadt verstecken sollte, war ihm ein Rätsel. Hier würden sich nicht mal Kakerlaken freiwillig verstecken.

Taylor stand dicht hinter Roderick, als dieser lautlos eine weitere Tür öffnete, die die Bezeichnung Haustür einfach nicht verdient hatte. Es waren lieblos aneinander genagelte Bretter, die Passanten daran hinderten, in das Gebäude zu sehen. Lautlos betrat er, gefolgt von Yvonne und Darrel, direkt hinter Roderick den ersten Raum des Hauses und sicherte die untere Etage. Logan und Cayden blieben vor der Tür.

Nach drei Stunden, in denen sie nicht eine Menschenseele entdeckt hatten, wurde es für Cayden Zeit, sich bei Paul Redman zu melden. Der Captain hatte ihnen Zeitfenster von drei Stunden eingeräumt, in denen sie sich immer wieder bei ihm melden und mitteilen mussten, wo genau sie sich befanden.

Taylor beobachtete, wie Cayden das Funkgerät bei Logan aus dem Rucksack zog. Er beobachtete konzentriert die Straße und bekam nicht genau mit, was gesagt wurde. Erst als ihm der gereizte Ton von Cayden auffiel, hörte er genauer hin. Irgendetwas schien nicht so zu laufen, wie es geplant war. Als er begriff, worum es ging, stieß er zischend den Atem aus. Er hatte es sich gedacht. Von Anfang an hatte er diese Befürchtung gehegt, die nun Wirklichkeit wurde. Damanis war nicht in Maiduguri, er war auch nicht in Nigeria. Er war nicht einmal in Afrika. Der Einzige, der in Maiduguri war, war ein General, und wie es schien, hatte sich die CIA nun entschieden, sich mit dem Handlanger von Damanis zufriedenzugeben. Auch dieser sollte lebend gefasst werden. Alleine der Gedanken, einen Terroristen in einer Gegend wie dieser zu fassen, ließ ihn innerlich fluchen. Als ob die Männer zu ihnen kommen würden, wenn man sie freundlich darum bat. Hier gab es unendlich viele Möglichkeiten, sich zu verkriechen.

Cayden beschloss, dass sie weitermachen würden, bis die Sonne aufging, und dann in einem der Häuser Unterschlupf suchten, um dort bis zu Dämmerung zu warten. Die folgenden Meter entpuppten sich als nicht so angenehm wie die vorherigen. Bereits an der kleinen Gasse, die zwischen zwei Häusern in einen Hinterhof führte, gab Yvonne mit einem leisen Klicken das Signal dafür, dass sie etwas gesehen hatte. Ein Schuss, gefolgt von einem Scheppern, durchschnitt die Stille. Ein Hund begann, protestierend zu bellen. Selbst Darrel, der nur knapp hinter ihr gewesen war, war einen Moment durch die schnelle Abfolge der Handlungen überfordert.

Knapp verkündete sie, dass es einen Feindkontakt gab, woraufhin Taylor sich auf die Straße vor sich konzentrierte und langsam weiter auf die Gasse zuging, in der Yvonne und Darrel verschwunden waren. Ein weiterer Schuss war zu hören und er war dazu bereit, mit Rod in die Gasse zu stürmen. Zu seiner Verwunderung beantwortete sie Caydens ruhig und beinah emotionslos.

»Arschloch und Köter.«

Die Frau hatte also gerade wirklich einen Hund erschossen. Das war eindeutig etwas, das er ihr nicht zugetraut hatte.

Bewaffnete Feinde - ja, aber keine Hunde. Noch während Darrel und Yvonne aus der Gasse zurückkamen, musste Rod die erste Sprengfalle entschärfen, die sie auf ihrem Weg gefunden hatten. Sie kamen dem Terror eindeutig näher.

Nach diesem Vorfall dauerte es weitere fünfundvierzig Minuten, ehe sie die Kreuzung erreichten, die Cayden sich als Ziel gesetzt hatte. Die Fenster des letzten Hauses waren mit Brettern vernagelt und Rod öffnete erneut fast lautlos die Tür. Taylor folgte dem fast zwei Meter großen Mann in den Raum. Wieder einmal tanzte der Laser seines M4 durch das Zimmer, und als er nichts entdeckte, gab er Yvonne und Darrel das Zeichen, ihnen zu folgen. Yvonne hatte offensichtlich mehr als nur einen Tag im Killhouse verbracht. Routiniert trat sie, wie die vielen Male zuvor, in die Tür des Zimmers, doch plötzlich hob sie die Hand. Taylor hob das Gewehr in Abwehrhaltung, darauf wartend, dass etwas geschah. Auch bei Rod konnte er die Anspannung sehen, als Yvonne verkündete, dass jemand im Zimmer wäre. Was genau in dem kleinen Raum passierte, konnte er nicht sehen. Allerdings konnte er das schwere Atmen von Darrel hören, der eindeutig nervös war.

Nach einigen Sekunden gab sie bekannt, dass sie ein Kind gefunden hatte. Bei Taylor klingelten alle Alarmglocken. Wo Kinder waren, waren meist die Erwachsenen nicht weit. Er sondierte seine Umgebung, trat zur Seite, als Cayden in das Gebäude stürmte und ihn um ein Haar umgerissen hätte. Logan kam rückwärts in das Haus und warf ihm einen fragenden Blick zu. Schulterzuckend blieb er dort stehen, wo er war. Bereit, jeden zu erschießen, der sich ihm ungefragt näherte.

Nach mehreren Minuten, in denen Cayden, Yvonne und Darrel in dem kleinen Raum waren und Rod ihm den Blick hinein verstellte, da er mitten in der Tür stand, raunte er wütend ins Mikro: »Was zum Teufel macht ihr da?«

»Wir bleiben bis zur Nacht hier«, war die gereizte Antwort von Cayden. Wieder verstrichen einige Minuten, in denen Taylor nicht verstehen konnte, was in dem Raum gesprochen wurde. Seine vier Kollegen hatten offensichtlich ihre Mikrofone abgeschaltet. Dann endlich trat Cayden an Rod vorbei und kam auf ihn und Logan zu.

»Wir bleiben hier, es wird hell und ich habe keine Lust, dass man uns hier sieht. Behaltet die Tür im Auge, ich komme gleich mit Rod und löse euch ab,« erklärte Cayden, der mitten im Raum stehen blieb. Hinter ihm entdeckte Taylor den Grund für die Verzögerung bei der Durchsuchung. Dort stand ein Mädchen von vielleicht zehn oder zwölf Jahren und sah sich ängstlich um. Er bemerkte Logans Blick, der instinktiv die Waffe senkte.

»Hi«, flüsterte sein junger Kollege, ohne das Mädchen mit den struppigen Haaren aus den Augen zu lassen. Sie löste sich aus den Armen von Yvonne und ging auf Cayden zu. Was um alles in der Welt passierte hier gerade? Sie waren doch kein Kindergarten. Was, wenn ihre Eltern plötzlich zu Tür herein kamen und bewaffnet waren?

»Was wird das, Snipes?« Er versuchte, seine Stimme leise zu halten.

»Wir bleiben hier bis zur Nacht«, erklärte Cayden erneut. Taylor wusste nicht, was er davon halten sollte, als die Kleine auf den Scharfschützen zuging und nach seiner Hand griff. Wo sollte dieses Verhalten hinführen?

Aber auch sein Herz zog sich kurze Zeit später schmerzhaft zusammen, als er sah, wie gierig sie einen Energieriegel verschlang, den Cayden ihr gegeben hatte. Dieses Kind war nicht erst seit einem Tag alleine in dem Haus. Aber sie durften sich nicht zu sehr auf das Mädchen konzentrieren, sie hatten einen Auftrag und den galt es zu erfüllen.

Yvonne war es, die dann das tat, was er vermeiden wollte. Sie bot dem Kind an, sich zu ihr zu setzen. Das alleine war vielleicht nicht ganz so schlimm, aber die Wärme und Zärtlichkeit in ihrer Stimme ließ erahnen, dass sie das Kind nicht ohne weiteres alleine zurücklassen würde. Es gab nur zwei Möglichkeiten. Sie konnten dem Mädchen Nahrung und Wasser da lassen und hoffen, dass sie überlebte, oder sie nahmen sie mit. Dieses Szenario war in seinen Augen allerdings ein No-Go. Irgendwie musste er verhindern, dass sie ein Verhältnis zu dem nigerianischen Mädchen aufbaute. Sie konnten kein Kind mitnehmen. Sie waren auf einer Mission und nicht auf einem Rettungseinsatz.

»Was soll dieser Scheiß hier? Poison, wir sind doch kein Kindergarten!« Aggressiv fuhr er die Frau an, die ihren Job in den letzten Stunden sehr gut gemacht hatte. Aber sie durfte keine Gefühle für das Mädchen entwickeln, das durfte niemand von ihnen. Taylor befürchtete, dass es ihnen schwerfallen würde, ihren Auftrag zu erledigen, wenn sie immer auf das Kind achten müssten, das irgendwo zwischen ihnen stand. Das Mädchen würde sie aufhalten und zu einer unkalkulierbaren Gefahr werden.

»Ey, wenn du jemals einen Funken Gefühl in dir verspüren solltest, dann sag bitte Bescheid. Den Moment will ich erleben«, giftete Yvonne Taylor an und er musste sich zusammenreißen, um sie nicht anzubrüllen. Er wollte nicht preisgeben, dass er selbst Kinder hatte und dass die Kinder hier ihm leid taten. Auch in seinem Herzen schmerzte es zu wissen, dass einige ohne Eltern aufwachsen mussten, wenn sie es überhaupt schafften, zu überleben. Dass Rod sich in das Gespräch einmischte, kam ihm nur gelegen. Taylor drehte sich zu Rod um und bemerkte den aggressiven Blick von Cayden nicht.

»Kümmer dich um die Tür, Taylor«, zischte Cayden ihn drohend an.

»Dir steigt doch dein Posten zu Kopf«, fauchte Taylor.

»Ich warne dich Taylor.«

»Wovor, Snipes? Willst du mich rauswerfen?« Er machte einen Schritt auf seinen Kollegen zu. Wollte Cayden ihm drohen, nur weil er seine Meinung sagte? Taylor bemerkte die Spannung, die sich in der Luft aufbaute und auch die Tränen, die dem kleinen Mädchen über die Wangen liefen. Am liebsten hätte er Cayden am Kragen gepackt, ihn geschüttelt und ihm klar gemacht, dass er dabei war einen Riesenfehler zu machen. Alleine der Blick des Schützen machte ihm klar, dass Cayden darüber nachdachte, das Kind mitzunehmen.

»Kommt runter, verdammt nochmal!« Darrel war aufgestanden und zog Taylor an der Schulter zurück. »Wollt ihr euch die nächsten Stunden hier aufführen wie Wilde oder können wir ein bisschen runterkommen und heut Nacht weitermachen?«

Schnaubend wandte Taylor sich von Cayden ab und gesellte sich zu Logan, der immer noch an der Tür stand.

## *17.*

»Hey, Taylor?« Die Worte hallten in seinen Ohren. Während er sich suchend nach der fremden Stimme umsah, bemerkte er, dass er nicht in Maiduguri in dem kleinen Haus stand, in dem Logan begonnen hatte, dem Mädchen vorzulesen.

Er saß immer noch in der Sunrise Bar.

Sein Herz raste und seine Finger hatte er haltsuchend an den Tresen geklammert. Er spürte den kalten Schweiß, der auf seiner Stirn stand, und ihm fiel die leere Whiskeyflasche auf, die beim letzten Mal, als er sie angesehen hatte, noch gut gefüllt gewesen war.

Hatte er sie alleine geleert?

Es fiel ihm schwer, ruhig zu atmen. Sein Körper wollte ihm entgleiten.

»Hey, Taylor, ich glaube, du machst mal eine Pause.« Pablo stütze sich mit den Ellenbogen auf die Ablage Spüle und starrte ihn an.

Ja, vielleicht sollte er das. Das Geräusch, als Pablo ihm ein Glas Cola auf das Holz der Theke stellte, hallte in seinen Ohren wie der Schuss einer Waffe. Nur schwer konnte er das Zittern seiner Lider unter Kontrolle bringen.

»Soll ich dir ein Taxi rufen?«

»Nein, geht gleich wieder.« Noch nie war ihm das Sprechen so schwer gefallen.

»Okay, ich behalt dich im Auge und Finger weg von der Flasche.«

»Die ist doch eh leer.« Es gelang ihm nur schwer, die Worte von seinen Gehirnwindungen bis zu seinen Lippen zu dirigieren und er zweifelte daran, dass sie so klangen, wie sie sollten.

Schemenhaft konnte er das Lächeln von Pablo erkennen, ehe er in einem seltsamen Nebel verschwand.

Auch wenn er Logan noch so gerne zuhörte, so hatte er sich doch in der Zeit, die er nicht vor der alten Tür verbracht hatte, in den kleinen Raum zurückgezogen, in dem sie das Mädchen gefunden hatten, um ein wenig die Augen zu schließen. Dort wurde er nicht ständig durch die Stimme seines Kollegen an seine eigenen Kinder erinnert, die Logans Lesestunden so sehr liebten. Auch konnte er die Gedanken an Eva leichter zurückdrängen. Er durfte nicht zulassen, dass er sich von seinen Gedanken und Emotionen ablenken ließ.

Erst in der anbrechenden Abenddämmerung rief Cayden sie wieder zusammen. Es kam, genau wie er es sich gedacht hatte, und er wusste, dass es nichts bringen würde, gegen Caydens Entscheidung anzugehen.

Sie würden das Kind mitnehmen.

Cayden teilte die Gruppe neu ein und so waren es Roderick und Yvonne, die die Gruppe führen sollten. Er würde mit Logan und Cayden in der Mitte bleiben und Darrel sollte mit dem Mädchen die Nachhut bilden und musste sich darauf verlassen, dass sie alle Gefahrenquellen ausräumten.

Er zog sich sein Halstuch vor Mund und Nase und trat direkt nach Yvonne und Roderick ins Freie. Der Geruch von Rauch und Staub hing schwer in der Luft und auch den Geruch von Fäkalien und Tod konnte er hier vor der Tür wieder deutlicher wahrnehmen. Man sollte es nicht glauben, aber in den letzten Stunden hatte er sich hinter den dünnen Wänden aus Stein und Lehm sicher gefühlt. Nun schoss wieder das Adrenalin durch seine Adern und ließ seine Sinne erwachen. Er konnte beobachten, wie Cayden an seiner M4 die Batterie für den Laser wechselte, und fragte sich, wie lange seine eigene noch durchhalten würde. Leise zog er seine Nachtsichtbrille wieder vor die Augen, blinzelte einige Male, bis sich die Augen wieder an das fade graugrün des Geräts gewöhnt hatten.

Langsam setzten sie sich in Bewegung. Die roten Punkte der Laser tanzten über Boden, Wände und in die kleinen Gassen. Sie huschten lautlos in die Häuser und wieder hinaus. Immer öfter schnellte Rodericks Hand in die Höhe und zeigte ihnen die Positionen von Sprengfallen an, die sie in den Tod gerissen hätten, wenn er sie nicht entdeckt hätte. Taylor rann der Schweiß den Rücken hinunter. Seine Augen brannten und die Schultern schmerzten vom Gewicht des schweren Rucksacks.

Sie kamen nicht mehr so schnell voran, wie noch zu Beginn der Mission. Das Entschärfen der Sprengfallen forderte nicht nur ihre Geduld, sondern auch die gesamte Konzentration des großen SEALs, der sich mit jeder Entschärfung mehr Achtung bei Taylor erarbeitete.

Gerade als er Rod und Yvonne folgen wollte, die zur nächsten Tür aufbrachen, lag plötzlich Caydens Hand auf seiner Schulter.

»Wir schauen uns das an«, flüsterte er ihm zu und deutete mit dem Kopf auf das gegenüberliegende Haus. Nach nur wenigen Sekunden konnte er einen Schatten erkennen, der an einem der Fenster vorbeihuschte.

»Nein, nicht«, zischte Yvonne als Antwort und Taylor schüttelte irritiert den Kopf. Es wäre kein Problem, erst das Haus auf der gegenüberliegenden Seite zu durchsuchen und dann das, vor dessen Tür Yvonne und Rod jetzt standen.

»Warum?« Auch Cayden schien nicht zu verstehen, wo das Problem lag.

Dem gebrüllten *›Deckung‹* von Darrel folgten Kugeln, die neben und über ihnen in die Wände einschlugen, als sie sich zu Boden warfen. Die nächsten Schüsse waren gezielt auf Darrel gerichtet, der das Mädchen hektisch fluchend in eine Gasse schob und so aus Taylors Blickfeld verschwand.

»Status, Banjo?«

»Ich bin okay, Snipes.«

»Wie viele sind es?« Taylor hatte keine Lust auf langes Warten. Er wollte wissen, mit wem sie es zu tun hatten.

»Ich habe nur einen gesehen, aber da sind zwei Laser oder mehr«, war die kurze Antwort von Darrel, die ihm nicht weiterhalf. Auch er hatte nur einen Schatten am Fenster gesehen. Aber wenn Darrel zwei Laser gesehen hatte, so mussten es mindestens zwei schwerbewaffnete Gegner sein, die genau wussten, was sie taten. Es waren gezielte Schüsse gewesen, die dazu noch aus Gewehren mit Schalldämpfern stammten.

»Die holen wir uns. Mitkommen, Taylor.« Leise raunend gab Cayden ihm das Zeichen, dass sie die Straße überqueren würden.

»Nein, ich geh. Du bist CO, auf dich können wir nicht verzichten«, mischte Yvonne sich flüsternd ein und Taylor atmete geräuschvoll aus. Was wollte sie beweisen? Warum konnte sie nicht mit Roderick warten, bis er mit Cayden wieder zurückkam?

»Okay, dann du.« Cayden deutete zu Yvonne und wollte Taylor zu verstehen geben, dass er mit ihr gehen sollte. Nein. Auch wenn sie die letzten Stunden bewiesen hatte, dass sie genau wusste, was sie tat, würde er nicht mit ihr gehen.

»Ich geh nicht.« Taylor schüttelte demonstrativ den Kopf.

»Verdammt nochmal, Taylor, das kotzt mich an, wollen wir hier nun Stunden diskutieren, wer mit wem? Dann halt Logan.« Caydens Tonart machte ihm klar, dass er soeben weitere Pluspunkte verspielt hatte. »Harson, das hat ein Nachspiel.« Als ob die Art und Weise, wie er sich gerade ausgedrückt hatte, nicht genügte, fuhr Cayden ihn an.

»Weißt du, wie egal mir das ist«, zischte Taylor aggressiv. Cayden hatte weder das Recht, ihm zu drohen, noch die Mittel, um wirklich etwas ausrichten zu können, außer dass Taylor Angst um seinen Ruf haben musste. Die IATF hatte absolut gar nichts mit dem SEAL Team 10 zu tun. Und für ein Disziplinarverfahren wegen Befehlsverweigerung reichte seine Äußerung nicht aus.

„Poison, Logan, Status." Cayden hob den Finger, als Taylor etwas sagen wollte. Nichts geschah. Weder Logan noch Yvonne antworteten. Taylor spürte, wie sein Puls sich beschleunigte. Mit einer Geste sah er zu Cayden. Sollten sie Yvonne und Logan folgen? Das knappe Handzeichen seines Kollegen hielt ihn zurück. Plötzlich waren zwei Schüsse zu hören und kurz setzte Taylors Herz aus. Die Angst, dass er nicht bei Logan war und ihm etwas zustoßen könnte, brannte wie Lava in ihm. Sie waren ein Team und nun wusste er nicht, was sein Kollege tat.

»Sauber. Snipes, wir haben ihn« Yvonnes Meldung ließ Taylor zischend ausatmen.

»Sie … wir haben sie«, fügte Logan hinzu. Was er dann sagte, sorgte dafür, dass Taylors Herz sich schmerzhaft zusammenzog. Es war nur ein Flüstern, aber er verstand jede Silbe klar und deutlich und ahnte, was in Logan vorging.

»Ein Kind.« Logans Stimme brach. Yvonne hingegen, von der Taylor gedacht hatte, dass sie mit dem Tod eines Kindes nicht umgehen konnte, erklärte, dass Logan nichts falsch gemacht hatte. Taylor blieb vor der Tür, behielt die Umgebung im Auge, lauschte den Gesprächen von Logan und Yvonne und war erstaunt über die ruhige Art der Deutschen. Es schien sie nicht zu berühren, dass ein hilfloses Kind umgekommen war. Logan hingegen schien es sehr zuzusetzen. Er musste ihn dringend auf andere Gedanken bringen. Wenn sein Kollege sich die nächsten Stunden nur Gedanken um diesen Vorfall machte, würde er sich nicht mehr auf den Einsatz konzentrieren und ein totes Kind war in der Lage, sich tief in die Erinnerungen einzubrennen, wenn man es zuließ. Das durften sie aber nicht. Auch wenn es noch so sehr schmerzte mussten sie es ausblenden. Er konnte nicht verhindern, dass seine Gedanken zu Brian und Thomas wanderten. Der Junge, den sein Kollege erschossen hatte, war wahrscheinlich nur wenige Jahre älter als seine Söhne. Würden sie im selben Land leben, könnten sie Freunde sein.

Nein.

Blinzelnd versuchte er die Bilder auszublenden.

Yvonne und Logan traten vor die Tür, wo er immer noch stand. Ihm fiel auf, dass sein Kollege sehr lange das Mädchen anstarrte, welches sich an Roderick klammerte. Sie konnten nichts machen, außer alles, was sie über den Jungen und den Mann, der sich ebenfalls im Gebäude aufgehalten hatte, herausbekommen konnten, zu dokumentieren. Vielleicht hatte Logan einen Fehler gemacht, vielleicht auch nicht. Sie durften keinen Schuss abgeben, ohne dass sie vorher ihr Gegenüber aufgefordert hatten, die Waffe zu senken. Womöglich fühlte sein Kollege sich auch akut bedroht und hatte geschossen, um sich selbst zu schützen. Taylor wusste nicht, was in dem Haus passiert war, er konnte nur hoffen, dass Cayden in seinem Bericht alles so darstellte, dass kein Ärger auf sie zukam.

»Kleiner, ich hab dich immer gewarnt. Hab ich nicht gesagt, der Tag kommt, an dem du auch mal einen erwischst, der es nicht verdient hat?« Er legte seine Hand auf Logans Schulter, der ihn wütend anfuhr: »Du kannst mich mal.« Es war nicht zu ignorieren, dass Logan aufgebracht war.

»Beruhig dich, Logan. Es ist passiert und du kannst es nicht mehr rückgängig machen. Snipes wird in seinen Bericht schreiben, wie es war. Dass sie die Waffen nicht gesenkt haben und gut«, flüsterte Taylor und trat zu Seite. Logan wollte offensichtlich nicht mit ihm reden oder gar über seine Worte nachdenken. Er nahm sich vor, dem Mann, der eben an ihm vorbeigegangen war, ein wenig Zeit zu geben und ihn dann nochmals darauf anzusprechen.

Sie hatten nur noch wenige Häuser vor sich, bis sie das Gebäude erreichen würden, welches Liv Andrews, die Sicherheitsexpertin der IATF, für sie ausgesucht hatte. Auch Cayden schien Logans Unruhe zu bemerken und schickte ihn nach hinten zu Darrel. Der junge Scharfschütze war im Augenblick nicht mit allen Sinnen bei der Sache. Was ihm niemand verdenken konnte. Tote Kinder waren schlimm, aber selbst die Schuld an ihrem Tod zu tragen, war mit Sicherheit das schlimmste, was einem Soldaten passieren konnte. Das war etwas, das man sich nie verzieh, selbst dann nicht, wenn sie einen mit einer Waffe bedroht oder gar versucht hatten, sie zu töten. Taylor konnte sich nur schwer vorstellen was in seinem Kollegen vorging. Vielleicht dachte er gerade an Brian und Thomas, vielleicht auch an sein eigenes ungeborenes Kind.

Wieder arbeiteten sie sich konzentriert von Haus zu Haus und kamen schließlich an dem alten, mehrgeschossigen Backsteinbau an, der in der Gegend, in der sie sich befanden, völlig fremd wirkte. Wer es sich in den Slums hatte leisten können, ein solches Haus zu bauen, war Taylor ein Rätsel. Vielleicht war es aber auch schon viel älter als die meisten anderen der heruntergekommenen Gebäude. Aber auch die massive Bauweise hatte nicht verhindern können, dass die Fensterscheiben wie an fast allen Gebäuden zerstört waren. Die Tür hing schräg in den Angeln und Taylor war gespannt auf das, was sie im Inneren des dreigeschossigen Gebäudes erwarten würde. Nicht nur ihm war aufgefallen, dass in dem kleinen Haus, dem sie gegenüberstanden, Licht brannte. Es waren nur wenige Strahlen, die durch die Bretter der Tür fielen. Sie waren nicht mehr alleine.

»Wir sollten rein gehen, noch rechnen die nicht mit uns«, flüsterte Roderick. Taylor nickte.

»Vergiss es, wir wissen nicht, wie viele da drin sind.« Caydens Befehl ließ ihn die angehaltene Luft ausstoßen.

»Dann finden wir es raus.« Er hielt die Idee des Sprengstoffexperten für gut. Sie sollten das Überraschungsmoment für sich nutzen.

»Nein, wir gehen auf das Dach und schauen uns mal an, was da überhaupt so los ist und vor allem wer da ist. Unser Auftrag ist *›beobachten und gefangen nehmen‹* und nicht *›reinstürmen, alle umbringen und vielleicht einen am Leben lassen‹*, Harson.«

Taylor zwang sich, nicht geräuschvoll auszuatmen.

Gefangen nehmen.

Er stieß ein leises Schnauben aus. Gab es wirklich Terroristen, denen man einfach so Handfesseln anlegen konnte?

Cayden ließ ihm keine Gelegenheit mehr, weiter nachzudenken. Sein Kollege von der IATF verschwand nach Yvonne und Roderick in dem Gebäude. Roderick und Yvonne fanden zwei Frauen, die sich in einem kleinen Zimmer versteckt hatten. Die älteren Frauen, die scheinbar nur noch das hatten, was sie am Leib trugen, hatten panische Angst vor ihnen. Taylor hätte die beiden gerne vor Ort festgesetzt, um nicht Gefahr zu laufen, das sie sie verraten würden, aber ihr CO drückte ihnen jeweils zweihundert Dollar in die Hand und schickte sie fort.

»Du bist ein Idiot, Snipes. Was machst du, wenn die nun über die Straße rennen und Bescheid geben, dass wir hier sind? Was dann, Snipes?«, zischte Taylor wütend.

»Dann kämpfen wir.«

»Ja klar, wer hat eben gerade gesagt, wir wissen nicht, wie viele in dem Haus sind? Wer, Snipes? Wer hat das gerade gesagt? Wo ist unser Überraschungsmoment jetzt?« Taylor konnte seine Wut kaum im Zaum halten.

»Hör auf, alles negativ zu sehen, Harson. Sie werden nicht rüber gehen.«

»Sagt wer?«

»Ruhe verdammt! Sonst können wir gleich drüben klopfen und fragen, wer so da ist«, blaffte Roderick.

Vor Wut schnaubend verließ Taylor das Zimmer. Was, wenn sie gerade ihr Todesurteil mit vierhundert Dollar bezahlt hatten? Vorsichtig betrat er die hölzerne Treppe, die in den dritten Stock führte. Jede Stufe knarrte verdächtig und er rechnete jeden Moment damit, in die Tiefe zu fallen. Während er sich mit Rod und Cayden gestritten hatte, waren Logan und Yvonne bereits nach oben gegangen und hatten die Räume gesichert. Auf dem Dach traf er seinen Kollegen und die Deutsche, die bereits ihr Gewehr aus dem Rucksack gezogen hatte. Auch Logan steckte routiniert die Teile zusammen und keiner von beiden schien ihn zu bemerken. Müde trat er an die kleine Balustrade am Rand des Daches und warf einen Blick auf die gegenüberliegende Straßenseite. Er konnte durch seine Nachsichtbrille immer noch den kleinen Lichtschein erkennen, der einen hellen schmalen Streifen auf die staubige Straße warf. Links und rechts war nichts außer heruntergekommenen Häusern. Kein Licht, kein Lebenszeichen. Er schob sein Nachsichtgerät auf seinen Helm und starrte in den Himmel. Die Sterne waren neben dem Halbmond die einzigen Lichtquellen. Einige Male atmete er tief durch, aber es war keine saubere Bergluft, wie im Hindukusch, die er so sehr liebte. Hier auf dem Dach war der Geruch nach Fäkalien und Tod zwar nicht mehr so prägnant, dafür biss der Rauch eines Feuers einige Straßen weiter, umso stärker in Nase und Augen. Träge trat er an die linke Seite des Daches, legte seinen Rucksack ab und begann, sein MK 13 zusammenzubauen.

Langsam beruhigte er sich wieder, als er einen ersten Blick durch das Zielfernrohr warf. Sein Herz fand einen ruhigen Rhythmus, seine Hände schwitzten nicht mehr und selbst der Umstand, dass Logan neben Yvonne am anderen Ende der Balustrade lag, störte ihn nicht. Jeder war für einen Moment mit sich selbst und seiner Waffe beschäftigt. Die Ruhe hatte etwas Andächtiges. Für einen kurzen Moment schien die Welt stillzustehen und darüber nachzudenken, ob sie sich weiterdrehen sollte, wenn die Menschen sich doch nur gegenseitig bekämpften und alles zerstörten, was sie fanden.

Nach und nach trafen die anderen Teammitglieder auf dem Dach ein. Darrel war als erstes bei ihm. Der Mann aus Australien sprach kein Wort, er legte sich auf den Boden und beobachtete die andere Straßenseite, auf der sich seit Stunden nichts mehr getan hatte. Roderick brachte das kleine Mädchen auf das Dach, was Taylor für eine mehr als schlechte Idee hielt. Er war sich sicher, dass die Kleine nicht unter dem alten Laken, das Rod als Sonnenschutz aufgespannt hatte, bleiben würde.

Cayden war der Letzte, der das Dach betrat. Er wirkte müde, abgeschlagen und nachdenklich. Vielleicht war ihm endlich klargeworden, dass sie eventuell einen gewaltigen Fehler gemacht hatten.

»Poison?« Cayden blieb mitten auf dem Dach stehen.

»Ja?«

Taylors Blick wanderte zu Yvonne, die nicht von ihrer Waffe aufsah.

»Ich komm zu dir. Logan geht zu Taylor rüber.« Der Scharfschütze klang aggressiv. Warum Cayden seine Kollegin, die er sonst immer in Schutz nahm, derart anfuhr, war ihm ein Rätsel. Sicher, er würde auch lieber mit Logan an seiner Seite arbeiten, aber die beiden hatten sich schon eingerichtet.

»Nein.«

Es war nur ein leises, geflüstertes *Nein*, aber er konnte die Spannung sehen, die sich in Cayden aufbaute. Nie, aber wirklich nie, widersprach man mitten in einer Mission seinem Commanding Officer.

»Mitkommen. Ich muss mit dir reden.« Caydens Stimme bebte, als er auf sie zuging, sich neben sie kniete und seine Hand auf ihre Schulter legte. Ihre Antwort war ein wütendes Knurren.

Was gesprochen wurde, nachdem sie sich erhoben hatte und mit Cayden einige Meter zur Mitte des Daches gegangen war, konnte er nicht verstehen. Es war ihm ein Rätsel, warum der gestandene SEAL sich von einer Frau in eine Diskussion verwickeln ließ.

»Das hat nichts mit Kindergarten zu tun, verdammt«, blaffte Yvonne, eindeutig bemüht, Cayden nicht anzubrüllen. Erst in diesem Augenblick fiel Taylor auf, dass er seinen Blick die gesamte Zeit nicht von den beiden gelöst hatte. Yvonne wirkte, wenn man von ihrer trotz der Munitionsweste weiblichen Figur absah, wie einer von ihnen. Irgendetwas ging ihr gewaltig auf die Nerven und sie scheute sich nicht, es zu sagen. Kurz erinnerte sich Taylor an Logans erste Zeit. Auch er hatte oft ein loses Mundwerk riskiert.

»Sagt mal, wollt ihr das nicht noch ein bisschen lauter regeln oder am besten auf die Straße gehen, damit euch jeder hören kann?« Darrel stand auf und ging auf Yvonne und Cayden zu. Was der Mann, der sein M4 vor der Brust hielt, noch sagte, konnte Taylor nicht verstehen, aber es war eindeutig etwas, das Cayden nicht gefiel, da dieser kopfschüttelnd auf ihn zu kam.

Er lächelte. Es war das erste Mal, dass er direkt neben dem besten Sniper lag, den er kannte, und sie würden nicht gegeneinander, sondern miteinander arbeiten.

»Dann lass uns den Greenhorns mal zeigen, wie man das macht, Snipes«, murmelte er, als er sich wieder auf das konzentrierte, was er durch sein Zielfernrohr sah.

Stunden verstrichen, die Sonne übernahm den Posten des Mondes und die Sterne verschwanden in einem wolkenlosen Hellblau. Die Sonne kannte kein Erbarmen. Brütend heiß brannte sie ihnen auf den Rücken. Immer wieder sah er von seinem Gewehr auf. Seine Augen brannten und sein Hemd war auf seiner Haut festgeklebt. Mehrfach hatte er bereits darüber nachgedacht, die schusssichere Weste auszuziehen, um nicht wie ein Braten im eigenen Saft geschmort zu werden.

Die ganze Nacht waren in einiger Entfernung Schüsse und Explosionen zu hören gewesen und auch jetzt am hellen Tag ließ der Gefechtslärm nur selten nach.

Cayden starrte auf die Straße und er sah, wie Logan sich den Schweiß von der Stirn wischte. Auch Darrel, der zwischen Taylor, Logan und Yvonne auf dem staubigen Dach lag, löste seine Aufmerksamkeit von der Straße. Schweiß perlte von der braunen Haut des Mannes mit den graublauen Augen. Einzig Roderick und Samira hatten einen Platz im Schatten. Der große SEAL mit den breiten Schultern hatte sich behände über die Balustrade geschwungen und sich auf dem angrenzenden Haus in Position gebracht. Taylors Blick wanderte zu dem kleinen, dunkelhäutigen Mädchen, das völlig vertieft Logans Buch in der

Hand hielt und die Seiten hin und her blätterte. Er war sich sicher, dass sie nicht ein Wort von dem lesen konnte, was dort stand. Womöglich war es das erste Buch, das sie in ihrem Leben zu sehen bekam.

Kurz wanderten seine Gedanken zu Brian. Sein Ältester hatte früh begonnen zu lesen, was ein Verdienst von Logan war, und doch genoss auch der Neunjährige es immer noch, wenn sein Kollege ihm vorlas. Nur hatte sich das Genre von Kinderbüchern zu Fantasy geändert. Aber das schien Logan nichts auszumachen. Immer wenn Taylor Logan mit einem Buch sah, fragte er sich, warum er zur Navy gegangen war. Als Lehrer hätte Logan etwas Wichtigeres geschafft, als sein Land zu verteidigen. Er hätte Bildung vermittelt.

»Ein Auto.« Rods leises Wispern drang über die In-Ear Kopfhörer an seine Ohren und sorgte dafür, dass er seine Gedanken wieder verdrängte.

»Und was für eins.« Darrel schien überrascht zu sein, den schwarzen Hummer zu sehen, der die Straße entlangkam. Der große Wagen war der erste, den sie an diesem Tag in der Straße zu sehen bekamen. Das Auto hielt direkt vor der Tür ihres Zielobjekts und verdeckte ihnen die Sicht auf das, was zwischen dem Wagen und der Tür geschah. Sie konnten sich nur auf das verlassen, was sie hörten - das Quietschen der Haustür und das Geräusch der zugeworfenen Beifahrertür, welches durch die leere Straße hallte. Der bärtige Fahrer des Wagens rührte sich nicht und starrte vor sich hin. In Taylor kam Frust auf. Sie hatten soeben ihre erste Chance bekommen, um zu sehen, wer sich in dem Haus aufhielt, das sie beobachteten.

»Prima, hat irgendwer was gesehen?« Er warf einen Blick zur Seite.

»Nein, entschuldige, ich habe keine Röntgenaugen«, giftete Yvonne vom anderen Ende des Daches wütend herüber.

»Ruhe, verdammt! Darrel, gib Paul mal Bescheid. Versuch wenigstens, ihn zu erreichen. Vielleicht sind sie noch nicht im Flieger.« Cayden rührte sich nicht, als er den leisen Befehl an seinen Kollegen weitergab.

In der Morgendämmerung hatte Redman ihnen mitgeteilt, dass er im Laufe des Tages mit einem Trupp von hundertfünfzig

Soldaten nach Maiduguri aufbrechen würde. Die nigerianische Regierung hatte ein Hilfegesuch geschickt, um die Stadt wieder in ihre Hände zu bringen und zu verhindern, dass es noch mehr zivile Opfer gab.

»Keine Chance, Snipes.« Darrels schlechte Nachricht war zwar kaum zu verstehen, aber doch konnte man von einigen ein leicht frustriertes Murren vernehmen. Es würde mindestens fünfzehn Stunden dauern, bis sie in irgendeiner Weise Kontakt zu Redman bekommen konnten. Fünfzehn Stunden, in denen jede Entscheidung alleine bei Cayden lag. War der SEAL in der Lage, alleine die Verantwortung zu tragen?

Weitere Stunden verstrichen, ehe sich wieder etwas auf der Straße tat. Stunden, in denen Sonne und Müdigkeit an jedem von ihnen zerrte, wie ein ausgehungertes Tier. Erst in der Abenddämmerung vernahm Taylor erneut das durch die Straße hallende Geräusch der sich öffnenden Tür. Das Holz schob sich knirschend über den Boden.

»Da ist er.« Er entdeckte einen Mann Mitte fünfzig, der einen dichten buschigen Bart trug. Sofort mischte Logan sich ein. »Das ist nicht Damanis.«

»Nein, das ist der General.« Dieses Gesicht kannte er von vielen Bildern und es musste der sein, von dem Redman gesprochen hatte. Langsam atmete er ein und aus. Sein Puls wurde ruhiger, während er den Mann dabei beobachtete, wie er lachend zu einem anderen sah, der zu ihm an die Motorhaube des Wagens trat.

»Was hast du vor?« Das Knurren von Cayden nahm er nur am Rande wahr. Er befand sich in einem Tunnel. Er auf der einen Seite, der General auf der anderen und er war derjenige, der die tödliche Kugel nur wenige Zentimeter von sich entfernt im Lauf seiner Waffe hatte. Weitere Männer traten aus dem Haus, alle mit Kalaschnikows bewaffnet.

»Uh, nicht gut.« Rods Nuscheln erreichte sein Gehirn nicht mehr. Es war nur ein leises Rauschen. Taylor kannte nur noch ein Ziel. Den Mann, der sich den ganzen Tag im Inneren eines kühlen Gebäudes aufgehalten hatte, dafür bezahlen zu lassen, dass er hungrig, müde und durchgeschwitzt war. Und dafür, dass er tausende Menschen auf dem Gewissen hatte.

»Der entkommt uns nicht.« Knurrend zog er den Abzug zurück. Seine Kugel traf den General direkt in die Brust und er fiel nach vorne auf die Motorhaube. Unter den Männern brach Panik aus. Taylor nahm den Nächsten ins Visier. Er legte sein Fadenkreuz auf einen Mann, der versuchte, den General hinter den Hummer zu ziehen. Ruhig atmend richtete er sein Gewehr aus.

»Du hirnverbrannter Idiot! Wer hat gesagt, dass du schießen sollst?«, fuhr Cayden ihn wütend an und riss ihn so kurz aus seiner Konzentration.

»Auto.« Rods Stimme ließ ihn endgültig von seinem Okular aufsehen. Ein weiterer Hummer blieb hinter dem ersten stehen. Sechs schwerbewaffnete Männer sprangen aus dem Wagen und rannten in Deckung hinter das gepanzerte Fahrzeug.

Eine Kugel schlug nur knapp unter ihm in den Putz des Gebäudes ein.

»So nicht.« Leise fluchend legte er seine Wange wieder an die Waffe.

»Harson, nein.«

Mit Logans Worten traf eine weitere seiner Kugeln ins Ziel.

»Du gottverdammter Vollpfosten.« Caydens Fluch wurde schnell von einem anhaltenden Gewehrfeuer verschluckt. Sie hatten jetzt nur noch eine Möglichkeit: Ihre Gegner ausschalten, sonst würden sie das Gebäude nicht lebend verlassen. Nur selten schaffte er es, noch eine Kugel ins Ziel zu bringen, aber auch Cayden, Darrel, Yvonne und Logan hatten wenig Erfolg. Ihre Gegner hatten sich so hinter den Fahrzeugen verschanzt, dass es kaum möglich war, sie zu treffen.

»Wie kann man nur so blöd sein«, brüllte Roderick und Taylor sah, wie eine Granate auf die Straße flog, um wenig später alles in eine dichte Staubwolke zu hüllen. Er verkniff sich zu sagen, dass das blöde war, da sie nun ihre Gegner genauso wenig sehen konnten, wie ihre Gegner sie. Seine Magazine wurden schnell weniger und die Kugeln wollten einfach nicht ihre Ziele treffen. Caydens Befehle wurden hektischer und auch Yvonne versuchte Logan zu helfen, indem sie ihm freie Ziele ansagte.

Taylors Herz raste. Wenn ihren Gegnern nicht ganz bald die Luft und die Munition ausging, würden sie den Kürzeren ziehen.

»Alter, was machst du da? Snipes, Taylor, wir bekommen Besuch. Logan hat einen verfehlt, ich seh ihn nicht mehr. Rod? Banjo? Seht ihr den Typen?« Yvonne schrie gegen das Gewehrfeuer an. Taylor versuchte, den Mann zu entdecken, aber er konnte ihn nicht sehen.

»Sorry, Poison, ich seh ihn nicht, ich hab andere Probleme.« Roderick brüllte in das Mikrofon und eine weitere Granate hüllte die Straße in eine Staubwolke. Verdammt, wie sollte er den Mann so entdecken? Ihre Gegner deckten sie mit gewaltigen Salven ein.

»Logan.« Darrels Brüllen war kaum zu verstehen und Taylor wagte es nicht, von seinem Zielfernrohr aufzusehen. Endlich trafen wieder wenige ihrer Kugeln ihre Ziele.

»Logan, nein.« Der grelle Ton von Yvonne ließ Taylor erschrocken aufschauen. Hatte ihn eine Kugel erwischt? In Zeitlupe sah er, wie Logan sich auf eine Granate warf, die mitten auf das Dach rollte und wie Darrel Yvonne zu Boden riss, die aufgesprungen war.

Nein!

Nein, so war das nicht geplant! Sein Herz setzte aus.

»Logan, nein!« Taylor hatte keine Ahnung, ob die Worte überhaupt seine Lippen verließen. Eine Detonation erschütterte das Gebäude. Er hatte das Gefühl, die Zeit würde stehen bleiben.

Das konnte nicht sein.

Das durfte nicht sein.

Nein!

Er wollte zu seinem Kollegen laufen. Aber seine Beine gehorchten ihm nicht. Er konnte ihn nur aus der Ferne anstarren.

Kein Ton, kein Atemzug verließ seine Lippen und Lunge. Wie in Zeitlupe sah er das Blut, das von einem kleinen Fleck zu einer Lache anschwoll, in deren Mitte Logan lag.

Still.

Regungslos.

Fast friedlich.

Taylor hörte nur noch seinen eigenen Herzschlag und betete mit jedem, einen Atemzug von Logan zu sehen. Konnte nicht einfach sein Herz stehen bleiben und das seines Kollegen weiterschlagen?

Von irgendwo nahm er weitere Schüsse wahr und das Gebrüll der anderen. Aber er war nicht in der Lage, sich zu bewegen. Paralysiert starrte er auf die dunkelrote Lache, in der Logans Gesicht lag, die sich bis zu seinen Fingern ausgebreitet hatte.

»Taylor, verdammt hilf uns!« Ein harter Schlag traf ihn in die Rippen. Cayden sah ihn kurz an. »Kämpf, wenn du hier lebend raus willst«, brüllte der CO ihn an.

Zitternd bemühte er sich, sich wieder dem Gewehr zuzuwenden.

Die folgenden Minuten erlebte er wie in Trance, er feuerte Schüsse auf Männer, die ihnen nach dem Leben trachten und nun sogar einen Weg auf das Dach gefunden hatten.

Er musste kämpfen.

Er musste Chrissy sagen, was passiert war.

Er musste Logan zu ihr bringen.

Er verlor das Zeitgefühl. Er schoss auf alles und jeden, der sich unten auf der Straße bewegte. Sie würden dafür zahlen, dass sie Logan umgebracht hatten.

Mit zusammengebissenen Zähnen sah er irgendwann von seinem Okular auf, als unten niemand mehr am Leben war. Cayden hatte sich schweratmend auf den Rücken gedreht, ehe er sich erhob.

Yvonne zerrte das Mädchen von Logan fort, die ihn mit großen, ungläubigen Augen anstarrte.

Plötzlich fand Taylor sich neben Logan wieder. Er kniete im Blut seines Freundes und starrte den Körper an, der sich einfach nicht mehr bewegen wollte. Überall war Blut. Kein Zentimeter seines Freundes lag nicht im Blut.

»Du verdammter Idiot, Collister.« Taylor schluckte, spürte, wie eine Träne sein Auge verließ. »Du verdammter Idiot.«

Warum hatte er sich nicht umgesehen?

Warum war es Logan gewesen, der sich geopfert hatte, um sie zu retten?

Zitternd legte er seine Hand auf Logans Rücken, schloss die Augen und wartete. Auf was, wusste er nicht. Sein Verstand sagte, sein Freund wäre tot, aber sein Gefühl konnte nicht fassen, dass es den jungen Mann in den Tod gerissen hatte.

Einfach so.

Er vernahm eine Stimme, die von irgendwoher kam. Was sie sagte, verstand er nicht. Er wollte es nicht verstehen. Er wollte nicht gestört werden, wollte dort sitzen bleiben und die Zeit anhalten. Den Moment festhalten, um zu verstehen, was passiert war. Um Erklärungen zu finden.

Hände legten sich an seine Arme und Schultern und zogen ihn auf die Beine. Nur schwer konnte er den Blick von Logan lösen. Aus irgendeinem irrationalen Grund hatte er Angst, dass Logan dann einfach verschwinden würde.

Vom Dach.

Aus seinem Leben.

Aus seiner Erinnerung.

Er konnte die Angst, die Panik und Furcht nicht mehr kontrollieren, die nach ihm griff und ihn in ein Loch zerren wollte, aus dem es kein Zurück mehr geben würde. Jahre hatte man ihn gedrillt, ihn angebrüllt und niedergemacht. Er hatte Freunde und Kollegen verloren, von Bomben zerfetzte Menschen und blutüberströmte Kinder gesehen. Immer war er am Rand dieses Abgrundes gewandelt, konnte sein Gleichgewicht halten und nun riss Logan ihn in ein Loch, dessen Grund er nicht sehen konnte.

Wieder war da diese Stimme, dann ein verschwommenes Gesicht vor seinen Augen.

Logan?

»Komm, tu es für Logan, wir brauchen dich.«

Da waren Hände, die auf seiner Schulter lagen und er spürte, dass jemand dicht hinter ihm stand. Er musste mehrfach blinzeln und nur langsam kam er wieder dort an, wo er eben noch gewesen war: Auf dem Dach eines dreigeschossigen Gebäudes mitten in den Slums von Maiduguri. Vor ihm stand Darrel, der ihn einfach nur ansah. Der seinen Blickkontakt suchte. Da war jemand bei ihm, der ihn auffangen wollte. Taylor schluckte schwer, sah kurz zu Boden. Logan war noch da. Er war nicht weg. Er würde ihn nicht alleine lassen, so wie Taylor ihn nicht allein lassen würde. Ein Blick über die Schulter zeigte ihm, dass er sich nicht getäuscht hatte. Roderick stand dicht hinter ihm. Einen Moment schloss er die Augen, holte tief Luft, versuchte, den Geruch des frischen Blutes und des verbrannten Fleisches zu ignorieren, um sich zu beruhigen. Sie waren wie er SEALs und würden niemanden alleine lassen, weder ihn, noch Logan. Langsam wanderte seine Aufmerksamkeit auf die Treppe und er entdeckte Cayden.

»Taylor, du gottverdammter Vollpfosten, wer hat dir gesagt, dass du schießen sollst. Bist du zu blöde, um einen simplen Befehl zu befolgen?«, blaffte der Mann, der mit einem M4 vor der Brust auf ihn zukam. Darrel trat zur Seite und drehte sich um. Wollte Cayden ihm nun die Schuld an dem geben, was passiert war? Ihm? Der einen Freund verloren hatte? Ihm, der einer Frau erklären musste, dass ihr Kind seinen Vater nie kennenlernen würde und dessen eigene Kinder einen wichtigen Menschen in ihrem Leben verloren hatten? Schnaubend machte er einen Schritt auf Cayden zu.

»Snipes, ich warne dich.« Nur Zentimeter vor Cayden blieb er stehen. Bereit, ihn egal wie anzugreifen, sollte er noch ein einziges Wort weitersprechen.

»Was wird das? Wollt ihr nun ausdiskutieren, wer Schuld ist? Wir haben verdammt nochmal andere Probleme. Ich habe keine Lust hier zu sein, wenn einer bemerkt, dass wir einen führenden Terroristen umgelegt haben.« Darrels Worte drangen nur langsam zu ihm durch und auch Cayden schien es nicht zu interessieren, was sein Kollege zu sagen hatte.

»Banjo hat recht, Snipes. Wir müssen hier weg und das Ganze schnell.« Rodericks Hände legten sich auf Taylors Schulter und er zog ihn von Cayden weg, der ebenso wenig wie er selbst, einen Schritt zur Seite weichen würde.

»Taylor, pack mit an. Logan muss nach Hause.« Die leisen Worte von Roderick brannten in Taylors Ohren und nur widerwillig drehte er sich um.

Nein, das konnte er nicht.

Paralysiert sah er dabei zu, wie Roderick eine der großen Regenplanen aus seinem Rucksack zog und ihm einen kurzen Blick zuwarf.

»Soll ich?« Rodericks Worte waren kaum zu verstehen.

Taylor begriff, dass es nicht nur ihn schwer getroffen hatte. Seinen Kopf zu einem Nicken zu zwingen, wog schwer wie Blei. Rodericks Nicken sah leicht aus, als er die Plane über Logan ausbreitete und den leblosen Körper vorsichtig zur Seite rollte, so dass die Plane Logan einhüllte.

Überall war Blut.

Nicht rot, wie in diesen beschissenen Filmen, die man immer sah. Es war so viel, dass es fast schwarz auf dem Boden wirkte und auf der braungrünen Plane kaum zu sehen war, aber Taylor wusste, dass es da war. Nie hatte er Probleme mit Blut gehabt, aber jetzt ...

Er schluckte, zwang sich weiter zu atmen. Alles, was geschah, wirkte wie ein Film. Der Mann vor ihm legte sich Logan über die Schulter, trat an Cayden und Darrel vorbei, die immer noch in der Nähe der Treppe standen. Taylor folgte Roderick der Logans Leichnam trug. Eine seltsame Prozession, die sich viel zu sehr wie der Leichenzug auf einem Friedhof anfühlte, der dem Verstorben im Sarg so die letzte Ehre erwies.

Schritt für Schritt, Stufe für Stufe entfernte er sich weiter von dem Ort, der sein Leben verändert hatte.

Er schüttelte den Kopf.

Logan war doch nicht der Erste.

Er musste sich zusammenreißen und doch war er nicht in der Lage, einen klaren Gedanken zu fassen. Unten angekommen ließ der große SEAL Logan von seiner Schulter rutschen und setzte ihn vorsichtig ab. Taylor blieb bei seinem Kollegen stehen. Er würde ihn nicht alleine lassen. Taylor interessierte nicht, was die anderen taten, er konnte seinen Blick einfach nicht von der Plane lösen. Nur am Rande bekam er mit, dass Cayden die Night Stalker anforderte, und dass das SBT sie am Fluss wieder abholen würde. Es war nicht zu übersehen, dass Cayden das kleine Mädchen anstarrte. Auch entging Taylor der grübelnde Ausdruck in Caydens Mimik nicht.

»Wir nehmen sie mit. Wir können sie nicht hier lassen.« Cayden, dessen Gesicht von Schmutz überzogen war, sah von einem zum anderen und blieb dann mit seiner Aufmerksamkeit auf ihm liegen. Taylor sah kurz zu dem Kind. Sie hatte Logan erzählt, dass sie Samira hieß. Er dachte darüber nach, was sie hier erwarten würde, wenn sie nun das Haus verlassen würden. Sie hatte weder Essen noch Wasser, von Geld ganz zu schweigen. Sie könnte irgendwo betteln gehen und hoffen, dass sie nicht an die Falschen geriet. Der Gedanke an das, was Männer Mädchen und Frauen in diesem Land antaten, jagte ihm einen eiskalten Schauer über den Rücken. Logan würde ihm nie verzeihen, wenn man sie nun zurücklassen würde. Taylor sah Cayden in die Augen und nickte. Sie konnten sie wirklich nicht zurücklassen. Irgendwo würde es einen Ort geben, der ihr ein besseres Leben ermöglichen würde.

Nur schwer konnte er sich kurze Zeit später von Logan trennen, als er neben Darrel das Haus verlassen musste, um seinen australischen Kollegen zu unterstützen. Sie wollten versuchen, einen der Wagen vor der Tür kurzzuschließen und mit ihm zum Fluss hinunterfahren. Er bemühte sich, seine Umgebung genau im Auge zu behalten, während Darrel sich um den Wagen kümmerte, den sie nicht kurzschließen mussten, da der Schlüssel noch im Zündschloss steckte.

Nicht nur er atmete erleichtert auf, als der Hummer ansprang. Es schnürte ihm jedoch die Kehle zu, als Roderick Logan zum Wagen trug. Wie in Trance zog er die Türen des Kofferraums auf, um den Leichnam abzulegen. Taylor sah nicht zu Cayden oder einem der anderen. Sein Blick ruhte auf der dunklen Plane und er stieg neben Logan in den Wagen.

»So kommst du mir nicht davon«, knurrte er, gegen die Tränen kämpfend. Er würde ihn nicht wie ein Stück Ware alleine im Kofferraum lassen. Kurz sah er, wie Samira in den Wagen stieg. Sie hielt schützend Logans Buch vor sich. Schnell wandte Taylor seinen Blick wieder ab. Er konnte nicht mehr beurteilen, was schlimmer war. Zu sehen, wie das Mädchen sich an das Buch klammerte, aus dem Logan noch vor wenigen Stunden vorgelesen hatte, oder die Plane anzusehen, mit dem Wissen, dass dort sein Freund lag.

Von der Fahrt bekam er nichts mit. Erst als der Wagen hielt, sah er sich wieder um. Cayden war bereits ausgestiegen und Yvonne stand neben ihm. Auch sie sah mitgenommen aus und würde sicher nie vergessen, was sie gesehen hatte. Das wäre etwas, das niemand von ihnen je vergessen würde.

»Taylor? Nimmst du ihn?« Cayden deutete mit einer knappen Kopfbewegung auf Logan. »Wir teilen die Ausrüstung auf. Nichts bleibt hier.« Es war nicht zu überhören, dass auch Cayden am Ende mit seiner Kraft war. Taylor nickte ihm zu. Mit zitternden Händen griff er nach Logans Leichnam. Die Plane war vom Blut feucht und rutschig und er musste die aufsteigende Übelkeit niederringen, als er sich seinen Freund über die Schulter warf. Kurz wollten seine Knie versagen. Nicht weil Logan zu schwer war. Es war sein Geist, der nicht wollte, dass er seinen Kollegen wie einen nassen Sack wegbrachte.

Schweigend machten sie sich auf den Weg durch eine kleine Gasse, in der es kaum möglich war, einen Fuß vor den anderen zu setzen. Überall waren Müll und Unrat. Es reichte von bestialisch stinkenden Haufen bis hin zu Töpfen, die gestapelt an den Hauswänden standen. Taylor rann der Schweiß den Rücken hinunter.

Endlich erreichten sie den Fluss. Wie bereits bei ihrer Ankunft beeilten sie sich, die ungeschützte Zone zwischen den Häusern und den riesigen Brückenpfeilern hinter sich zu bringen. Jeder Atemzug brannte wie Feuer in Taylors Lunge, als er Logan vorsichtig an einem der Pfeiler absetzte. Sein Mund war ausgetrocknet und sein rasendes Herz war kurz davor, ihn in die Bewusstlosigkeit zu treiben. Er warf einen Blick über die Schulter. Darrel kam auf ihn zu und reichte ihm mit einem Nicken eine Feldflasche, die er dankend annahm. Das Wasser, auch wenn es lauwarm war, tat gut. Sein Puls wurde ruhiger und das Atmen schmerzte nicht mehr. Sie hatten es fast geschafft. In einigen Minuten würde das Boot kommen und sie aus der Stadt bringen. Was dann aber auf ihn zukam, war mit Sicherheit nicht leichter als das, was sie bis hierher durchgemacht hatten.

Er würde Eva sagen müssen, was passiert war.

Und den Jungs.

Und er würde Chrissy sagen müssen, dass er versagt hatte.

Da war er wieder. Der Kloß, der ihm die Luft nehmen wollte. Darrels Hand legte sich auf seine Schulter. Es war nur ein knappes Nicken, das der Mann mit den graublauen Augen ihm schenkte und doch war es so viel mehr. Taylor hatte das Gefühl, dass Darrel ihn verstand, auch wenn sie sich kaum näher kannten.

## 18.

»Taylor?«

Er rang nach Atem, versuchte, gegen das seltsame Gefühl anzukämpfen, das plötzlich die Oberhand gewann.

»Ey, Taylor, mach keinen Scheiß«

Er blinzelte, konnte aber nicht erkennen, woher die Stimme kam. Der Sauerstoff wollte seine Lunge einfach nicht erreichen. Sterne tanzten vor seinen Augen und er bemerkte, dass seine Hände sich an etwas klammerten.

War er immer noch in Maiduguri?

War es Darrel, der ihn gegen die einschlagenden Kugeln anbrüllte?

Yvonne war es gewesen, die ihre Gegner auf der anderen Flussseite entdeckt hatte. Samira war aus einem ihm nicht ersichtlichen Grund wild schreiend aus der Deckung gelaufen und Rod hatte sie im Kugelhagel zu Boden gerissen. Dass sie es überhaupt geschafft hatten, aus der Situation zu entkommen, hatten sie den Männern des SBTs zu verdanken, die ihre Feinde mit Gewehrsalven eingedeckt hatten, da sie im richtigen Moment angekommen waren. Cayden und Darrel hatten das Boot als erste erreicht und entrissen ihm Logan, als er am Boot angelangt war. Taylor schwang sich über die Reling und sank neben Logan auf den Boden. Wenige Minuten und mehrere hundert Schuss aus den Maschinengewehren des Bootes später, waren sie auf dem Weg aus der Stadt. Er erlebte die Fahrt wie in Trance. Er hörte nicht, was die anderen sagten. Er sah nur, wie einer der Männer aus Little Creek Samira auf brutalste Weise die Schulter wieder einrenkte, die sie sich offensichtlich ausgekugelt hatte. Irgendwie war er froh, dass ihr bitterliches Weinen abrupt endete und sie bewusstlos in die Arme von Darrel sank. Wenn dieser Mann das mit einem seiner Jungs gemacht hätte, hätte Taylor ihn, ohne mit der Wimper zu zucken, zusammengeschlagen, aber jetzt war er nicht in der Lage, sich überhaupt zu bewegen. Der Fahrtwind zerrte an der Plane und legte Logans Gesicht frei.

Taylor starrte in das blutverschmierte Gesicht des siebenundzwanzigjährigen. Er sah aus, als wäre er friedlich eingeschlafen, wenn man vom Blut auf seiner Haut absah.

Was sollte er Chrissy sagen?

Das war der einzige Gedanke, der ihm die nächsten Stunden durch den Kopf geisterte. Er sah zu, wie das Boot unter den Chinook der Night Stalker gehängt wurde. Er musste Logan im Boot zurücklassen, da es zu gefährlich war, mit der Leiche die Strickleiter hinaufzuklettern. Während des gesamten Fluges starrte er aus der Luke des Chinooks und war nicht in der Lage, seinen Blick von der grünen Plane unter ihnen zu lösen.

Erst in N'Djamena kam Taylor das erste Mal wieder zu sich. Vier Soldaten nahmen sie in der Dunkelheit der beginnenden Nacht auf dem Landeplatz in Empfang. Sie legten Logan auf eine Trage und warteten, bis Taylor ihre Sachen geschultert hatte. Gemeinsam mit dem Team des SBTs begleiteten sie Logan in einen großen Hangar, wo Cayden es war, der auf ihn zukam, nachdem jeder Anwesende kurz an Logan herangetreten war und salutiert hatte.

»Ich werde Hawk anfunken und alles Weitere klären. Willst du hier bleiben?«

»Ja.« Er war nicht in der Lage, mehr zu sagen. Er wusste, was die nächsten Stunden auf ihn zukommen würde. Er hatte es bei Jake das erste Mal erlebt und er hatte sich geschworen, es nie wieder zu tun. Und doch fühlte er sich verpflichtet, Logan jetzt nicht allein zu lassen.

»Okay, ich schick dir jemanden, der dir was zu trinken bringt.« Cayden legte seine Hand auf seine Schulter. »Es tut mir leid.« Caydens Worte erstickten und er trat zur Seite.

Taylor war nicht in der Lage, etwas zu erwidern. Was sollte er auch sagen? Egal, was er sagen würde, nichts würde ungeschehen machen, was passiert war.

In der Morgendämmerung des folgenden Tages trat er neben Logans Sarg auf die Ladefläche einer C-17. Es war keine dreißig Minuten her, dass Cayden ihm gesagt hatte, dass er nicht mit ihm fliegen würde. Der SEAL wollte sich darum kümmern, dass

Samira versorgt wurde und dass sie einen sicheren Platz bekam, an dem sie untergebracht werden konnte. Für Taylor war diese Entscheidung in Ordnung, und wenn er ehrlich zu sich selbst war, so war er froh, dass er mit Logan die gesamte Ladefläche für sich hatte. Die Männer des Stützpunktes stellten den Sarg ab und salutierten. Vier traten respektvoll zur Seite, während die übrigen beiden unter seinen wachsamen Augen den Sarg gegen ein Verrutschen sicherten, ehe auch sie zur Seite traten. Nochmals salutierten sie seinem toten Freund, dann ihm und traten aus dem Flugzeug.

Es lagen über fünfzehn Stunden Direktflug nach San Diego vor ihm. Fünfzehn Stunden allein mit Logan, den man auf dem Stützpunkt in den hellen Sarg gebettet hatte. Taylor war es schwergefallen, an den offenen Sarg zu treten, nach dem man Logan hineingelegt hatte. Er sah wirklich aus, als schliefe er, als würde er ihn am Arm packen und zu Boden reißen, wenn er ihn berühren würde. Müde sank er neben dem Sarg auf einen Sitz. Er ahnte, dass die schlimmsten Stunden nicht die sein würden, in denen er im Flugzeug saß, sondern die, wenn er seinem Team unter die Augen trat und der Moment, an dem er Eva und Chrissy wiedersah.

Als sich kurz nach der Landung die Ladeluke öffnete, stand er müde auf. Er hatte versucht zu schlafen, aber kein Auge zugetan. Er war nun seit weit über achtundvierzig Stunden wach und die ersten Schritte fielen ihm schwer. Auf der Landebahn vor der Luke im Scheinwerferlicht standen seine Kollegen vom Team 10. Alle in Galauniform und salutierten feierlich. Sechs seiner Kollegen kamen auf ihn zu und er erkannte James, der vor ihm stehen blieb.

»Es tut mir leid, Taylor.« Kurz legte sein Vorgesetzter seine Hand auf Taylors Schulter, ehe er mit den anderen den Sarg aus dem Flugzeug an ihren Kollegen vorbei trug. Sie brachten Logan zu einem bereitstehenden Leichenwagen, und als sich die Türen schlossen, wusste er, dass sein Auftrag erledigt war. Er hatte seinen Freund nach Hause gebracht. Schwer schluckend gelang es ihm, den Kloß zu bezwingen, der seine Kehle hinaufgekrochen war.

»Ich bring dich nach Hause, Taylor.« James stand wieder neben ihm. Nickend ließ er sich von seinem CO zu einem Militärjeep führen. Sein Vorgesetzter öffnete ihm die Tür und ließ ihn einsteigen. Taylors Blick lag wieder auf der Maschine, in der er in San Diego angekommen war.

»Hört das je auf, James?« Taylor suchte den Blickkontakt zu James.

»Was?«

Taylor schüttelte den Kopf. Ja, was sollte aufhören?

Dieser innerliche Schmerz?

Das Gefühl, das ihm in diesem Moment einmal mehr die Luft zum Atmen nahm?

»Taylor, wenn du es nicht mehr fühlst, bist du tot.«

Das erste Mal, seit er James kannte, klang das, was er sagte, ehrlich und so, dass Taylor davon überzeugt war, dass auch sein neuer Captain ein Herz besaß.

Dreißig Minuten später parkte James vor Taylors Einfahrt.

»Taylor?« James sprach ihn an, ehe er den Wagen verlassen konnte. Fragend sah er in die dunkelgrünen Augen seines Kollegen. »Sie weiß es schon. Wir haben deine Frau und Chrissy schon vor einigen Stunden informiert. Chrissy wird gerade zu ihm gebracht. Ich dachte, du solltest es wissen.« Er hörte die Worte zwar, aber sie erreichten ihn nicht wirklich. »Wenn Chrissy möchte, bringen wir sie zu euch. Ihr steht euch ja nahe. Ich melde mich später bei dir.«

»Aye.« Was auch immer James gerade gesagt hatte, es war ihm egal.

Es war kurz vor zehn am Abend, als er vor seiner Haustür stand und hörte, wie James verschwand. Seine Hand fühlte sich an, als würde ein kiloschweres Gewicht an ihr hängen, als er die Haustür aufschloss.

»Teddy?« Evas Stimme drang aus dem Wohnzimmer zu ihm. »Teddy, bist du das?«

Er wollte bejahen, brachte aber kein Wort heraus. Brian stürmte aus dem Wohnzimmer auf ihn zu.

»Daddy, die haben Logan umgebracht.«

Es war wie ein Stich mit einem Messer mitten ins Herz.

»Teddy.« Eva kam ruhig auf ihn zu, legte ihre Arme um ihn und zog ihn an sich »Es tut mir so leid für dich.« Ihre Stimme ging in einem leisen Schluchzen unter.

»Ach, für mich? War er nicht auch dein Freund?« Kalt löste er sich von ihr.

»Was?« Ihre Stirn legte sich in Falten.

»War er nicht auch dein Freund?«

»Ja, aber...« Sie schien nicht zu wissen, was sie sagen sollte.

»Warum tut es dir dann für mich leid?«

»Teddy, ich hatte solche Angst, als die auf einmal hier vor der Tür standen. Ich war einfach nur froh, dass dir nichts passiert ist.«

»Ja.« Er strich Brian durch das Haar und sah dann auf. »Er hätte es nicht tun dürfen, Honey. Ich hätte ihn aufhalten müssen«, brachte er heiser hervor.

Protestierend schüttelte Eva den Kopf. Schweigend ging er ins Wohnzimmer, entdeckte Thomas, der mit einem Buch in der Hand auf dem Sofa eingeschlafen war. Ihm schoss das Bild von Logan, der Samira vorlas, durch den Kopf. Kopfschüttelnd versuchte er, das Bild loszuwerden.

»Bring ihn ins Bett, Honey. Ich geh später nochmal zu ihm.« In Taylor brach eine seltsame Routine aus, als er auf seinen schlafenden Sohn deutete.

»Daddy, wenn ich mich beeile, liest du mir dann vor?« Brian stand in der Wohnzimmertür und sah ihn fragend an.

»Nein.«

Brian zuckte erschrocken zusammen.

»Geh hoch, Großer, ich komme gleich.« Eva kam auf ihn zu »Schrei deine Kinder nicht an, Taylor, du bist zuhause«, flüsterte sie ihm zu.

Hatte er geschrien?

Schweigend sah er zu, wie Eva Thomas aus dem Zimmer trug. Wenige Meter vor der Tür rutschte ihm das Buch aus der Hand und schlug polternd auf. Minutenlang starrte Taylor das Buch von Peter Pan an. Es war abgegriffen und doch war es immer noch das Lieblingsbuch seiner Kinder.

Er wollte sich bücken, es aufheben, aber er konnte nicht. Er starrte es einfach an. Minuten verstrichen, nichts geschah. Was sollte auch geschehen? Vor einigen Wochen noch wäre Logan der Erste gewesen, der das Buch aufgehoben hätte. Und jetzt? Taylor strich sich durch das Gesicht.

»Alles okay?« Evas Stimme drang warm und weich an seine Ohren. Kopfschüttelnd sah er auf.

»Ich hätte es verhindern müssen. Ich habe Chrissy ein Versprechen gegeben.« Er sah zu, wie Eva das Buch mit dem grünen Einband vom hölzernen Fußboden aufhob und auf ihn zukam.

»Dann wärst du nun nicht hier. Teddy, das könnte ich nicht.« Sie legte das Buch auf den kleinen Tisch neben der Couch. »Er wird uns allen fehlen, Teddy. Uns allen.« Plötzlich schossen Tränen in ihre Augen. Langsam ging er auf sie zu, legte seine Arme um sie und zog sie an sich.

»Pscht.« Sanft strich er ihr durch die Haare.

»Was ist passiert?« Ihre tränenerstickten Worte rissen Erinnerungsfetzen aus einem Sumpf.

»Er hat sich geopfert, um uns zu retten.« Taylor schloss die Augen und erzählte ihr, was genau passiert war. Mit jedem Wort, das er sprach, brannten sich die Bilder tiefer in seine Erinnerungen.

Sie war geschockt. Aber ihr schmerzerfüllter Gesichtsausdruck konnte es nicht mit den Emotionen aufnehmen, die in ihm aufkamen, als er gegen Mitternacht die Haustür öffnete und Chrissy entdeckte. Sie hatte sich tatsächlich dazu entschieden, bei ihnen zu übernachten. Die Frau vor der Tür hatte rotgeweinte Augen. Sie war nicht in der Lage, ohne Evas Hilfe zu gehen und brach in Tränen aus, als sie ihn sah. Auch sie fragte nach dem genauen Geschehen, aber sie machte ihm keine Vorwürfe. Warum nicht? Er hatte ihr doch ein Versprechen gegeben. Er hatte versprochen, auf Logan aufzupassen, und hatte sein Versprechen gebrochen. Nochmals musste er alles schildern und jedes einzelne Wort zerriss seine Seele endgültig in Fetzen.

Gegen zwei Uhr nachts betrat er das Badezimmer und entdeckte einen Mann im Spiegel, den er nicht kannte. Da waren keine Gefühlsregungen in seinem Gesicht zu sehen. Er hatte bisher noch nicht um seinen Freund geweint. Er konnte nur immer wieder spüren, wie der Gedanke an Logan ihm die Luft nahm und seinen Herzschlag zum Stocken brachte, mehr nicht. Da waren keine rotunterlaufenen Augen oder Tränen, die in den Augen standen. Träge bewegte er sich unter die Dusche und versuchte das abzuwaschen, was schwer an ihm hing, aber es gelang nicht. Immer wieder sah er das Blut von Logan vor sich. Eva klopfte irgendwann an die Tür und fragte ihn, ob alles in Ordnung wäre.

War alles in Ordnung?

Wie in Ordnung konnte sein Leben schon sein? Er bejahte ihre Frage und konnte ihre Zweifel hören, als sie ihm sagte, sie würde ins Bett gehen und dass Chrissy auf dem Sofa eingeschlafen wäre.

Erst um halb fünf verließ er das Bad, schlich die Treppe hinauf und warf in jedes der beiden Kinderzimmer einen kurzen Blick, ehe er sein Schlafzimmer betrat. Eva schlief selig, als er neben ihr ins Bett sank. Er war müde und doch gelang es ihm nicht, einzuschlafen. Eine Stunde wälzte er sich von links nach rechts, ehe er gefrustet wieder aufstand. Unten traf er auf Chrissy, die in sich gekehrt auf dem Sofa saß.

»Hey.« Erschrocken über seine heisere Stimme räusperte er sich.

»Hey.« Als sie sich zu ihm umsah, lächelte sie.

Sie lächelte ihn tatsächlich an.

Ein tonnenschweres Gewicht legte sich auf ihn und machte ihm das atmen schwer.

»Chrissy, es tut mir so leid. Ich hätte es verhindern müssen. Ich habe nicht aufgepasst.« Seine Stimme versagte.

»Das ist Quatsch, Taylor, und ich hoffe, du weißt das.« Sie schluckte hörbar. »Ich wusste, worauf ich mich einlasse. Ich wusste, dass so etwas passieren könnte. Taylor, dich trifft keine Schuld. Ich bin froh, dass du bei ihm warst, dass du ihn zu mir gebracht hast.« Ihre Stimme brach, und stille Tränen flossen über ihre Wangen.

Was sollte er ihr sagen?

Sein einziger Wunsch war, ihr den Schmerz nehmen zu können, und doch wusste er, dass es nicht möglich war. Schweigend stand er in der Tür und sah, wie sie ihr Gesicht in den Händen vergrub und erste Tränen auf den Holzboden fielen. Irgendetwas hielt ihn dort, wo er stand, wobei er sie gerne in die Arme genommen hätte. Minuten verstrichen, ehe sie aufsah und ihre Tränen mit dem Ärmel ihres weiten schwarzen Shirts von ihren Wangen strich.

»Danke, Taylor. Ich glaube, dass da niemand gewesen wäre, mit dem Logan lieber zusammen gewesen wäre.« Sie stand auf und kam auf ihn zu. »Danke.« Es war nur ein geflüstertes Wort und doch jagte es ihm einen eiskalten Schauer über den Rücken. Sie hauchte ihm einen Kuss auf die Wange. »Eva kann froh sein, einen Mann wie dich zu haben.«

Er schloss die Augen und wollte mit dem Kopf schütteln und doch war sein Körper plötzlich nicht in der Lage, etwas zu tun. Schon gar nicht das, was er tun sollte.

»Soll ich uns einen Kaffee machen?«

Blinzelnd sah er Chrissy an. Da war es wieder, ihr Lächeln. Kleine Fältchen bildeten sich an ihren Augen, in denen er dieses verdammte Strahlen erkennen konnte, das er schon in Evas Schwangerschaft gesehen hatte.

»Gerne.« Dieses eine Wort kostete Unmengen an Kraft.

# *19.*

Die folgenden Tage waren für ihn ein Gang durch die Hölle, von dem er nicht wusste, wann er enden würde. Cayden war mit dem Mädchen und einer Ärztin in San Diego angekommen und hatte sich mit ihm verabredet, nachdem er ihn auf dem Gelände der Base angemacht hatte. Der Whiskey war Schuld daran, dass er Dinge gesagt hatte, die er vielleicht nicht so gemeint hatte. Er hatte die Ärztin beleidigt und Cayden angeblafft. Zu seinem Glück war Cayden jemand, der erkennen konnte, dass es der Alkohol gewesen war, der aus ihm gesprochen hatte.

Gemeinsam trafen sie Logans Eltern, denen sie erklärten, was passiert war. Jeder Satz, jedes Wort brannte wie heiße Lava in Taylors Herz. Es war ein Schmerz, der mit nichts zu vergleichen war, und immer wieder wünschte er sich, dass er es gewesen wäre, der in Maiduguri umgekommen wäre. Er ging nicht nur seinen Kindern aus dem Weg, auch Eva, der er ansehen konnte, dass sie mit ihm litt. Wenn Chrissy zu Besuch kam, fand er immer einen Vorwand, um zu verschwinden. Er war nicht mehr in der Lage, ihr unter die Augen zu treten.

Das nächste Problem, was sich ihm in den Weg stellte, war, dass er keine Nacht ein Auge zu tun konnte. Am Abend vor der Beisetzung holte James ihn ab und er traf sich mit seinen Kollegen in einer Bar. Nicht nur das Team 10 hatte sich in der kleinen Bar versammelt. Viele andere, von denen Taylor nur die wenigsten kannte, waren gekommen, um sich von Logan zu verabschieden. Sie tranken auf ihn. Feierten ihn als Helden und Taylor versprach Cayden, ihn und die Ärztin am nächsten Tag abzuholen. Warum er das getan hatte, war ihm schon einige Gläser Whiskey später nicht mehr klar. Er hätte mit Eva und Chrissy fahren wollen. Kopfschüttelnd griff er nach dem nächsten Glas. Er hatte doch eigentlich nichts mit Cayden und der Frau zu schaffen. Immer wieder ertönte von den Männern das bekannte *Semper fi*, und mit jedem Mal fühlte er sich schlechter.

Spät in der Nacht setzte ein Taxi ihn vor seinem Haus ab. Torkelnd schaffte er die wenigen Meter bis zur Haustür. Irgendwie gelang es ihm, bis ins Bett zu kommen, auch wenn er der Meinung war, dass die Treppenstufen unterschiedlich hoch waren und dass das Geländer sich bewegte.

»Teddy?«

Blinzelnd schlug er die Augen auf und ein brutaler Schmerz schoss ihm durch den Kopf. Die Sonne warf ihr warmes Licht in das Zimmer, in dem Eva in einem dunklen Kleid an seinem Bett stand. Verdammt, wie spät war es?

»Wir haben noch eine Stunde.« Eva schien seine Gedanken zu lesen. »Ich wollte dich nicht früher wecken.« Ein Lächeln huschte über ihr Gesicht. Es war das erste Mal seit Tagen, dass er sie lächeln sah. Überhaupt war es das erste Mal, dass er sie wieder wirklich ansah. Vorsichtig setzte er sich auf. Der Kopfschmerz verschlimmerte sich und ihm wurde klar, dass er vieles von dem, was am Vorabend geschehen war, nicht mehr wusste. Allerdings wusste er noch, dass er in genau fünfundvierzig Minuten bei Cayden sein wollte. Nur langsam schob er sich aus dem Bett.

»Eva?« Er hob seinen Blick.

»Ja?« Skeptisch sah sie ihn an.

»Ich habe zugesagt, einen Kollegen und seine Frau abzuholen, könntest du mit Chrissy fahren?« Er schloss die Augen, als eine weitere Schmerzwelle durch seinen Kopf raste.

»Okay.« Ihre Worte waren leise und heiser und er konnte hören, dass sie es alles andere als okay fand.

»Es ist nicht irgendein Kollege. Honey, es ist Cayden Harrison, er hatte das Kommando«, begann er zu erklären. Sie sollte nicht den Eindruck bekommen, dass er sie nicht bei sich haben wollte.

Aber aus irgendeinem Grund war er der Meinung, dass es Cayden sein sollte, mit dem er zur Beisetzung fuhr. Cayden hatte nur wenige Zentimeter neben ihm gelegen, als es passierte. Hatte dasselbe, fast schwarze Blut gesehen, das sich um Logan verteilt hatte. Taylor schluckte, als die Bilder wieder vor seinen Augen aufblitzten. Da waren wieder die Bluttropfen, die vor seinen Augen auf den staubigen Boden des Daches fielen und eine grausame Spur auf der alten Treppe hinterließen. Schwer schluckend versuchte er, die aufsteigende Übelkeit zu verdrängen, und spürte, dass er dieses Mal verlieren würde. So schnell seine Kopfschmerzen es zuließen, erhob er sich und torkelte aus dem Schlafzimmer auf das kleine Bad im ersten Stock zu.

»Teddy? Alles okay?« Eva rang um Fassung, als sie ihm folgte. Er konnte nicht mehr antworten. Die Bilder in Verbindung mit dem Alkohol förderten alles wieder zutage, was er am letzten Abend zu sich genommen hatte.

»Mommy?« Thomas Stimme ließ Taylor die Augen schließen. Sah sein Jüngster ihn gerade?

»Ich komme, Thommy.« Eva schloss die Tür leise und er war alleine in dem Raum. Nach Luft ringend löste er sich von der Kloschüssel, die er im letzten Moment erreicht hatte. Das letzte Mal, dass Alkohol ihn derart ins Bad getrieben hatte, lag Jahrzehnte zurück und doch konnte er sich noch gut daran erinnern.

Seine Mutter hatte ihm damals die Hölle heißgemacht und gedroht, ihn mit seinen fünfzehn Jahren vor die Tür zu setzen, sollte sie ihn je wieder von einer Polizeiwache abholen müssen. Diese Sache hatte sie ihm nie verziehen und bis heute ging er ihr aus dem Weg, sobald er auch nur ein Bier getrunken hatte.

Der Mann, der ihm von den eckigen Spiegeln des Badezimmerschrankes ansah, sah mindestens so schlimm aus, wie er sich fühlte, nur hatte er keine Zeit sich selbst zu bemitleiden.

›*Wer saufen kann, kann auch arbeiten.*‹ Mit diesen Worten hatte seine Mutter ihn damals nach seinem Gelage in aller Frühe aus dem Bett gerissen und in den Garten gejagt. Unkraut jäten, Rasen mähen, danach musste er das erste Mal in seinem Leben Fenster putzen. Sie hatten ihn hart für seinen Suff leiden lassen.

Er benetzte seine Hände mit kaltem Wasser, verteilte es in seinem Gesicht und sah erneut in den Spiegel. Schnaubend stellte er fest, dass kaltes Wasser nichts an dem änderte, was er sah. Ein Mann, der weit älter aussah, als er es war, mit tiefen Ringen unter den Augen, einem Bart, der dringend Pflege benötigte, und einer Frisur, die keine mehr war. Seine Haare standen in alle Himmelsrichtungen ab. Müde drückte er die Türklinke hinunter und trat wieder auf den Flur. Das Erste, was er sah, war Brian in einem dunklen Anzug, den Eva extra für diesen Anlass gekauft hatte. In den Augen seines Ältesten standen Tränen. Taylor wusste, dass Eva in den letzten Tagen viel mit den Kindern über die Beisetzung gesprochen hatte, aber er hatte bisher nie auf die Tränen seiner Kinder geachtet. Überhaupt waren die letzten Tage wie ein Film an ihm vorbeigezogen. Schweigend ging er die Treppe hinunter.

»Dad?«

»Ja?« Er blieb auf der halben Strecke nach unten stehen, wagte es aber nicht, sich umzudrehen.

»Liest du uns später was vor?« Brians Stimme war leise, klang fast so, als würde er weinen.

»Vielleicht.« Um Fassung ringend ging er weiter. Er konnte und wollte seinem Sohn nicht in die Augen sehen. Ebenso wenig wie er etwas versprechen wollte, das er nicht halten konnte. Nie wieder würde ein Versprechen seinen Mund verlassen, von dem er sich nicht zu hundert Prozent sicher war, dass er es halten konnte.

Fünfunddreißig Minuten später saß er in seinem Wagen und fuhr am Ocean Blvd entlang, auf der Suche nach der Adresse, die Cayden ihm gegeben hatte. Fast geschockt stellte er fest, dass es sich um eine riesige Villa handelte, in der der SEAL wohnte. Cayden hatte zwar erzählt, dass er dort mit den anderen Teammitgliedern lebte, aber trotzdem war Taylor beeindruckt. Er fuhr die Einfahrt hinauf und kurz nachdem er mit dem Wagen vor der Tür stehengeblieben war, trat Cayden hinaus. Auch er trug die dunkelblaue Uniform der SEALs, auf die sie sich am Abend zuvor geeinigt hatten. Hinter ihm trat eine blonde Frau in einem dunklen Kleid aus der Tür. Als Cayden einstieg, warf er ihm diesen Blick zu. Es war einer von diesen Blicken, die sie sonst nur in Einsätzen benutzen. Er sagte nicht viel aus und doch fiel es Taylor schwer zu nicken.

War er wirklich bereit für das, was auf ihn zukam?

Der Friedhof war überfüllt und es dauerte eine Weile, bis er einen freien Parkplatz fand. Es würde einen kurzen Gedenkgottesdienst geben, ehe sich die Anwesenden am Grab von Logan verabschieden würden. Taylor trennte sich von Cayden und betrat die kleine Kapelle, in der nicht alle Anwesenden Platz finden würden. Die ersten Reihen waren für die Angehörigen reserviert und er entdeckte Chrissy und Logans Eltern und Eva, die in der zweiten Reihe saß. Links von ihr Brian, der wie versteinert den Sarg anstarrte, und zu ihrer Rechten Thomas, der sich an ihre Hand klammerte. Es gelang ihm, den freien Stuhl neben Thomas zu erreichen, der sofort auch nach seiner Hand griff. Schweigend verbrachte er die folgende Viertelstunde neben seinem Sohn, den Blick auf den hellen Sarg gerichtet, auf dem die Flagge ausgebreitet war. Das Schlimmste stand ihm als Teampartner noch bevor. Schweren Herzens und um Fassung bemüht, begleitete er mit seinen Kollegen, Freunden und Familie Logan auf seinem letzten Weg.

Als seine Kollegen die Flagge vom Sarg genommen hatten und sie sorgsam gefaltet an Logans Mutter übergeben hatten, trat er an das offene Grab, über dem die SEALs den Sarg abgestellt hatten. Mit geballten Fäusten starrte er das Holz an, drehte sich dann um und sah Cayden an, den er mit seinem Blick fixierte.

»Vielleicht war er leichtsinnig, vielleicht mutig. Ich weiß es nicht. Ich habe nicht nur einen Kollegen und Freund verloren. Ich habe einen Bruder verloren, der sein Leben für das anderer und meines geopfert hat.« Er machte eine Pause, rang nach Luft und wandte seinen Blick dem Boden zu. »Der Herr ist mein Hirte, mir wird nichts mangeln. Er weidet mich auf grüner Aue und führet mich zum frischen Wasser. Er erquicket meine Seele, er führet mich auf rechter Straße um seines Namens willen. Und ob ich schon wanderte im finstern Tal, fürchte ich kein Unglück, denn du bist bei mir, dein Stecken und dein Stab trösten mich. Du bereitest vor mir einen Tisch im Angesicht meiner Feinde. Du salbest mein Haupt mit Öl und schenkest mir voll ein. Gutes und Barmherzigkeit werden mir folgen mein Leben lang, und ich werde bleiben im Hause des Herrn immerdar.«

Mit rasendem Herzen und Tränen in den Augen drehte er sich zum Sarg um. Er atmete tief ein, nahm sein Trident von seiner Jacke, legte es vorsichtig auf das Holz und schlug mit geschlossenen Augen die Nadeln des Ansteckers hinein. Nur zögerlich trat er zur Seite und machte so den Weg für seine Kollegen frei. Mit jeder Faust, die krachend ein weiteres Trident in das Holz schlug, wurde ihm klar, dass all das kein Traum war, es war real und endgültig.

»Kommst du mit? Wir wollen noch ein Bier auf Logan trinken. Na ja vielleicht auch zwei oder so.« James trat an ihn heran, während sein Blick immer noch auf dem Sarg lag.

»Ja, gleich. Ich frag Snipes, ob er auch mitkommt. Und ich muss meiner Frau Bescheid geben.« Schwer schluckend sah er seinen Captain an, der sich nickend zu einer Gruppe abwandte, unter denen auch Männer des Team 10 waren. Langsam ging er auf Cayden zu, der immer noch dicht am Grab stand und völlig in Gedanken versunken war.

»Hey, Snipes, wir wollen noch ein oder zwei Bier trinken. Kommst du mit?«

Cayden schüttelte nur den Kopf und Taylor zweifelte daran, dass sein Kollege ihn überhaupt gehört hatte. Er begann, nach Eva und den Jungs zu suchen, die er aus den Augen verloren hatte, als er an das Grab getreten war. Im ersten Moment waren sie bei Chrissy gewesen, aber dann in der Menge verschwunden. Mit jeder Minute, in der er weder Eva noch seine Kinder entdecken konnte, wurde er nervöser. Sie konnten nicht verschwunden sein und Eva würde doch nicht fahren, ohne ihm Bescheid zu geben, oder? Wieder ließ er seinen Blick über die Menschenmasse schweifen, die sich langsam zerstreute. Sein Herz begann zu rasen. Wo war Eva? Nach einigen Minuten entdeckte er Eva, die bei Chrissy und einer anderen dunkelhäutigen Frau stand. Mit großen Schritten eilte er auf Eva zu. Am Straßenrand entdeckte er ihren Wagen und sah, dass Brian und Thomas bereits im Wagen saßen.

»Wenn was ist, ruf an, ja?« Eva umarmte Chrissy, der Tränen über die Wangen flossen. Sie war offensichtlich nicht in der Lage zu antworten und ließ sich von der anderen Frau zu einem Pick-Up führen, ohne Taylor eines Blickes zu würdigen.

»Eva?« Er trat an sie heran.

»Ja?« Fragend drehte sie sich zu ihm um.

»Ich geh mit den Jungs noch in eine Bar. Ich nehme mir später ein Taxi.«

»Okay. Vergiss aber nicht, dass du den Jungs versprochen hast, noch vorzulesen.« Lächelnd trat sie an ihn heran und hauchte ihm einen Kuss auf die Lippen. »Und übertreib es nicht.«

»Nein.« Er war sich nicht sicher, ob sein Nein der Aufforderung galt, es nicht zu übertreiben, der, nicht zu vergessen, was er versprochen hatte, oder gar beidem. Aber tief in ihm war etwas, das ihm sagte, dass er an diesem Tag in keinem Buch lesen würde. Mit einem kurzen Kuss verabschiedete sich Eva von ihm und stieg in ihren Wagen. Mit gesenktem Kopf trat er zum Rest seines Teams. Die Männer waren sich noch nicht einig, in welche Bar sie gehen wollten. Einige waren der Meinung, dass sie auf keinen Fall wieder in die Bar gehen könnten, in der sie die Nacht zuvor gewesen waren. Scheinbar hatten sich doch einige so benommen, dass sie den Barkeepern und Türstehern nicht gut in Erinnerung geblieben waren.

Jackson war es, der schließlich einfach beschloss, dass sie in das Bumpers fahren würden. Die Bar war nicht so klein wie die, in der sie am Abend zuvor eindeutig zu viel getrunken hatten. Taylor kannte die Bar schon seit Jahren, wusste aber nicht mehr, wann er das letzte Mal dort gewesen war. Mit zwanzig Männern des Teams dauerte es eine Weile, bis sie den Türsteher davon überzeugen konnten, dass sie keinen Ärger machen würden. Immer wieder war der Mann mit dem weißen Bart kurz davor, sie abzuweisen. Erst als Chester Walsh ihm den Grund ihres Besuches nannte, ließ er sie vorbei, allerdings nicht ohne ihnen klar und deutlich zu sagen, dass sie sich benehmen sollten. Er schien zu wissen, was passierte, wenn zwanzig Männer wie sie außer Kontrolle gerieten.

Die folgenden Stunden verbrachte Taylor am Tresen. Bier und Whiskey flossen literweise und immer wieder stießen sie auf Logan an. Im Laufe des Abends verabschiedeten sich immer mehr seiner Kollegen. Jackson und James waren am Ende die, die gemeinsam mit ihm an der Bar saßen.

»Lass uns fahren, Taylor. Es ist schon vier Uhr. In nicht mal zwei Stunden geht die Sonne auf. Nicht dass deine Frau aufwacht und feststellt, dass du nicht da bist.« Bedrückt legte

Jackson ihm die Hand auf die Schulter. Als Taylor sich erhob, wurde ihm klar, dass er es auch dieses Mal übertrieben hatte. Der Boden schwankte und sein Magen rebellierte gegen den Alkohol.

Um kurz vor fünf torkelte er die Treppe zum Schlafzimmer hinauf. Müde sank er, ohne sich auszuziehen, auf das Bett und schlief ein, obwohl sich alles um ihn herum im Kreis drehte.

»Daddy, Daddy?« Brians Kreischen ließ einen Schmerzvulkan in Taylors Kopf ausbrechen. »Daddy, Tommy hat mir meinen Hubschrauber geklaut, Daddy!« Kreischend stand sein Ältester in der Tür.

»Hab ich gar nicht. Daddy, Brian lügt«, giftete Thomas aus einem anderen Zimmer.

»Daddy!« Brian wurde lauter. »Daddy, sag ihm, er soll ihn mir wiedergeben. Daddy!«

Taylors Kopf dröhnte beim Gekreische seiner Kinder. Wo war Eva? Warum rief sie die Kinder nicht zur Ordnung?

»Ich hab deinen blöden Hubschrauber nicht, du Arsch.« Thomas tauchte in der Tür auf und schlug seinem Bruder auf den Arm, der wiederum zurückschlug. Innerhalb von Sekunden entwickelte sich eine kleine Schlägerei in der Schlafzimmertür.

»Hört auf.« Heiser versuchte er, sich Gehör bei den Jungen zu verschaffen. »Ich hab gesagt, hört auf!« Immer noch klang seine Stimme mehr wie die eines Papageis mit einer Halsentzündung. Räuspernd setzte er sich auf und verfluchte jeden Tropfen, den er am Abend zuvor getrunken hatte. Thomas biss seinen Bruder in die Hand, als dieser ihn festhielt. Kreischend warf Brian seinem Bruder weitere Schimpfworte an den Kopf, von deren Existenz Taylor nicht einmal wusste.

»Ruhe verdammt!«, brüllte Taylor seine Kinder an und befürchtete, sein Kopf würde explodieren. Erschrocken zuckten die beiden Streithähne zusammen.

»Aber Dad ...« Brian stockte.

»Nichts *Aber*! Raus hier! Sofort!«, schrie er die zwei Kinder an, die ihn mit großen, weit aufgerissenen Augen anstarrten. »Raus, sofort!«, zischte Taylor und war froh, als Thomas als Erster wieder aus seinem Sichtfeld verschwand. Brian sah ihn länger fragend an. »Du auch!«, fuhr Taylor seinen Ältesten an.

»Was ist hier los?« Eva tauchte wie aus dem Nichts hinter ihrem Sohn auf.

»Daddy hat uns angeschrien.« Brian sah zu seiner Mutter auf.

»Geht bitte in eure Zimmer spielen. Daddy ist sicher noch müde und meint es nicht böse.« Evas Worte passten so gar nicht zu dem wütenden Funkeln in ihren Augen, als sie Taylor ansah. Erst als die Kinder aus seinem Sichtfeld verschwunden waren, kam sie auf ihn zu und schloss die Tür hinter sich.

»Teddy? Ist alles okay?«

»Ja. Ich habe nur Kopfschmerzen.«

»Du hast mir versprochen, es nicht zu übertreiben. Kopfschmerzen sind kein Grund, deine Kinder anzuschreien.«

»Ich weiß.« Knurrend erhob er sich. Er wollte nicht weiter mit ihr darüber reden. Es war ein Fehler gewesen, seine Jungs anzuschreien, und es war ein Fehler gewesen, die gesamte Nacht im Bumpers zu verbringen. »Ich geh duschen.«

Eva atmete tief durch, trat dann schweigend zur Seite, um ihm Platz zu machen. Sie hatte sich in den letzten Jahren daran gewöhnt, dass er die ersten Wochen, wenn er von einem Einsatz zurück war, zeitweise in sich gekehrt war. Sie sprach ihn nicht mehr darauf an und dafür war er ihr dankbar.

Aber noch nie hatte er seine Kinder angeschrien, schon gar nicht, weil sie sich gestritten hatten.

## 20.

Die folgenden zwei Wochen verbrachte Taylor daheim. Entweder lungerte er vor dem TV herum und zappte sich durch die Nachrichten oder er lag im Bett und versuchte, die Augen länger als nur zwei Stunden zu schließen. Er ging seinen Kindern aus dem Weg und ihm gelang es immer wieder, passende Ausreden zu finden, damit er ihnen nicht vorlesen musste. Er war einfach nicht in der Lage, ein Buch anzufassen, geschweige denn daraus vorzulesen. Jede Zeitschrift mit mehr als dreißig Seiten hatte plötzlich etwas an sich, von dem er dachte, es würde ihm schaden, ihn vielleicht sogar umbringen.

Er war froh, als er nach vierzehn Tagen das erste Mal wieder die Base betrat, wo James bereits auf ihn wartete. Dass sein neuer Captain ihn allerdings direkt zu einem Gespräch unter vier Augen bat, gefiel ihm nicht.

»Taylor, ist bei dir alles okay?« James musterte ihn prüfend.

»Klar.« Es fiel ihm schwer, seinem Vorgesetzten in die Augen zu sehen.

»Brauchst du psychologische Hilfe? « Der Blick von James bohrte sich förmlich in ihn.

»Ich brauch keine Hilfe, es geht mir gut«, knurrte er missmutig.

»Du weißt, dass es Vorschrift ist, dass ich dir dieses Angebot mache«, erklärte sein Vorgesetzter.

Knurrend nickte Taylor und verkniff sich den Kommentar, der ihm auf der Zunge brannte. Waren seine Kollegen der Meinung, dass er nicht mehr in der Lage war, seine Aufgaben so zu erfüllen, wie er es musste? Dachten sie vielleicht, dass Logans Tod ihn verändert hatte?

»Taylor, das ist mein Ernst, es hat nichts mit Schwäche zu tun, wenn du ...«

»Dietzen, lass mich mit dem Scheiß in Ruhe. Ich bin zum Arbeiten hier und nicht um irgendeinem Korinthenscheißer zu erklären, wie es sich anfühlt, einem Freund beim Sterben zuzusehen.« Knurrend trat Taylor auf die graue Bürotür zu.

»Es ist nur ein Angebot und ich denke, du solltest es wahrnehmen.«

»Einen Scheiß werde ich. Deinen Psycho-Doc kannst du dir sonst wohin stecken, Dietzen. Ich komme klar«, murrte Taylor.

»Harson, wenn ich mitkriege, dass dem nicht so ist...«

»Was dann, Dietzen? Willst du mich dahin schleifen?« Er musste sich zwingen, nicht mit den Zähnen zu knirschen. Früher oder später würde sein Leben wieder so laufen wie vor Logans Tod.

»Nein, notfalls ist es ein Befehl«, blaffte James ihn mit hochrotem Kopf an.

Taylor wusste, dass er gerade dicht davor war, sich Ärger einzuhandeln. »Ich komme zurecht, wenn dem nicht so ist, werde ich es sagen«, brachte er so ruhig er noch konnte hervor, auch wenn sein Blut zu kochen begann. »Wo sind die anderen? Ich bin nicht hier, um Kaffee zu trinken.« Er holte tief Luft.

»Die anderen sind am Parcours.« Es war eindeutig, dass James nicht mit dem Verlauf des Gesprächs zufrieden war. Taylor war sich sicher, dass Barry Garth ihn nicht so hätte gehen lassen. Barry hätte ihn sehr wahrscheinlich stundenlang in seinem Büro behalten und auf ihn eingeredet. Aber auch sein ehemaliger Captain hätte ihn sehr wahrscheinlich nicht davon überzeugen können, dass es sinnvoll wäre, sich einem Psychologen anzuvertrauen. Letzten Endes hatte Garth eben das wahrscheinlich auch nicht getan. Oder doch? Wäre er dann vielleicht noch am Leben? Blödsinn! Taylor schüttelte mit dem Kopf. Er hegte in keinem Fall Selbstmordgedanken. Er wollte einfach zurück zum Team, und wenn es möglich war, schnell wieder in den Einsatz.

Taylor trat aus dem Büro, hörte noch das laute Ausatmen von James, ehe er die Tür hinter sich zuzog. Sollte James ruhig schnauben. Er würde ihm schon zeigen, dass er den Verlust von Logan ohne Hilfe überwinden würde. Da gab es nichts zu überwinden. Sein Freund würde nicht der letzte sein, der für sein Land gestorben war. Und auch nicht der letzte seiner Freunde, das versuchte er, sich seit Wochen einzureden.

Schnellen Schrittes eilte er aus dem Gebäude in Richtung des Trainingsgeländes, wo Chester Walsh laut brüllend die Männer antrieb.

»Harson, verdammt, du bist zu spät.« Der dunkelhaarige Mann sah auf seine Uhr. »Viel zu spät«, blaffte er weiter. »Beweg dich.«

»Aye, XO!« Schreiend stürzte Taylor sich auf den Parcours.

Brüllend machte Chester nicht nur ihm die Hölle heiß. Der XO des Teams war entweder mies gelaunt oder hatte einfach nur vor, das Letzte aus den Männern herauszuholen. Ihm war es egal, was der Mann für Absichten hatte. Taylor genoss es förmlich, seinen Körper an seine Grenze zu bringen und für eine Weile nur an das zu denken, was gerade vor ihm im Sand lag oder stand.

Als er Stunden später völlig verschwitzt mit seinen Kollegen die Duschen betrat, holte ihn langsam die Realität ein. Seine Kollegen sprachen von ihren Familien und einer erwähnte, dass seine Kinder nun bald die Junior High beenden würden und er erfahren hatte, dass seine Frau wieder schwanger war. Miller hatte wohl insgeheim gehofft, dem normalen Leben wieder näherzukommen und sich nicht wieder die Nächte mit einem schreienden Baby herumschlagen zu müssen. Taylor schluckte, als seine Gedanken sofort zu Chrissy wanderten, die niemanden haben würde, mit der sie sich diese Aufgabe würde teilen können.

»Harson, Bock auf ein Bier?« Jackson schlug ihm lachend auf die nackte Schulter, als er unter der Gemeinschaftsdusche stand und das Schmutzwasser beobachtete, das kreisend im Abfluss verschwand. »Wir wollen später noch ein oder zwei Bier trinken gehen. Der XO meinte, die nächsten Wochen wird es keinen Einsatz für uns geben.«

Nickend willigte Taylor ein, ohne wirklich darüber nachzudenken.

Die folgenden Wochen bekamen ein Muster, das er selbst erst wieder zur Kenntnis nahm, als Eva ihn am frühen Sonntagmorgen aus dem Bett warf, nachdem er erst kurz zuvor in selbiges gefallen war.

»Taylor Harson, ich habe die Schnauze voll. Wie lange soll das noch so weitergehen? Willst du jetzt jeden Abend mit deinen Jungs um die Häuser ziehen? Erst mitten in der Nacht heimkommen und deine Söhne anbrüllen, wenn sie mal streiten? Nein, das machst du ja nur, wenn du wirklich hier bist und das ist – Moment, lass mich überlegen- nicht mehr oft. Wo zum Geier ist der Vater meiner Kinder, Taylor? Wo ist mein Mann?« Ihr stiegen Tränen in die Augen und sie war nicht mehr in der Lage weiterzusprechen.

»Honey ...«

»Nein, Taylor, wenn du so weitermachst, hat es sich ausgehoneyed!« Weinend verließ sie das Schlafzimmer, ohne ihm auch nur die Chance zu geben, auf ihre Fragen zu antworten. Geschockt von den Vorwürfen seiner Frau sank er wieder zurück auf sein Kopfkissen, von dem er hochgeschreckt war, als Eva in das Zimmer gestürmt war. Verwirrt starrte Taylor die Decke an und warf dann einen Blick auf die leere Seite des Bettes. Die letzten Wochen hatte er das Bett fast nur so gesehen. Eva stand auf, kurz nachdem er zurückgekommen war.

In der Woche trank er mit Kollegen auf der Base, immer in der Hoffnung, nicht erwischt zu werden und die Wochenenden hatte er bei ihr verbracht.

Nein.

Er schüttelte den Kopf, kniff die Augen zusammen, als der Schmerz bis in die letzte Ecke seines Kopfes zog. Mit den an die Schläfen gepressten Handballen versuchte er, sich an den letzten Abend mit Eva zu erinnern, an dem er mit ihr gemeinsam eingeschlafen war. An einen dieser Abende, an denen sie sich an ihn geschmiegt hatte und irgendwann in seinen Armen eingeschlafen war. So wie es immer gewesen war.

Verdammt.

Der Schmerz in seinem Kopf wurde schlimmer und ihm wurde langsam klar, dass es Wochen her war, viele Wochen. Schwer schluckend suchte er nach anderen Momenten. Nach solchen, die es immer in seinem Leben gegeben hatte. Samstagabend mit den Kindern auf der Couch sitzen und einen Film schauen.

Welchen Film hatten sie zuletzt gesehen?

Hatten sie Chips oder Popcorn?

Oder hatte Eva Nachos serviert und am nächsten Morgen gemeckert, dass die Krümel tief in die Sofaritzen gerutscht waren? Da waren keine Erinnerungen.

Da war nur ein großes schwarzes Loch. Ein riesiges Nichts. Der Kopfschmerz verstärkte sich nochmals und er meinte, sein Kopf würde explodieren, als Brian seine Zimmertür fluchend zuwarf. »Mom, warum hat Dad meinen Geburtstag vergessen?« Brüllend stapfte der Junge die Treppe hinunter.

Der Geburtstag!

Taylor schreckte hoch, kämpfte die Sterne zurück, die vor seinen Augen tanzten. Welchen Tag hatten sie heute? Hatte er wirklich…? Sein Herz zog sich schmerzhaft zusammen. Das konnte nicht sein. Er hatte noch nie einen Geburtstag seiner Kinder vergessen, oder gar den von Eva.

Wo war das beschissene Handy?

Warum hatte er keinen Kalender im Schlafzimmer?

Er konnte doch nicht zu Eva in die Küche gehen und sie fragen, welches Datum sie heute hatten. Was, wenn er wirklich Brians Geburtstag vergessen hatte?

Nein, nein, das konnte nicht sein.

Das Handy lag nicht auf dem Nachttisch und doch war er sich sicher, dass er es noch in der Hand gehabt hatte, als er heimgekommen war. Er schwang seine Beine aus dem Bett, ignorierte den hämmernden Schmerz in seinem Kopf und zog mit den Füßen seine Hose zu sich, die er neben dem Fußende des Bettes auf den Boden geworfen hatte. Mit angehaltenem Atem beugte er sich auf den Boden und durchsuchte sie. Das Handy fand er in einer der Hosentaschen. Was er dann sah, ließ ihn zischend ausatmen.

Brian hatte vor zwei Wochen Geburtstag gehabt.

Vor zwei Wochen!

Er erinnerte sich nicht einmal daran, ob er an dem Tag zuhause gewesen war, geschweige denn wusste er, wo er an diesem Tag gewesen war.

Eva hatte recht. Einige Dinge liefen gerade nicht nur einfach schief, sondern gar nicht mehr. Schwankend erhob er sich und taumelte auf den Schrank zu, der dem Bett gegenüberstand. Wie sollte er seinem Sohn diesen Fehler erklären? Wie in Trance angelte er sich frische Wäsche aus dem Schrank, verließ das Schlafzimmer und ging in das Badezimmer. Was zum Teufel hatte er getan? Wie konnte es sein, dass er den Geburtstag seines Sohnes einfach vergessen hatte? Er hatte ihm doch versprochen, eine Party zu feiern. Nein, das war nicht er gewesen, das war Logan gewesen, oder?

Logan.

Taylors Magen zog sich schmerzhaft zusammen und es fiel ihm schwer weiter zu atmen, als dieses krampfende Gefühl bis zu seiner Kehle hinaufkroch. Im Spiegel starrte er einen Mann mit schulterlangen, fettigen Haaren und einem Bart an, in dem noch Krümel der letzten Mahlzeit hingen. Er erkannte sich selber kaum wieder. Tiefe, fast schwarze Ringe lagen unter seinen Augen und seine Pupillen wirkten stumpf. War er das in einem Körper, der versuchte, einen Schmerz zu verdrängen, der nicht körperlich war?

Das Wasser der Dusche war so heiß, dass seine Haut nach kurzer Zeil krebsrot war. Er inhalierte die feuchte Luft, begann, das heiße Nass auf seiner Haut zu genießen, auch wenn es schmerzte. Sogar der Kopfschmerz ließ nach.

Nach dreißig Minuten verließ er die Dusche, trat aus der Kabine und sah sich in einem Raum um, der in dichten Dunst verhüllt war. So wie das Badezimmer sah auch seine Gefühlswelt aus. Er konnte nur wenig von dem sehen, was vor ihm lag. Es waren nur Schatten und Umrisse, die er schemenhaft erkennen konnte, genau wie seine Gefühle. Da war ein unglaublicher Hass, nur wusste er nicht auf wen. Dann eine tiefempfundene Liebe, die nur Eva und den Kindern gelten konnte, und eine Trauer, die über alles einen Schleier aus Verzweiflung legte. In Gedanken versunken trat er kurze Zeit später wieder auf den Flur und lauschte in eine gespenstige Stille.

Wo waren die Kinder?

Wo war Eva?

Langsam, mit rasendem Herzschlag, ging er die Treppe hinunter, starrte den blinkenden Anrufbeantworter an und warf einen Blick in das Wohnzimmer. Weder dort noch in der Küche konnte er Eva oder die Jungs entdecken. Warum hatte sie nicht gesagt, dass sie weg wollte? Oder hatte sie es gesagt? Mit feuchtgeschwitzten Fingern drückte er auf den rotblinkenden Knopf des Anrufbeantworters.

»Hey, Eva, ich bins, Chrissy. Ich bin im Rady Childrens Hospital, dem Baby geht es nicht gut, kannst du herkommen?«

Taylor strich sich mit der Hand über das Gesicht als er die verzweifelte, Stimme von Chrissy vernahm, die er seit Wochen nicht gesehen hatte. Aber war das Baby wirklich schon geboren? Das hätte er doch mitbekommen. In der Küche entdeckte er schließlich einen Notizzettel.

*Ich bin mit den Jungs zu Chrissy ins Krankenhaus.*
*Liebe dich.*

Er dachte darüber nach, Eva anzurufen, erinnerte sich dann aber wieder an ihre Wut und an Brians verzweifeltes Weinen. Er musste sich etwas überlegen, um sein Versäumnis wieder gut zu machen. Es war Sonntagmorgen, vielleicht sollte er in den nächsten Spielzeugladen fahren und sich mit einem nachträglichen Geschenk entschuldigen.

Vier Stunden später fuhr er wieder auf die Einfahrt seines Hauses und entdeckte den Wagen von Eva. Schwer schluckend und mit den Worten im Hinterkopf, mit denen er sich bei seinem Sohn und anschließend bei seiner Frau entschuldigen wollte, stieg er aus dem Wagen und ging auf die Haustür zu. Noch nie in seinem Leben war es ihm so schwer gefallen, die Tür aufzuschließen. Unterwegs hatte Jackson ihn angerufen und gefragt, ob sie in den letzten Stunden, ehe sie wieder auf der Base sein würden, noch ein Bier trinken würden. Es war das erste Mal, das Taylor dieses Angebot abgelehnt hatte.

»Daddy?« Thomas stürmte auf ihn zu, ehe er die Tür hinter sich schließen konnte.

»Ja, hey mein Kleiner.« Er nahm seinen Jüngsten auf den Arm, als er die großen Tüten abgestellt hatte, in denen er vier Geschenke für Brian verstaut hatte.

»Was ist da drin?« Thomas deutete auf die Plastiktüten.

»Eine Überraschung.«

»Für mich?« Keck grinsend versuchte Thomas, sich aus Taylors Armen zu befreien.

»Für dich auch.« Taylor setzte den sechsjährigen Jungen ab und griff sich die Tüten, ehe Thomas sie erreichen konnte.

»Brian?« Langsam betrat er das Wohnzimmer. Angst machte sich in ihm breit. Eine Angst, die anders war als die, die er in seinen Einsätzen durchlebte. Er hatte Angst, seinen Sohn zu enttäuschen und dass Brian ihn nicht mehr liebte.

»Ja?« Brian sah von einem Buch auf, mit dem er quer auf dem Sessel der Couchgarnitur lag.

»Kommst du mal zu mir?« Taylor wartete das Nicken seines Sohnes ab, ehe er auf die Couch sank. Brian setzte sich mit einigen Zentimetern Abstand neben ihn und betrachtete die Tüten. Thomas sprang mit leuchteten Augen auf Taylors Schoß und Eva beobachtete die ganze Szene mit einer Tasse Kaffee in der Hand von der Küchenzeile auf.

»Großer, es tut mir unglaublich leid. Ich hab keine Entschuldigung dafür, dass ich deinen Geburtstag vergessen habe. Es tut mir leid und ich hoffe, dass du es mir verzeihst. Ich habe mich in den letzten Wochen nur mit mir beschäftigt und das war ein großer Fehler. Ich wollte mit dir eine Party machen und nun weiß ich nicht einmal, ob du deine Freunde eingeladen hast oder nicht. Ich hab dir ein paar Geschenke besorgt und wenn du magst, machen wir am nächsten Wochenende einen Ausflug in den Zoo.« Taylor lauschte seinem Herzschlag und beobachtete die Gesichtszüge seines Sohnes.

»In den großen Zoo?« Brians Augen funkelten begeistert.

»Ja.«

»Okay, und was ist in der Tüte?«

»Schau rein.«

Brian stürzte sich auf die beiden Plastiktüten wie ein hungriger Wolf auf ein Stück Fleisch. Er riss einen neuen Fußball aus einem blauweißen Geschenkpapier, mit dem die Verkäuferin sich eine Ewigkeit abgemüht hatte. Als Nächstes kam eine Autorennbahn ans Tageslicht, gefolgt von einer Ritterburg. Taylor fiel der leicht vorwurfsvolle Blick seiner Frau auf, da sie noch vor einigen Monaten gesagt hatte, dass Brian eben diese Burg nicht hatte bekommen sollen. Dann warf Brian einen vorsichtigen Blick in die andere, wesentlich kleinere Tüte. Brian sah zu Taylor auf und das Leuchten in den Augen seines Sohnes war um ein vielfaches stärker als bei den anderen Geschenken. In Taylors Hals bildete sich ein dicker Kloß. Es hatte ihn unendlich viel Überwindung gekostet, die drei Geschenke zu besorgen. Der Weg in den Laden war wie ein Gang durch die Hölle gewesen und er war froh, dass Brians Blick und die leicht zitternden Hände ihn nun dafür entschädigten. Vorsichtig holte Brian das erste kleine quadratische Geschenk aus der Tüte. Auf dem cremefarbenen Geschenkpapier prangten Worte in einer wunderschönen geschwungenen Schrift. Andächtig löste Brian das Papier und bestaunte minutenlang den Einband von *Tom Sawyer.*

»Danke Dad.« Es waren leise, fast geflüsterte Worte, als sein Sohn ihn wieder ansah und das Buch vorsichtig zur Seite legte. Auch *Robinson Crusoe* und *Gullivers Reisen* wurden mit leuchtenden Augen ausgepackt und bestaunt. Eva war, ohne dass er es bemerkt hatte, auf sie zugekommen und sank neben ihm auf die Couch.

»Danke, das ist mit Sicherheit das beste Geschenk, das du ihm machen konntest«, flüsterte sie ihm ins Ohr.

»Dad?« Brian blicke ihn fragend an.

»Ja?«

»Liest du uns aus Tom Sawyer vor?«

Taylor befürchtete, dass sein Herz stehen bleiben würde, aber das tat es nicht. Es schlug weiter, wenn auch schwer, aber es tat seinen Dienst. Warum hatte er geahnt, dass diese Frage kommen würde? Es war ihm schon nicht möglich gewesen, das Buch im Laden in die Hand zu nehmen. Wie sollte er es nun aufschlagen und daraus lesen?

»Nein«, brachte er heiser hervor.

»Bitte Dad.« Es war keine Bitte mehr, es war ein Fordern.

»Nein.« In Taylor tauchte wieder ein Gefühl, auf das er nicht in Worte fassen konnte. Etwas zwischen Enttäuschung, Wut und Trauer setzte ihm so schwer zu, dass es kaum noch möglich war zu atmen. »Nein.« Es gelang ihm, mehr Nachdruck in seine

Worte zu bringen. »Nein.« Ohne weitere Worte erhob er sich, auch wenn Evas zorniger Blick auf ihm lag.

»Dad, warte.« Plötzlich klangen die Worte seines Sohnes so erwachsen, dass er tatsächlich in der Tür stehen blieb und sich umsah.

»Warum gibt es Krieg? Warum bekämpfen Menschen sich? Warum musste Logan sterben und warum müssen überhaupt Menschen sterben? Ich meine, wir haben doch alle die gleichen Wünsche. Es kann doch nicht sein, dass wir Menschen töten, nur weil sie etwas anderes glauben oder anders handeln, wie wir es gewohnt sind.«

Taylor starrte seinen Sohn an.

»Dad, warum haben sie Logan umgebracht? Warum habt ihr sie umgebracht? Wer hat angefangen damit? Warum tun Menschen sowas?«

Er schluckte schwer. Brian stand neben der Couch und schien seine Fragen sehr ernst zu meinen.

»Weil sie uns und unser Land bedrohen«, zischte er durch seine zusammengebissenen Zähne.

»Und warum machen sie das? Stimmt es, dass wir ihnen Bodenschätze geklaut haben? Dass wir wollen, dass sie an unseren Gott glauben?« Die Fragen sprudelten aus seinem Sohn heraus.

»Du bist zu jung für sowas«, fuhr er ihn an.

»Bin ich nicht, Dad.« Trotzig verschränkte der Zehnjährige die Arme vor der Brust.

»Brian, lass es gut sein.« Eva zog ihren Sohn zu sich und Taylor bemerkte, dass er seine Zähne so fest aufeinandergebissen hatte, dass sie unangenehm knirschten.

»Dad, warum hast du nicht auf Logan aufgepasst?« Nun war es Thomas, der sich in das Gespräch einmischte.

»Ich habe auf diesen Idioten aufgepasst, verdammt. Ich war einfach nicht schnell genug«, brüllte er seinen Jüngsten an und verschwand aus der Tür.

»Taylor, verdammt, was soll das? Es sind deine Kinder und sie stellen zu Recht Fragen.« Eva kam aus dem Wohnzimmer und schrie ihm hinterher, als er die Treppe hinauf stürmte.

»Genau sie sind - Kinder. Sie haben keine Ahnung von dem, was da passiert«, blaffte er sie an, nachdem er sich auf der Treppe zu ihr umgedreht hatte.

»Es sind deine Kinder, Taylor. Sie leiden mindestens genauso unter Logans Tod wie du«, schrie Eva mit zitternder Stimme.

»Erzähl mir nicht, dass ich darunter leide.« Drohend machte er einige Schritte die Treppe hinunter auf sie zu.

»Was soll das werden, Taylor?« Sie stemmte die Hände in die Hüften, konnte aber ihre Tränen nicht mehr zurückhalten »Willst du mir nun drohen? Kommst wie ein Kampfhahn auf mich zu, wo ich doch sehe, dass du leidest wie ein Hund. Taylor, hol dir verdammt nochmal Hilfe. Es ist doch keine Schande.« Weinend wandte sie sich von ihm ab und verschwand unter den Augen ihrer Kinder, die in der Wohnzimmertür standen, ins Badezimmer. Taylor wandte sich schnaubend ab. Obwohl er kurz darüber nachgedacht hatte, sich bei ihr zu entschuldigen, ging er die Treppe hinauf und warf innerlich kochend die Tür des Schlafzimmers hinter sich zu. Es zerriss ihn, dass seine Kinder ihm Fragen stellten, auf die er selber keine zufriedenstellenden Antworten mehr hatte. Dass Eva permanent versuchte, ihn zu einem Besuch beim Psychologen zu überreden, machte ihn wahnsinnig. Er brauchte keine Hilfe von so einem Quacksalber. Punkt! Und dass sie ihre Kinder vor ihm schützen wollte, war einfach lächerlich.

Keine zwei Stunden später fand er sich in einer kleinen Bar wieder und trank. Er trank die ganze Nacht. Schnell, gierig und vor allem viel zu viel.

Dass er es maßlos übertrieben hatte, bemerkte er erst am Morgen. Er fand sich nicht, wie er es sich gewünscht hatte, mit Kopfschmerzen in seinem Bett wieder, sondern auf der Couch. Er erwachte, weil Thomas seine Mutter antrieb, da er zur Schule wollte.

Schule?

Taylors Versuch, logische Schlüsse zu ziehen, wurde mit einem stechenden Schmerz belohnt. Vorsichtig setzte er sich auf und warf einen Blick auf die Digitalanzeige des TV Gerätes.

Neun Uhr.

Verdammt.

Auch wenn er sich noch so beeilen wollte, sein Körper und vor allem sein Kopf machten ihm klar, dass er seine Strafe für das bekam, was er in der Nacht getan hatte. Taylor wusste nicht mehr, wie viel er getrunken hatte, aber es war eindeutig viel zu viel gewesen.

»Boah, Mister Harson, hier riecht es wie in einer Kneipe. Müsstest du nicht auf der Arbeit sein? Wie wäre es gewesen, wenn du gestern noch mit mir gesprochen hättest und nicht einfach weggefahren wärst? Ich habe die halbe Nacht wegen dir wachgelegen. Verdammt, ich habe mir Sorgen gemacht.« Eva betrat mit gerümpfter Nase das Wohnzimmer und auch der Gesichtsausdruck seines Jüngsten bezeugte, dass die Luft in dem großen Raum alles andere als gut war.

»Es tut mir leid, Honey.« Während er sprach, wanderte sein Blick wieder zur Uhr. Er war viel zu spät und er hatte sich nicht einmal abgemeldet. James würde ihm den Arsch aufreißen. Er würde ihn anbrüllen, stundenlang über den Parcours hetzen und dafür sorgen, dass er nie wieder auch nur eine halbe Minute zu spät beim Team sein würde.

»Leid? Es tut dir leid?«

»Ja.« Kurz suchte er wieder den Blickkontakt zu seiner Frau, ehe er wieder die roten Zahlen auf der Uhr anstarrte. Eva schien seinen Blick zu bemerken und schnaubte.

»Du bist ohnehin zu spät. Dann kannst du dir jetzt auch die Zeit für ein kurzes Gespräch mit mir nehmen.«

»Ich kann mein Team nicht im Stich lassen.« Mit geschlossenen Augen erhob er sich und versuchte, seinen hämmernden Kopfschmerz zu ignorieren.

»Das ist jetzt nicht dein Ernst, Taylor.« Evas leiser Vorwurf erreichte seine Ohren nicht, es waren nur ihre Worte, die er vernahm. Er hatte nur ein Ziel. Die Base. Er musste zu seinen Kollegen. Was auch immer seine Frau sagte, als er strauchelnd aufstand und Richtung Haustür ging, verstand er nicht. Vielleicht machte sie ihm Vorwürfe, dass er in seinem Zustand Auto fahren wollte. Vielleicht wollte sie ihm aber auch einen Vortrag halten. Aber er hatte keine Lust, sich wieder einmal mit ihr über seine Prioritäten zu unterhalten. An erster Stelle stand seine Pflicht, seinem Land zu dienen. Damit beschützte er schließlich auch Eva und die Jungs. Das musste sie einfach verstehen.

Er zog die Haustür hinter sich zu, nachdem er seinen Autoschlüssel von dem kleinen Tisch genommen hatte, auf dem neben dem Telefon nun seit einiger Zeit ein Bild von Logan stand, auf dem er mit den Jungs spielte. Erst nachdem Taylor mehrfach tief Luft geholt hatte, ging er auf seinen Wagen zu. Am liebsten wäre er umgekehrt. Aber nicht, um sich bei Eva zu entschuldigen, sondern um sich die Aspirin aus dem Badezimmerschrank zu nehmen. Träge drehte er den Schlüssel seines Wagens um und starrte aus dem Wagen auf die Haustür. Auf welchen Moment er wartete, wusste er selbst nicht. Irgendetwas hielt ihn kurz davon ab, die Einfahrt rückwärts hinunterzufahren. War es der Umstand, dass er sich davor fürchtete, dass er betrunken am Steuer erwischt werden könnte, oder doch der Gedanke an Eva, die vielleicht weinend im Haus stand, weil er sich dämlich verhielt.

In seinem Kopf hämmerte ein penetranter Schmerz und es fiel ihm schwer, sich auf den morgendlichen Verkehr auf den Straßen zu konzentrieren. Jedes Hupen bohrte sich schmerzhaft wie heiße Nadeln in sein Gehirn. Mehrfach waren seine Reaktionen viel zu langsam und er schien einen Schutzengel zu besitzen, da er tatsächlich, ohne Unfall und ohne angehalten zu werden, an der Base ankam.

Nassgeschwitzt stieg er nach einer geschlagenen dreiviertel Stunde aus seinem Wagen, streckte sich und ging auf das große Gebäude zu, in dem sie sich an diesem Morgen hatten treffen wollen. Irgendwie musste er herausbekommen, wo die anderen waren und vor allem musste er sich überlegen, wie er sich James gegenüber verhalten sollte. Mit großen Schritten eilte er den Flur hinunter, überlegte an einer dunklen Tür, ob er klopfen oder einfach eintreten sollte. Ein letztes Mal holte er Luft und fasste eine Entscheidung, von der er wusste, dass sie genauso falsch sein konnte wie die andere Möglichkeit, die er hatte. Taylor legte seine Hand an die Türklinke, drückte sie hinunter und zog die Tür auf. Er erwartete, dass der Raum voller Männer saß, die ihn mit mürrischen oder wütenden Blicken empfingen, aber der Raum war leer, abgesehen von James. Der Commanding

Officer, der seit einiger Zeit auch ihr Captain war, saß mit dem Rücken zu ihm, auf einem der Stühle, die im Raum in Reihen aufgestellt waren, und rührte sich nicht, als er eintrat. Taylor rechnete damit, dass sein Vorgesetzter im nächsten Moment wie von einer Tarantel gestochen aufspringen und ihn nach allen Künsten zusammenscheißen würde, aber nichts passierte. Langsam schloss Taylor die Tür hinter sich und setzte sich auf einen der Stühle in der letzten Reihe. In seinem Magen machte sich ein extrem ungutes Gefühl breit. James schwieg eine Weile und in Taylor baute sich eine unglaubliche Unruhe auf, die nur noch von seinem Kater übertroffen wurde.

»Mahlzeit, Harson«, war das Erste, was James sagte.

»Mahlzeit, Sir.« Unsicher antwortete er. So hatte ihn noch nie ein Vorgesetzter empfangen, wenn er zu spät war. Aber er war auch noch nie zu spät, schon gar nicht um Stunden zu spät. Vielleicht würde James im nächsten Moment ausbrechen wie ein Vulkan. Er schluckte, versuchte, die Unruhe zu verdrängen.

»War eine lange Nacht, oder?«

»Ja, Sir. Entschuldigung, Sir, kommt nicht wieder vor, Sir«, brachte Taylor hervor und wunderte sich, dass sein Captain sich nicht zu ihm umdrehte.

»Genau das denke ich auch.« James drehte sich mit dem Stuhl zu ihm um und immer noch konnte Taylor nicht erkennen, was ihn ihm vorging.

»Sir?« Das ungute Gefühl wuchs parallel zu seinem rasenden Herzschlag.

»Taylor, mal unter uns. Du trinkst seit Wochen. Ich kann das nicht mehr vertreten, ganz zu schweigen davon, dass ich es nicht weiter ignorieren kann. Taylor, du brauchst Hilfe. Ich suspendiere dich vom Dienst, bis du den Alkohol im Griff hast und deine anderen Probleme auch. Ich habe dir bei Dr. Casterville einen Termin gemacht. Heute um vier, da ich nicht wusste, wann du kommst. Wenn du nicht hingehst, bist du ganz raus. Hast du verstanden?« Bei den letzten Worten war James aufgestanden und kam auf ihn zu. Ungläubig starrte Taylor seinen Captain an. Hatte James Dietzen ihn gerade wirklich suspendiert? Verlangte dieser Mann tatsächlich von ihm, dass er einen Psychologen aufsuchte? Das konnte er nicht ernst meinen.

Logan war nicht der erste seiner Kollegen, der durch die Hand von Terroristen sein Leben verloren hatte. Er hatte nie Hilfe gebraucht, um es zu verarbeiten.

»Taylor?«

»Ja?«

»Geh jetzt gleich. Es ist wirklich an der Zeit, dass du dir Hilfe holst.« James legte einen gelben Zettel vor Taylor auf den Tisch.

»Sir, Jackson Rich ist derjenige, der mich jeden Abend einlädt.« Nervös fuhr Taylor sich mit den Fingern durch die viel zu langen Haare. Wollte sein Kollege ihn aus dem Team haben? Dann würde er sein blaues Wunder erleben. Taylor schnaubte, so würde Jackson ihm nicht davonkommen. Schließlich war es der Afroamerikaner, der ihn immer wieder auf ein Bier einlud.

»Harson, ich habe mit Rich gesprochen und ich bin auch nicht blind. Jackson kommt im Gegensatz zu dir nüchtern zur Arbeit. Und mit nüchtern meine ich nüchtern. Du kommst nun seit mehr als vier Wochen jeden Tag sternhagelvoll hier her.«

»Das ist Blödsinn.« Taylor wollte sich verteidigen, wollte seinem Captain sagen, dass es nicht den Tatsachen entsprach, was der Corpseman ihres Platoons sagte.

»Taylor, das ist kein Blödsinn, das weißt du ebenso gut, wie ich es weiß. Ich mach das nicht nur als Captain, ich mach es als Freund. Ja, ich weiß, dass du mich nicht unbedingt leiden kannst. Ich bin auch nicht hier, damit ihr mich leiden könnt. Aber ich trage die Verantwortung. Ich habe jetzt ganz lange zugesehen und gehofft, dass du es alleine schaffst. Aber das ist nicht der Fall und das solltest du auch zugeben. Geh zu Casterville. Dann sprechen wir uns wieder.« James ging an ihm vorbei zu Tür. »Nimm dir die Zeit zum Runterkommen. Du weißt, wo du mich findest, wenn du reden willst.« Mit diesen Worten schloss der Captain die Tür hinter sich und ließ ihn alleine zurück.

Taylor hatte keine Ahnung, wie lange er die weiße Tafel an der Wand vor sich angestarrt hatte, bis er Geräusche an der Tür hörte. Die Klinke wurde hinunter gedrückt, die Tür öffnete sich einen Spalt und schloss sich gleich wieder. Wer auch immer vor der Tür gestanden hatte oder gar noch stand, Taylor hatte ihn nicht gesehen. Auch sein hämmernder Kopfschmerz fiel ihm jetzt erst wieder auf. Noch nie im Leben hatte er sich so schlecht gefühlt wie in diesem Moment. Er hatte versagt und das auf ganzer Linie. Er hatte seine Kinder angeschrien, seine Frau ignoriert und nun ließ er sein Team im Stich, weil er nicht damit umgehen konnte, dass Menschen im Krieg ihr Leben ließen. Und erneut lag sein Blick eine Ewigkeit auf der weißen Tafel, als könne sie ihm die Fragen beantworten, die durch seinen Kopf wanderten.

Hatte er all die Jahre das Falsche getan?

Hatte er Eva verloren?

Dachten seine Kinder, er wäre ein Versager?

Ein Mörder?

Hassten sie ihn?

Wie sollte er ihr Vertrauen zurückgewinnen?

Träge wanderte sein Blick irgendwann auf seine Armbanduhr. Halb vier. Sollte er aufstehen und wirklich diesen Arzt aufsuchen? Oder sollte er noch einige Stunden warten und dann heimfahren? Was sollte er Eva sagen? Sollte er ihr überhaupt sagen, was sich in diesem Raum zugetragen hatte? Sollte er ihr gestehen, dass man ihn suspendiert hatte, weil er zu viel trank und Logans Tod nicht verkraften konnte? War es überhaupt der Tod von Logan, der für seinen Zustand verantwortlich war, oder war da noch mehr? Vielleicht konnte er den Arzt aber auch davon überzeugen, dass es ihm gut ging und dass er durchaus in der Lage war zu arbeiten.

Grübelnd erhob Taylor sich von dem harten Plastikschalenstuhl. Wie in Trance griff er sich den kleinen gelben Zettel und verließ den Raum, in dem er geschlagene sechs Stunden auf einem Stuhl gesessen und eine weißlackierte Magnettafel angestarrt hatte.

Taylor verließ das Gebäude, bog vor der Tür links ab und ging weiter ins eigentliche Herz der Base. Hier befanden sich Bürogebäude. Schließlich mussten sie auch bezahlt werden. Anwälte kümmerten sich hier um rechtliche Belange und andere waren dafür zuständig, dass ihnen genügend Ausrüstung zur Verfügung stand. Hier in den großen, tristen Gebäuden wurden auch neue Soldaten rekrutiert oder die jungen Männer kamen von alleine her und traten in den Dienst der Navy. Auf genau dieses Gebäude, in denen sich die Frischlinge melden mussten, ging er nun zu.

Die neugierigen Augenpaare, die auf ihm lagen, als er durch die Glastür trat, bemerkte er nur am Rande. Die Männer, die gerade die Schule hinter sich gebracht hatten, hatten sicher nicht damit gerechnet, einen SEAL zu sehen. An normalen Tagen trug Taylor das Trident der SEALs mit Stolz an seiner Brust, heute schämte er sich fast dafür, dass er die Aufmerksamkeit auf sich zog. Schnellen Schrittes ging er auf den Raum mit der Nummer 4066 zu. Er wollte nicht gesehen werden, aber das schien kaum möglich zu sein.

Als er an die helle Holztür klopfte, sah er sich kurz um. Auf den Stühlen vor den anderen Räumen saßen junge Männer, die noch nicht wussten, worauf sie sich einließen, wenn sie ihre Unterschrift unter einen der Verträge setzen würden. Sie wussten nicht, wie sich Krieg anfühlte und dass es nichts mit dem zu tun hatte, was sie sich vorstellten.

Aus dem Raum erklang ein leises »Herein« und erst jetzt fiel Taylor auf, dass er vor der falschen Tür stand. Wobei die Nummer die richtige war, aber unter der Zahl stand nicht Dr. phil. Casterville, sondern Dr. phil. Coffee. Verdammt. Sollte er einfach umdrehen und nach dem richtigen Namen suchen? Nein, er würde drinnen fragen, wo er Dr. Casterville finden könnte. Er wollte sich vor den jungen Männern nicht die Blöße geben und zugeben, dass er sich vertan hatte. Schließlich war er ein SEAL und SEALs machten keine Fehler. Langsam schob er die Tür auf und zog erstaunt die Augenbrauen hoch, als er hinter einem schwarzen Schreibtisch in der linken Ecke einen Mann entdeckte, der nur wenig älter war als die, die vor der Tür saßen.

»Entschuldigen Sie, ich bin auf der Suche nach Dr. Casterville.« Taylor trat ein, schloss die Tür hinter sich, rechnete aber damit, dass ihm im nächsten Moment gesagt werden würde, dass der Arzt nicht da sei oder er sich in der Tür geirrt hätte.

»Dann sind Sie hier genau richtig, Mister…?« Fragend sah der blonde Mann mit dem jungenhaften Aussehen ihn an.

»Harson. Lieutenant Taylor Harson. Captain Dietzen vom Team 10 schickt mich. Ich soll mich bei Dr. Casterville melden.« Er verschränkte die Hände hinter dem Rücken und musterte den jungen Mann. Das konnte unmöglich der Psychologe sein.

»Dann setzen Sie sich, Lieutenant Harson. Captain Dietzen hatte Ihr Erscheinen angekündigt.« Der Mann erhob sich nicht, er deutete beinah gelangweilt auf den Lederstuhl vor dem Schreibtisch.

Eine geschlagene Stunde später verließ er den geräumigen Raum wieder und schwor sich, ihn nie wieder zu betreten. Der Psychologe hatte ihm auf den Zahn gefühlt und ihm klargemacht, dass er nicht nur dabei war, ein Alkoholiker zu werden, sondern es schon war. Dass seine Schlafstörungen und seine aggressive Art seinen Kindern gegenüber zu einer Krankheit gehörten, die er nur vom Namen kannte. Warum hatte er diesem Typen nur von seinen Kindern erzählt?

Posttraumatische Belastungsstörung.

Schnaubend warf er die Glastür des Gebäudes hinter sich zu. Er war ein SEAL und keine Mimose. Der Tod von Kollegen warf ihn doch nicht derart aus der Bahn. In seiner rechten Hand hielt er einen Zettel, auf den der Arzt ihm ein Mittel aufgeschrieben hatte, das ihm beim Einschlafen helfen sollte. Was der gerade promovierte Arzt Taylor aber nicht gesagt hatte, war, wie er Eva erklären sollte, dass er in nächster Zeit nicht arbeiten würde.

»Hasenfuß? Mann, du hier!?« Chester Walsh kam auf ihn zu. »Wir haben dich beim Training vermisst.«

Also hatte James dem XO seiner Einheit nichts von der Suspendierung gesagt. Wollte Dietzen ihn ins offene Messer laufen lassen, indem er sich selbst vor seinen Kollegen outete und offen dazustand, dass er mächtige Probleme hatte?

»Wo warst du?« Der Mann hatte ihn erreicht.

Taylor dachte darüber nach, einfach weiterzugehen oder eine Lüge zu finden, nur um dem XO nicht sagen zu müssen, was los war. Er wollte weder sich noch seinen Kollegen gegenüber eingestehen, dass er psychische Probleme hatte.

»Also, was ist los und wo warst du?« Chester bohrte erneut nach und Taylor fiel auf, dass die grünen Augen auf das Stück

Papier gerichtet waren, das er in der Hand hielt. Schnell schob er den Zettel in seine Brusttasche und starrte über Chesters Kopf hinweg in den Himmel.

»Ey, ich red mit dir, Hasenfuß.«

»Alter, quatsch mich nicht voll. Frag Dietzen, was los ist. Ihr seid doch sonst auch immer ganz dicke.« Taylor schob Chester ruppig zur Seite, der ihn verwundert ansah.

»Mann, komm runter, was ist dir denn über die Leber gelaufen?« Der Mann mit den struppigen, schwarzen Haaren, aus denen noch der Sand des Trainings rieselte, schloss wieder zu ihm auf. »Oder hast du heute noch kein Whiskey gehabt?« Schallend lachte der Mann auf, der deutlich bemüht war, mit Taylor Schritt zu halten. Strauchelnd blieb Taylor stehen, packte Chester am Kragen des weit offenstehenden Hemdes und schob ihn hart an die Wand des Gebäudes, an dem sie gerade standen.

»Halt dein Maul, Walsh«, fuhr Taylor den kleinem Mann an, der von seiner Reaktion überrascht war.

»Hey, komm runter, ist doch alles im grünen Bereich.« Chester legte seine Hände an Taylors Arme und versuchte so, ihn zurückzuschieben. Taylor presste Chester fester gegen die Wand und knirschte mit den Zähnen.

»Harson, was soll das?« Chester versuchte, weiterhin dem Druck von Taylor standzuhalten. Taylor bemerkte jedoch, dass er seinem Kollegen weit überlegen war. Zumindest dachte er das bis zu dem Augenblick, in dem Chester hart gegen seinen rechten Fußknöchel trat und er die Faust seines Kollegen nicht kommen sah, die ihn brutal am Kinn traf. Schützend riss er seine Hände ans Gesicht und versuchte, nicht den Halt zu verlieren, als Chester ihn mit einem harten Stoß zurück stieß.

»Harson, bist du irre?« Nun war es der weit kleinere Mann, der ihn packte. »Dich sollte man mal durchschütteln, vielleicht rutscht dein Verstand dann wieder an die richtige Stelle. Du weißt, dass ich Dietzen das melden müsste«, blaffte Chester ihn wütend an.

»Dann mach das doch, das ändert nun eh nichts mehr«, fuhr Taylor den Mann an, der ihn nun an den Schultern gepackt hatte und Richtung Hauswand schob. Der Druck ließ nach und Taylor konnte erkennen, dass Chester verwirrt war.

»Was meinst du damit?« Sein Kollege löste seinen Griff.

»Der Sack hat mich suspendiert«, knurrte Taylor aggressiv.

»Weil du jeden Morgen eine Fahne hast? Dir hätte klar sein sollen, dass er das merkt. Das hat jeder von uns gemerkt, Taylor. Was ist los? Stress zuhause? Du solltest dich um deine Familie kümmern und nicht um den Alkohol«, lachend trat Chester einige Schritte zurück.

Das war zu viel, Walsh mochte ein guter SEAL sein, aber er hatte nicht das Recht ihm zu sagen, wie er leben sollte. Er holte aus, traf Chester aber nicht, da dieser sich unter seiner Faust wegduckte.

»Harson!« Brüllend machte Chester einige Schritte zurück. Taylor wollte sich erneut auf seinen Teamleader stürzen, der aber wieder zurückwich. Niemand hatte ein Recht darauf, ihm sein Familienleben vorzuschreiben. Für ihn ging es um seine Ehre und darum, seine Familie zu schützen. Es entstand ein Handgemenge, bei dem der kleinere SEAL immer die Oberhand behielt und in Taylor immer weiter die Wut aufkochte. Es gelang ihm, Chester zu Boden zu befördern, so dass er sich auf ihn stürzen konnte. Wie im Wahn griff er nach der SIG Sauer, die Chester am Beinholster trug.

»Alter, komm runter, ich hab dir nichts getan, Taylor.« Chester rutschte auf dem Rücken liegend zurück, als Taylor die geladene Waffe auf ihn richtete. »Beruhig dich, verdammt.« Chester versuchte, sich noch weiter zu entfernen. Taylors Hand zitterte und nur langsam begriff er, was er gerade tat. Chester schien seine Unsicherheit zu sehen und sprang auf, ehe Taylor reagieren konnte. Plötzlich war er derjenige, der am Boden lag. Chesters Knie bohrte sich zwischen Taylors Rippen und der durchtrainierte XO nahm ihm die Waffe ab und warf sie außerhalb ihrer Reichweite auf den Asphalt. Inzwischen hatten andere Männer ihren außer Kontrolle geratenen Streit bemerkt und unter diesen Männern war auch James Dietzen. Wilde Flüche brüllend, riss der Captain des Team 10 ihn hoch und schob ihn, unter dem Gegröle der anderen, vor sich her. Immer wieder zischte er ihm zu, dass er keinen Fehler mehr machen solle, wenn aus der Suspendierung kein endgültiger Rauswurf werden sollte.

»Raus, Harson! Komm wieder, wenn du deinen Verstand wieder gefunden hast und wenn du deine Termine bei Casterville eingehalten hast«, raunte James ihm zu, als sie seinen Wagen erreicht hatten.

Vor Wut auf James, Chester und vor allem auf sich selbst kochend, riss er sich von James los, schloss seinen Wagen mit nervöser Hand auf und warf die Tür mit einem Scheppern hinter sich zu, als er eingestiegen war.

»Denk an das, was ich gesagt habe«, schrie James, ehe Taylor den Wagen startete. Sein Herz raste. Wut, Hass und Adrenalin hatten sein Blut in eine gefährliche Mischung verwandelt, die ihn zu einer wandelnden Bombe machten, die jederzeit detonieren konnten. Soeben hatte er völlig die Kontrolle verloren und hätte vielleicht sogar einen Kollegen erschossen.

Erst einige Kilometer, nachdem er die Base hinter sich gelassen hatte, begann er zu begreifen, was er um ein Haar getan hätte. An einer Tankstelle fuhr er auf einen Parkplatz und schlug gefrustet auf das Lenkrad. Mit seiner immer noch zitternden Hand drehte er den Rückspiegel so, dass er sich sehen konnte. Der Typ mit dem ungepflegten Bart sah ihn aus rot unterlaufenen Augen an. Er sah um dreißig Jahre älter aus, als er es eigentlich war und auf seiner Wange prangte ein Bluterguss, den er sich vor einigen Minuten zugezogen hatte.

Verdammt, was war passiert, dass er so aussah?

In welcher Hölle war er gewesen, dass er sich selbst so vernichtet hatte?

Dass er dabei war, sein ganzes Leben in der Gosse hinunterzuspülen.

Verdammt.

Erneut landete seine Faust auf dem Lenkrad. Er hatte Kinder und eine Frau, für die er die Verantwortung trug. Menschen, die ihn brauchten, nicht als Soldaten sondern als Vater und Ehemann.

Müde lenkte er seinen Wagen wieder auf die Straße. Er musste sich bei Eva für seine Eskapaden entschuldigen und sich um seine Jungs kümmern. Und er würde Chrissy besuchen, die in einigen Wochen ihr Baby erwartete. Auch wenn das Gefühl, als er an die junge Frau dachte, ihm wieder den Atem nehmen wollte, er würde zu ihr fahren. Vielleicht müsste er eines Tages dem Kind erklären, was geschehen war, und dann sollte es die Wahrheit erfahren und nichts, was vielleicht irgendwo von irgendwem über Logan erzählt werden würde.

Die kleine Flamme, die wieder in ihm brannte, erlosch, als er sein Haus betrat und den Blick von Eva bemerkte.

»Na, hast du wieder getrunken? Ich hab dich an der Tankstelle gesehen, als ich vom Einkaufen gekommen bin. Taylor, es muss sich was ändern.« Wütend schlug sie ihre Hände auf die Arbeitsfläche der Küchenzeile, als er das Wohnzimmer betrat.

»Nein, ich habe nachgedacht.« Er versuchte, ruhig zu bleiben.

»Worüber? Ob du dir einen Six-Pack oder zwei kaufen sollst?« Ihre Stimme bebte vor Enttäuschung

»Eva, ich habe nicht getrunken und hatte es auch nicht vor. Ich habe wirklich nachgedacht.« Sein Blutdruck stieg und er war bemüht, sie nicht anzuschreien.

»Moooommmm!« Polternd rannte Thomas die Treppe hinunter. »Brian hat mir schon wieder meine Eisenbahn weggenommen und er sagt, ich bin ein blöder Scheißer.« Der Sechsjährige stürmte an Taylor vorbei, stemmte die Hände in die Hüften und starrte seine Mutter an, die genervt die angehaltene Luft ausstieß.

»Brian Harson.« Eva umrundete laut rufend die Küchenzeile, warf Taylor einen zornigen Blick zu, ehe sie die Treppe hinaufging. »Wie oft soll ich dir heute noch sagen, dass ihr zusammen spielen sollt und du nicht immer so tun sollst, als ob es alleine deine Eisenbahn ist? Nun ist Schluss.«

Taylor hörte, wie Brian zu kreischen begann. Schnell trat er auf den Flur, um zu sehen, was geschah. Eva kam mit der Lokomotive der Eisenbahn die Treppe wieder hinunter, drückte sie Taylor in die Hand und zischte ihn an. »Dein Job, ich hab heute keine Lust mehr.« Eva verschwand wieder im Wohnzimmer und schickte den weinenden Thomas in sein Zimmer. Einen Augenblick blieb Taylor mit der schwarzen Dampflokomotive in der Hand vor der Treppe stehen. Eigentlich wollte er mit Eva sprechen. Ihr von der

Suspendierung erzählen, aber scheinbar war es gerade nicht der beste Moment für eine solche Offenbarung. Langsam ging er die Stufen hinauf, bog am Ende der Treppe nach links ab und klopfte an Brians Zimmertür. Wenn Eva wollte, dass er mit seinem Sohn sprach, dann würde er eben das tun.

»Was?«, blaffte sein Sohn.

»Ich will mit dir reden, Brian.« Taylor starrte die Tür an, auf der ein Poster eines Indianers prangte. Seit wann interessierte sich Brian für die Ureinwohner?

»Komm rein.«

Taylor öffnete die Tür, entdeckte ein Zimmer, in dem das pure Chaos herrschte. Hefte, Bücher, Spielsachen lagen wild verstreut auf dem Boden zwischen Kleidungsstücken, die sicher nicht auf den Boden gehörten. Zähneknirschend betrat er das Zimmer, schwor sich, erst die Sache mit der Eisenbahn zu regeln und Brian dann auf das Chaos anzusprechen.

Das klärende Gespräch verlief nicht nach Taylors Wünschen, allerdings begann Brian, sein Zimmer aufzuräumen als Taylor es verließ. Nur war der Preis für dieses Aufräumen vielleicht zu hoch angesetzt. Er hatte seinem Sohn versprochen vorzulesen und schon beim Verlassen des Zimmers war ihm klar, dass es ihm wahrscheinlich nicht gelingen, würde ein Buch auch nur anzufassen. Müde ging er die Treppe hinunter, sank auf die Couch und starrte den schwarzen Bildschirm des TV-Gerätes an, während Eva das Abendessen zubereitete.

Dieser Tag wurde von Stunde zu Stunde schrecklicher. Erst die Suspendierung, dann der Psychologe, nun das Versprechen an seinen Sohn, das er nicht halten konnte, und er musste Eva in einem ruhigen Moment noch sagen, dass er in nächster Zeit nicht im aktiven Dienst sein würde. Dass er überhaupt nicht im Dienst sein würde, dass er Zuhause sitzen und nichts tun würde.

Eine knappe Stunde später saßen sie zu viert am Wohnzimmertisch. Eva hatte herrliche Sandwiches gezaubert und Taylor lauschte den Gesprächen seiner Kinder, die sich über die Schule austauschten. Brian erzählte mit stolzgeschwellter Brust, dass er im Fußball der Beste war, und Thomas malte mit dem Finger die Buchstaben, die er schon gelernt hatte, auf die Tischdecke. Eva sprach nicht viel, sie rief die Kinder einige Male zur Ordnung, aber suchte weder den Blickkontakt zu ihm, noch das Gespräch.

Das auf Taylors Brust liegende Gewicht wurde mit jeder Minute größer, als Brian die Treppe hinauf ging, um ein Buch zu holen. Am liebsten wäre Taylor geflüchtet. Er wollte nicht lesen. Wollte nicht Logans Platz einnehmen. Nie im Leben würde er diesen Platz so gut füllen können, wie Logan es getan hatte. Eva hatte den Tisch abgeräumt und sank auf den Sessel, der zu seiner Rechten stand. Immer noch hatte sie kaum ein Wort mit ihm gesprochen und schien fast darauf zu warten, dass er das Haus fluchtartig verließ. Aber genau das wollte er nicht. Er hatte seinen Kindern schon vor einer Ewigkeit versprochen, ihnen vorzulesen, er wollte sie nicht wieder enttäuschen. Er wollte diesen Gegner aus Emotionen, Papier und Buchstaben bezwingen.

Brian kam um die Ecke und Taylors Herz setzte aus, als er das Buch erkannte, das sein Sohn mit steinerner Miene vor sich hielt. Tom Sawyer. Ein riesiger Kloß bildete sich in seinem Hals, als er das Buch in die Hand nahm. Der Buchdeckel fühlte sich an, als wäre er mit Blei bestückt. Er schluckte schwer und begann, langsam zu lesen. Immer wieder sah er unsicher zu seinen Kindern, die vor ihm auf dem Teppich saßen und zu Eva, die ihn mit Argusaugen beobachtete. Nach zehn Seiten sah er auf und klappte das Buch zu.

»Schluss für heute, ab ins Bett mit euch beiden«, heiser räusperte er sich. Seine Kinder erhoben sich seltsam schweigend, aber er konnte hören, wie Thomas auf der Treppe zu seinem Bruder sagte »Dad kann das nicht, ich will Logan wiederhaben.« Diese Worte brannten wie Feuer auf seiner Seele.

Kurze Zeit später schliefen die Jungs und er sah zu Eva, die sich wieder in den Sessel gesetzt hatte, nachdem sie den Kindern eine gute Nacht gewünscht hatte. Dieses Schweigen zwischen ihnen war die Hölle. Schließlich war Eva es, die das Gespräch suchte und ihn nach seinem Tag fragte. Erst erzählte er ihr nur davon, dass er ein Gespräch mit James geführt hatte, was sie unkommentiert ließ.

»Eva?« Er wollte wissen, ob sie ihm wirklich zuhörte.

»Ja?«

»Ich wurde suspendiert. Ich soll zu einem Psychologen und kann erst wieder arbeiten, wenn der grünes Licht gibt.« Nun war es raus und er hatte Angst vor ihrer Reaktion.

»Wegen des Alkohols?« Fragend zog sie die Augenbrauen hoch.

»Auch.« Er konnte nicht mehr sagen, auch wenn er es gerne getan hätte. Am liebsten hätte er geleugnet, dass der Alkohol Schuld an seiner Suspendierung trug, aber das wäre eine Lüge gewesen und er wollte seine Frau nicht anlügen.

»Taylor, ich hab dich schon vor Wochen gewarnt, ich habe das kommen sehen. Aber ich bin froh, dass du dir nun Hilfe suchst, und ich bin froh, dass du heute über deinen Schatten gesprungen bist und den Kindern vorgelesen hast. Ich hab gesehen, wie schwer dir das gefallen ist.« Eva stand auf und kam auf ihn zu. Sanft legten sich ihre Lippen auf seine und er spürte, wie ihre Hand durch seinen Bart strich. Es war der erste Kuss seit Wochen und er hoffte inständig, dass es nicht der letzte bleiben würde.

## *21.*

Nur vier Wochen später war der Frieden verflogen. Und weitere zwölf Wochen später ging er wieder jeden Abend in eine Bar und trank bis in die Nacht hinein.

Der Psychologe hatte ihm Antidepressiva verschrieben, die aber absolut nichts an seiner Laune änderten. Auch die Schlaftabletten wollten keine Wirkung mehr zeigen. Dr. Casterville weigerte sich, ihm andere zu verschreiben. Überhaupt war der Arzt alles andere als hilfreich.

Seine aggressive Art hatte dafür gesorgt, dass Eva nicht mehr mit ihm sprach und ihn aus dem gemeinsamen Schlafzimmer verbannt hatte. Seine Kinder machten einen Bogen um ihn, da er sie mehrfach angebrüllt hatte, weil sie in seinen Augen viel zu laut waren. Und so begann er, seine Tage außerhalb seines Hauses zu verbringen. Jeden erneuten Versuch von Eva, sich ihm wieder anzunähern, hatte er mit wütenden Beschimpfungen abgewehrt. Selbst, dass sie fast immer in Tränen ausbrach, wenn sie erneut versuchte, mit ihm zu reden, ließ ihn kalt. Beinahe täglich warf sie ihm an den Kopf, dass er nicht mehr der Mann war, den sie geheiratet hatte.

Es war ihm über die Wochen nicht gelungen, sein normales Leben wiederzufinden. In den Nächten schreckte er schweißgebadet aus dem Schlaf, sah immer wieder Logans leeren Blick vor sich. Sah, wie eine Kugel Jake traf, und immer öfter musste er seinen Kampf gegen Randy ausfechten, den er immer öfter verlor. Und er träumte, dass Eva ihn verließ. Dass sie ihm ins Gesicht sagte, dass er kein guter Vater war, weil er seinen Kindern nicht vorlas und dass Chrissys Kind ihm Vorwürfe machen würde.

Auch wenn er sich vorgenommen hatte, Logans Freundin zu besuchen, so hatte er es noch nicht getan und das, obwohl vor einer Woche ein kleiner Junge auf die Welt gekommen war, der den Namen von Logan trug. Taylor hatte sich geweigert, mit Eva und den Jungs zu ihr zu fahren. Er wollte weder Chrissy noch das Kind sehen.

Jeder Besuch bei Casterville verlief gleich und brachte weder eine Besserung noch eine Änderung. Taylor begann unter Halluzinationen zu leiden, da er nachts nicht mehr schlief. Er traute sich nicht mehr, die Augen zu schließen, aus Angst vor seinen Träumen. Davor, immer und immer wieder zu sehen, was er nicht mehr sehen wollte. Das, womit er endlich abschließen wollte. Nur wie sollte er damit abschließen, wenn er nachts von den Bildern verfolgt wurde und sie sich so tief einbrannten, dass er sie sogar am Tage meinte zu sehen? Nicht nur die Bilder verfolgten ihn, er meinte auch, das stinkende Gemisch abgefeuerter Waffen, von brennendem Kraftstoff und Wüstensand zu riechen. Jedes noch so kleine Geräusch konnte ihn panisch zusammenzucken lassen.

Es machte ihm Angst, dass seine Kinder ihn so erleben mussten. Sie trauten sich nicht mehr, ihm in die Augen zu sehen, sie sprachen nicht mehr mit ihm, ignorierten ihn. Dieses Ignorieren schmerzte unglaublich.

Mit dem Arzt sprach er darüber, und immer wieder wurden die Dosierungen der Antidepressiva verändert. Casterville wollte ihm immer wieder klar machen, dass er den Alkohol weglassen sollte, dabei war Whiskey für ihn die einzige Möglichkeit, ein paar Minuten Schlaf zu finden. Ohne diesen wenigen Schlaf würde er durchdrehen. Er vermisste Evas Nähe, wünschte sich immer wieder, einfach nur in ihren Armen zu liegen und ihre Nähe zu genießen, aber sie ließ es nicht mehr zu. Was kein Wunder war, wenn er ehrlich zu sich war. Er kam nie nüchtern heim und wenn er sich vorstellte, wie sie sich fühlen musste, wenn ein Typ, der aussah, als wäre er der Gosse entflohen, von ihr eine Umarmung einforderte oder gar mehr, war ihr Verhalten mehr als verständlich.

Ihm entglitt alles.

Es rieselte durch seine Finger wie feiner Wüstensand.

Seinen Kollegen ging er aus dem Weg, obwohl er immer wieder hoffte, dass einer zu ihm kam und ihm vielleicht half, seinen Weg wiederzufinden. Er war sich nicht sicher, ob James ihnen gesagt hatte, sie sollten sich von ihm fernhalten, oder ob es seine Art war, die dafür sorgte, dass der Kontakt zu den

Männern, auf die er sich sonst blind verlassen hatte, abgerissen war.

Es war bereits dunkel, als er an diesem Abend mit einem Taxi heimkam. Dieses eine Versprechen hatte Eva ihm abringen können. Er hatte geschworen, nie wieder zu fahren, wenn er getrunken hatte. Ihm war klar, dass er wieder einmal zu viel Geld in der Bar gelassen hatte und Eva mehr als sauer sein würde, aber er wusste sich nicht zu helfen. So leise es ihm in seinem angetrunken Zustand noch möglich war, betrat er die Wohnung. Irritiert bemerkte er, dass noch Licht im Wohnzimmer brannte. Langsam betrat er das Zimmer und entdeckte Eva, die mit versteinerter Miene auf dem Sofa saß und sich nur langsam zu ihm wandte.

»Hi.« Sollte er sich entschuldigen, dass er so spät war und dass er schon wieder getrunken hatte? Oder sollte er so tun, als wäre nichts passiert?

»Wo warst du? Ach, was frag ich überhaupt. Du warst in der Bar. Taylor, ich brauche eine Auszeit. Ich habe mit einer Freundin gesprochen. Wir fahren über das Wochenende zu ihr. Dann kann ich ein wenig runterkommen und neue Energie sammeln. Vielleicht nutzt du die Zeit ja auch zum Nachdenken und nicht zum Trinken.« Sie erhob sich und ging, ohne den sonst üblichen Gutenacht-Kuss, aus dem Wohnzimmer. Taylors Herz zog sich schmerzhaft zusammen. Er wollte ihr nachlaufen, traute sich aber nicht. Sie würde ihn aus dem Schlafzimmer werfen. Zu Recht. Er war ein Wrack. Nicht einmal die Ratten würden ihren Platz unter den Brücken für ihn räumen, damit er einen trockenen Platz zum Schlafen finden konnte. Kraftlos sank er auf die Couch.

Die Nacht war die Hölle. Dabei hätte normalerweise der Whiskey dafür gesorgt, dass seine Träume dort geblieben wären, wo sie hingehörten, in einer dunklen Ecke seines Kopfes. Nun kamen neue Träume. Zu dem, dass Eva ihn verlassen würde, kam der, dass seine Kinder ihn nicht erkannten, dass niemand mehr wusste, wer er war. Am frühen Morgen war es Evas Stimme, die ihn endgültig aus einem Zustand zwischen Wachen und Schlafen riss.

»Taylor?« Da war wieder diese Wärme in ihrer Stimme, die so selten geworden war.

»Ja?« Heiser räusperte er sich.

»Wir fahren in ein paar Stunden und ich wollte noch mit dir reden.«

Taylor zog die Beine zur Seite, als Eva sich zu ihm setzen wollte. Zögernd nickte er. Was sollte er auch sagen?

»Ich brauch ein paar Tage um runterzukommen, Taylor. Das heißt nicht, dass ich dich nicht mehr liebe, nur ist es schwer geworden, dich zu lieben. Ich möchte dich unterstützen, möchte dir helfen, wieder der zu werden, der du warst. Aber im Moment fehlt mir die Kraft dazu, verstehst du?« Tränen glitzerten in ihren Augen und er konnte sehen, wie schwer ihr nicht nur die Worte, sondern auch die Entscheidung fiel. »Ich möchte dich bei deinem Weg unterstützen, aber dazu brauch ich eine kurze Auszeit, okay? Teddy, ich liebe dich und ich werde mit dir kämpfen, wenn ich wieder da bin, okay?« Die Tränen zogen kleine Rinnsale über ihre Wagen. Es schmerzte, sie so zu sehen. Zu sehen, dass sie nun auch an dem zu zerbrechen drohte, was ihn zerstörte.

»Okay, meldest du dich, wenn ihr angekommen seid? Wo fahrt ihr hin?« Er schluckte und versuchte ruhig zu klingen.

»Eine Freundin hat angeboten, dass wir übers Wochenende zu ihr kommen können. Die Kinder können an den Strand gehen und wir genießen das Wetter.« Eva löste ihren Blick nicht von ihm. »Oder möchtest du vielleicht auch mitkommen? Vielleicht tut dir ein wenig Abstand gut? Hast du schon mal darüber nachgedacht, dich mit dem Wounded Warrior Projekt in Verbindung zu setzen?« Skeptisch sah sie ihn an.

Taylor biss sich auf die Unterlippe. Er kannte das Projekt, jeder kannte es.

»Honey, ich bin kein Veteran. Ich bin nur suspendiert, mehr nicht«, brachte er ruhig hervor. Er wollte immer noch zurück in sein Team, auch wenn James ihm vor einiger Zeit angeboten hatte, dass er das Team verlassen könnte, auch wenn sein Vertrag noch einige Jahre gültig war. Der Captain hatte ihm mit ruhigen Worten klar gemacht, dass er Zweifel daran hatte, ob Taylor je wieder in der Lage wäre zu arbeiten. Das waren Worte, die er nie hatte hören wollen. Er liebte seinen Job und hatte sich vorgenommen weiterzumachen. Nun wusste er, dass man ihn im Team bereits ersetzt hatte. Er hatte Jackson auf dem Weg zu Dr. Casterville getroffen und erfahren, dass der Neue schon fest ins Team integriert worden war.

»Aber vielleicht können die dir auch helfen. Ich seh doch, dass dieser Psychologe dir nicht hilft.« Eva strich sich mit dem Ärmel ihres dunkelblauen Pullovers die Tränen aus den Augen.

»Nein, Honey, ich werde dort nicht fragen, ich will wieder in mein Team.«

»Taylor, du musst erstmal wieder hier ankommen, ehe du irgendwo anders hinkannst. Sei erstmal wieder du. Sei für die Kinder und mich da. Dann kannst du wieder das Land retten. Bitte, Taylor, tu es für mich und die Kinder.« Evas Stimme wurde heiser. »Logan hätte das hier nicht gewollt.« Mit Tränen in den Augen erhob sie sich, gab ihm einen kurzen Kuss auf die Stirn und verließ das Wohnzimmer.

Nur wenige Sekunden später hörte er, wie die Badezimmertür ins Schloss fiel. In ihm zog sich alles zusammen. Ein unglaublicher Schmerz breitete sich in seiner Brust aus. Er ließ sich nach hinten gegen die Lehne des Sofas sinken, schloss die Augen, versuchte, ruhig zu atmen, und lauschte seinem rasenden Herzschlag. In einigen Stunden hatte er seinen nächsten Termin bei seinem Arzt. Er schnaubte amüsiert auf. Der Typ war kein Arzt, der war nicht einmal ein erwachsener Mann. Dieser Vogel saß immer nur da, kaute an seinem Kugelschreiber oder machte sich Notizen. Der studierte Möchtegernmediziner hatte ihm in all den Monaten noch nicht ein Mal geholfen. Das Einzige, was dieser Mann geschafft hatte, war, dass nun auch seine Beziehung zerbrochen war.

Wenig später hörte er, wie Eva ihn bat nicht zu fahren wenn er getrunken hätte und wie sie schließlich mit den Kindern das Haus verließ.

Es gab keinen Abschiedskuss. Weder von seinen Kindern noch von ihr, die er immer noch vergötterte. Eva war eine Konstante in seinem Leben, die er nicht missen wollte, und nun hatte sie das Haus verlassen, ohne ihn zu küssen und ohne ihm zu sagen, dass sie ihn liebte. Sie war einfach gegangen. Tränen sammelten sich in seinen Augen und schwer schluckend starrte er die Digitalanzeige der Uhr an. Zwei Stunden noch bis zum Termin und über achtundvierzig, ehe Eva zurückkommen würde. Aber was, wenn sie nicht wiederkam? Der Gedanke wollte ihn erdrücken, nahm ihm die Luft zum Atmen. All das nur, weil er sich nicht unter Kontrolle hatte. Weil er nicht reagiert hatte, als die Granate auf das Dach geflogen war. Er hätte schneller sein müssen. Er hätte reagieren müssen. Lautlos flossen Tränen über seine Wangen in seinen Bart. Sie suchten sich einen Weg durch die struppigen Haare an seinen Hals, wo sie im Hemdkragen versickerten.

Nur schwer gelang es ihm, sich zwei Stunden später aufzuraffen und auf den Weg zu Dr. Casterville zu machen. Er fühlte sich wie in Trance, als er an der Base aus seinem Wagen stieg. Alles um ihn herum wirkte wie aus einem Film, durch den er sich hindurchbewegte. Er sah Soldaten, die von ihren Vorgesetzten angebrüllt wurden, und fühlte sich völlig fremd auf dem Gelände. Dass James an ihm vorbeikam, ihn grüßte, wie er es immer tat, bemerkte er nicht. Der trostlose Gang in die Praxis, die keine war, sondern nur ein trister Raum, in dem den Rekruten auf den Zahn gefühlt wurde, zog sich wie ein grauer Schlauch vor seinen Augen.

Vor der Tür von Casterville blieb er stehen, blinzelte und atmete tief durch. Er klopfte und lauschte darauf, hineingebeten zu werden. Schnell erklang die Stimme des jungen Arztes und Taylor trat ein.

»Lieutenant Harson, schön, dass Sie da sind.« Der Psychologe musterte ihn genauer als an anderen Tagen. »Setzen Sie sich. Ist etwas passiert?«

Taylor sank auf den Sessel und starrte ein Bild an, das aussah, als hätte Thomas es gemalt. Aber wahrscheinlich sollte das wilde Gekritzel Kunst darstellen und nicht den Versuch eines Sechsjährigen, der einen Raketenstart malen wollte. Beim Gedanken an Thomas schluckte Taylor schwer.

»Lieutenant Harson? Was ist passiert?« Aufmerksam setzte der junge Mann sich Taylor gegenüber hin.

Nur zögernd begann er zu erzählen, was in den letzten vier Stunden geschehen war. Irgendwann nahm er den Mann vor sich nicht mehr wahr. Vor seinen Augen tauchten dutzende Bilder auf. Logan, der mit seinen Kindern spielte. Das Bild von Barry, das an der Wand in einem ihrer Büroräume hing. Jake, der neben ihm auf einem staubigen Bett lag und ihm erklärte, was wichtig war, wenn man sein Ziel mit hundertprozentiger Sicherheit treffen wollte. Und Eva. Immer wieder Eva.

Nach einer dreiviertel Stunde war seine Sitzung beendet, aber er fühlte sich nicht besser. Noch nie in seinem Leben hatte er das Gefühl gehabt, am Ende zu sein. Aber wenn es dieses Gefühl gab, dann war es das, was er in diesem Moment fühlte. Der Druck auf seiner Brust wollte nicht nachlassen.

»Lieutenant Harson, ich stelle Ihnen ein Rezept aus. Bitte besorgen Sie sich das Medikament noch heute. Nehmen Sie eine Tablette davon, wenn Sie zu Hause sind. Fahren Sie bitte kein Auto mehr und trinken Sie nicht. Ich möchte Sie morgen wieder um neun Uhr hier sehen, hören Sie?« Der Arzt sah ihn durchdringend an. Nickend erhob Taylor sich und griff nach dem Zettel, den der Mann ihm entgegenhielt. Schwer atmend machte er sich wieder auf den Weg zurück zu seinem Wagen.

»Hey, Hasenfuß!« Jackson kam, kurz bevor er sein Auto erreicht hatte, auf ihn zu. »Na, wann biste wieder im Team?« Lachend schlug der Afroamerikaner ihm auf die Schulter.

»Gar nicht«, nuschelte Taylor, schloss den Wagen auf und ließ einen verwunderten SEAL auf dem Parkplatz zurück.

Auf dem Weg nach Hause hielt Taylor an einer Apotheke an, um das Rezept einzulösen. Die Dame auf der anderen Seite des Tresens klärte ihn über Dosierung und Nebenwirkungen auf, ehe sie ihm die gelbe Dose mit dem weißen Deckel überreichte. Seinen Wagen fuhr er auf die Einfahrt seines Grundstückes. An der Garage lag ein Fußball und er entdeckte die Bilder, die seine Jungs mit Straßenkreide auf die roten Pflastersteine gemalt hatten. Mit einem drückenden Gefühl auf der Brust betrat er das Haus. Die herrschende Stille im Haus zerriss sein Herz.

## 22.

Taylor starrte auf die Pillendose, die kreiselnd in das Waschbecken rollte. Er nahm einen großen Schluck Wasser aus der Leitung, betrachtete dabei, wie die Wassertropfen auf dem Plastik abperlten.

Er würde zu Pablo fahren. Ein Bier trinken oder auch zwei. Vielleicht auch mehr. Was er dann machen wollte, wusste er nicht.

»Taylor. Mann, mach keinen Scheiß! Mach die Augen auf, verdammt!«

Was machte der Barmann in seinem Badezimmer?

Die Ruhe breitete sich immer weiter in ihm aus. Seine Glieder fühlten sich plötzlich so schwer an.

»Lieutenant Harson? Kommen Sie, lassen Sie sich nicht so hängen«

Er hatte keine Ahnung, woher die Stimme kam.

Warum sollte er sich hängen lassen?

»Kommen Sie, reden Sie mit mir! Kämpfen Sie, verdammt nochmal!«

Wieder diese Stimme. Woher kam sie? Und warum sollte er kämpfen? Wofür sollte es sich jetzt noch lohnen? Warum sollte er für das Land kämpfen, wenn das Land nichts mehr bot, für das es sich zu kämpfen lohnte?

»Lieutenant Harson.«

Warum konnte diese gottverdammte Stimme nicht endlich Ruhe geben?

Eine wohlige Wärme griff nach ihm. Eine tiefe Ruhe breitete sich in ihm aus, auch wenn die Stimme immer noch von irgendwoher hallte.

Nein, er würde nicht mehr kämpfen.

Nie wieder.

# 23.

Es war viel zu früh, um die Bar zu öffnen, und Pablo war sich nicht sicher, ob er heute überhaupt öffnen wollte, als er die Sunrise Bar durch die Hintertür betrat. Im Abstellraum, durch den er hindurch musste, um in die Bar zu gelangen, war alles wie immer. Der gleiche Geruch nach Zigaretten und Alkohol schlug ihm entgegen und doch war alles anders.

Eine unglaubliche Schwere legte sich auf ihn, als er durch die kleine Küche hindurch den Barraum betrat. Es war ein Gefühl, das ihn erdrücken wollte. Mit einem Schlucken wandte er seinen Blick nochmals in die Küche. Wenn er heute öffnen wollte, lag noch viel Arbeit vor ihm. Auf dem Herd und den Arbeitsflächen standen noch Töpfe, Teller und Lebensmittel. Selbst die Baguettes, die er am Abend noch hatte servieren wollen, standen unangetastet auf dem Tresen.

Die ganze Nacht hatte er kein Auge zugetan. Immer und immer wieder hatte er sich gefragt, ob er die Schuld trug. Hätte er ihn vielleicht doch heimschicken und sich nicht immer wieder darauf einlassen sollen, ihm nachzuschenken? Aber dann wäre er nur in die nächste Bar gegangen. Immer noch hatte er die Szene des letzten Tages vor Augen. Sicher, ihm war aufgefallen, dass Taylor schon am frühen Nachmittag schlechter aussah als sonst, aber er hatte sich einfach nichts dabei gedacht. Auch dass er irgendwann kaum noch auf seine Ansprache reagiert hatte, hatte ihn zu Beginn einfach nicht gestört.

Er kannte doch Männer wie Taylor. Männer und auch Frauen kamen zu ihm, um zu feiern, ihre Freizeit zu gestalten oder einige auch, um ihren Kummer zu ertränken. Nein, Alkohol war keine Lösung, aber für einige vielleicht die einzige Möglichkeit, um kurz vom Alltag loszukommen. Dann lag es in seiner Hand zu entscheiden, wann sie endgültig genug hatten und er sie heimschicken musste. Hatte er am gestrigen Tag diesen Moment verpasst? Hätte er etwas an dem ändern können, was passiert war? Als ihm das erste Mal der Schweiß auf der Stirn des SEALs aufgefallen war, hatte er ihn darauf angesprochen, und Taylor hatte schnell mit dem Ärmel die auffälligen Tropfen entfernt.

Pablo begann, die Tische abzuräumen.

Dutzende Male hatte er am späten Abend zu ihm geschaut und beobachtet, wie er immer blasser wurde. Wie sich immer wieder Schweißperlen auf seiner Stirn bildeten. Die Bar war gut besucht gewesen und so hatte er vielleicht den Augenblick verpasst, in dem er den Notarzt hätte rufen müssen. Ein Gast hatte seine Aufmerksamkeit gefordert, als er begonnen hatte, sich ernsthaft Sorgen um Taylor zu machen. Der Mann war kreideweiß, der Schweiß, der auf seiner Stirn glitzerte, rann in kleinen Tropfen in seine Augen und doch reagierte er nicht. Die Finger hatte er wie Anker in den Tresen geschlagen und reagierte nicht mehr auf seine Ansprache. Der ältere Herr hatte derart in der Bar herumgebrüllt, dass Pablo Taylor aus den Augen gelassen hatte, um seinem Stammgast ein Bier einzuschenken.

Erst das Geräusch eines Glases, das auf den alten Holzboden fiel, ohne in Teile zuspringen und das fast gleichzeitige dumpfe Geräusch, als Taylor auf dem Boden aufschlug und der Barhocker umkippte, hatte ihn von seiner Arbeit aufsehen lassen. Pablo konnte sich nicht daran erinnern, je so schnell seinen Platz verlassen zu haben. Er war um den Tresen zu Taylor gerannt. Immer wieder hatte er ihn angesprochen, hatte nach seinem Puls gesucht, aber die Haut des Mannes war nass und kalt gewesen.

Bei dieser Erinnerung jagte ihm ein kalter Schauer über den Rücken und er machte einen Bogen um die Stelle der Bar, an der Taylor gelegen hatte. Pablo hatte den Rettungsdienst gerufen und die Sanitäter waren sehr schnell vor Ort, aber sie schafften es nicht, Taylor ins Leben zurückzuholen. Nach über zwanzig Minuten gaben sie auf. Immer wieder appellierte einer der beiden Männer an den SEAL, dass er kämpfen solle, aber scheinbar wollte Taylor eben das, was er jeden Tag im Einsatz getan hatte, nicht mehr.

Pablo sank auf eine Bank in der Nähe der Stelle, an der man Taylor eine dreiviertel Stunde später in einen schwarzen Leichensack gelegt hatte. Pablo schickte die wenigen Gäste, die

die Bar noch nicht verlassen hatten, heim. Er verzichtete darauf, dass man ihm die Getränke bezahlte. Er wollte einfach nur alleine sein. Noch während die Sanitäter ihre Utensilien zusammengepackten, war die Polizei aufgetaucht, hatte ihn befragt, Taylors Glas in einen Beutel gesteckt und auch die Whiskeyflasche mitgenommen, von der er getrunken hatte.

Als er mitten in der Nacht seine Wohnung betrat, erreichte ihn ein Anruf. Ein Polizist, dem aufgefallen war, dass er sich Vorwürfe machte, wollte ihn unter der Hand über den Stand der Ermittlungen informieren. Die Polizei hatte bei Taylor Zuhause eine Menge Medikamente gefunden, die sehr wahrscheinlich in Verbindung mit dem Alkohol zu seinem Tod geführt hatten.

Müde erhob Pablo sich. Den gesamten Vormittag ließ ihn dieses Ereignis nicht los. Er räumte seine Bar auf, polierte Gläser, wischte den Staub von alten Flaschen, bis er zu einem Entschluss kam. Fünf Minuten vor seiner eigentlichen Öffnungszeit nahm er sich einen Zettel. Er konnte die Bar heute nicht öffnen. Mit zitternder Hand schrieb er den Grund dafür auf.

Heute in Gedenken an einen Helden geschlossen.

# *EPILOG.*

Zwei Wochen waren vergangen, seit man sie gestützt von diesem Ort begleitet hatte. Zwei Wochen war es her, seit Thomas die gefaltete Fahne dicht an sich gepresst und Brian ihre Hand gegriffen hatte, um ihr das Gefühl der Nähe zu geben. Die Jungs waren so viel stärker als sie, deswegen war Eva stolz auf die beiden. Heute schien das erste Mal seit Tagen die Sonne und Thomas war es gewesen, der sie bat, Taylor zu besuchen. Man hatte seinen Grabstein bereits errichtet und beim Anblick der eingemeißelten Worte stiegen ihr erneut Tränen in die Augen.

*Never above you, never below you, but always beside you.*

»Mom? Was steht da?« Thomas sah zu ihr auf. Ein Lächeln huschte über ihr Gesicht. Ihr Jüngster mochte bereits Bücher lesen, aber die geschwungene Schrift im Stein war ihm noch fremd.

»Da steht, dass Dad nie über oder unter uns sein wird, sondern immer an unserer Seite. Er wird immer in unseren Herzen sein, wenn wir ihn suchen.« Sie berührte sanft seine Brust und sah ihm in die Augen. Jedes Mal, wenn sie in die Augen ihres Jüngsten sah, sah sie nicht nur die Augen von Taylor. Auch viele seiner Gesichtszüge fand sie bei Thomas wieder. Er war ihm so ähnlich und doch so anders. Thomas war sensibel und einfühlsam. Ganz anders als Brian. Brian war der abgeklärte der beiden. Er hatte den Charakter seines Vaters und nur selten ließ der Zehnährige Gefühle zu. Er war der Taylor, der die letzten Jahre mit ihr zusammengelebt hatte.

Sachte nickte sie.

Ja, zusammengelebt. Das traf es.

Der Krieg hatte ihn verändert. In den ersten Jahren war es ihr gelungen, nach jeder Heimkehr den Mann wiederzufinden, in den sie sich verliebt hatte, den, den sie geheiratet hatte. Irgendwann jedoch wurde die Mauer so hoch und unüberwindbar, dass sie mit einem SEAL zusammenlebte. Taylor ließ kaum noch Gefühle zu und auch ihre Kinder litten unter der Situation. Aber sie weigerte sich, ihn zu verlassen, Sie war sich sicher, dass irgendwo in dem Mann noch der war, den sie liebte.

Erst als Logan das erste Mal bei ihnen war, veränderte sich Taylor. Logan war ihm als Partner zugeteilt worden und der junge Mann war fremd in San Diego. Er konnte seine Familie nicht so schnell besuchen wie Taylor, da sie immer innerhalb einer Stunde an der Base sein mussten. Auch wenn es sie erstaunt hatte, dass Taylor ihn mitgebracht hatte, so war sie doch froh, Logan kennengelernt zu haben. Ihm war es zu verdanken, dass zumindest eine kurze Zeit der Taylor zurückkehrte, den sie so sehr geliebt hatte. Oft spielten die Männer mit den Kindern und sie freundete sich recht schnell mit Chrissy an. Eine dunkelhäutige Frau, die es geschafft hatte, das Herz von Logan zu gewinnen. Vielleicht war es an der Zeit, sie anzurufen. Sie hatten so lange nicht miteinander gesprochen, obwohl sie doch so viel miteinander verband. Eva hatte sie zwar bei der Beisetzung gesehen, aber nicht die Kraft aufgebracht, mit ihr zu reden. Es waren so viele gekommen und die meisten von ihnen kannte sie nicht. Sie war um jeden froh gewesen, der nicht auf sie und die Kinder zugekommen war und ihr sein Beileid ausgesprochen hatte.

Eva erinnerte sich an eine Gruppe von Männern und Frauen, die direkt auf sie zugekommen waren, daran, dass sie dachte, sie würde zusammenbrechen, wenn jeder ihr die Hand gereicht hätte. Allerdings war es dann nur ein blonder Mann mit grünen Augen in weißer Uniform gewesen, der ihr im Namen seiner Kollegen sein Beileid ausgesprochen hatte. Sie wusste nicht, wer er war, aber sie sah ihn am Abend, an dem sie alleine ans Grab ging, mit zwei Frauen an einem anderen Grabstein stehen und war sich sicher, dass er einer der wenigen war, der ihren Schmerz verstand.

Vielleicht hätte sie nicht fahren dürfen. Vielleicht hätte sie Taylor nicht alleine lassen dürfen, aber sie war sich nicht sicher, ob er dann nicht auch getan hätte, was er getan hatte. Diese Ungewissheit schmerzte. Wäre er noch am Leben, wenn sie nicht gefahren wäre? Wie lange hätte sie all das noch ertragen? Hätten sie gemeinsam einen Weg gefunden?

Der Mann, den sie geheiratet hatte, war schon vor Jahren verschwunden und nur selten wieder aufgetaucht. Die wenigen Momente, in denen er wieder der sanfte Mann gewesen war, an den sie sich anlehnen konnte, wurden mit jedem Einsatz, von dem er zurückkehrte, weniger. Immer öfter hatte sie ihn auffangen müssen. Sie hatte ihn in Momenten der völligen Hilflosigkeit oder Panik erlebt. Die Flashbacks wurden mit jedem Einsatz schlimmer und Logans Tod hatte eine tiefe Narbe bei ihr, Taylor und den Kindern hinterlassen. Immer wieder hatte sie Taylors ängstlichen Blick gesehen, wenn die Kinder ihn gebeten hatten, ihnen vorzulesen. Die Erinnerungen an seine weit aufgerissen Augen, wenn er das Buch von Tom Sawyer gesehen hatte, trieben ihr Tränen in ihre.

Der Mann, den sie geliebt hatte, war schon vor Jahren gestorben. Wann und wo genau, wusste sie nicht. Irgendwann war nur noch der Körper zurückgekehrt. Ein Mann, der nicht mehr in der Lage gewesen war, seine Kinder in den Arm zu nehmen. Ein Mann, der keine Gefühle mehr in seine Worte und Taten legte. Taylor hatte einfach nur noch funktioniert. Ohne Emotionen. Ohne Liebe.

Und doch hatte sie ihn geliebt.

»Mom?« Eine Hand zupfte vorsichtig an ihrem Finger und sie sah blinzelnd auf Thomas, der sie fragend ansah.

»Ja, mein Schatz?« Sie sah zu Brian, der einfach nur dastand und den weißen Grabstein ansah.

»War Dad ein Feigling?« Tränen standen in seinen Augen und sie musste schlucken, als sie seine Worte vernahm.

»Nein! Nein, wer sagt das?« Es fiel ihr unglaublich schwer, zu sprechen und die Fassung zu bewahren.

»Liam.« Tränen rollten über das Gesicht von Thomas und Brian drehte sich zu ihm um.

»Liam ist ein Idiot, das hab ich dir doch schon gesagt«, raunte er seinem jüngeren Bruder zu.

»Kommt mal her.« Sie ging in die Hocke und war froh, dass auch Brian dicht an sie heran trat. »Dad war kein Feigling, nie in seinem Leben war er das. Er war einer von denen, die nachts nicht geschlafen haben, um uns zu schützen. Er hat Dinge gesehen, die niemand von uns sehen sollte, da sie einfach nur grausam sind. Dinge, die er für niemanden auf der Welt gewollt hätte. Er hat versucht, sie zu verhindern. Er hat für uns gekämpft und sein Leben für das gegeben, woran er geglaubt hat.« Sie schluckte und sah zu Brian, dem sie ansehen konnte, dass ihm etwas auf dem Herzen lag.

»Aber er ist doch hier gestorben.« Auch dem Jungen mit den hellblauen Augen rollten Tränen über die Wangen.

»Ja, das ist er. Aber er ist als Held gestorben, nicht als Feigling.«

Eines Tages würde sie vielleicht die Worte finden, um den Kindern zu erklären, warum Taylor sich das Leben genommen hatte. Aber nicht hier und heute. Sie wollte ihnen nicht sagen, dass er nicht mehr die Kraft gehabt hatte, um auf beiden Seiten zu leben. Auf der des unerbittlichen Kriegers und auf der des Familienvaters, der nur ein Krieger gewesen war, um seine Kinder zu schützen.

## *Aus einem Aufsatz*

Mein Dad hatte keine Ahnung von dem, was die Navy eigentlich tat, als er eintrat. Für ihn, der keine Ahnung hatte, was er nach der Schule machen sollte, war es einfach nur ein Job, um Geld zu verdienen. Im Einsatz sah er das erste Mal die SEALs. Er fragte einen Kollegen an Deck des Flugzeugträgers, auf dem er diente, was die Jungs so machen. Sein Kollege antwortete: »Sie springen aus Flugzeugen, tauchen und sprengen Dinge in die Luft. All den coolen Scheiß halt.«

Das wollte mein Dad auch.

Am Ende seiner Karriere hatte er viele Orte der Welt bereist. Er hatte Dinge gesehen, die niemand sehen wollte. Das, was er gesehen hatte, wollte er weder für seine Familie, noch für sein Land. Mein Dad hat gekämpft und gab am Ende sein Leben für das, woran er geglaubt hat.

Wenn ihr meint, dass diese Männer und Frauen nur des Kämpfens wegen kämpfen, so täuscht ihr euch. Sie kämpfen für ihre Familien, die, die an ihrer Seite stehen und für die, die nicht für sich selbst kämpfen können. Eben das ist der Grund, warum in jedem Soldaten etwas Gutes steckt, egal was die Politik sagt oder für welche Seite sie kämpfen.

Falls es einen Himmel gibt, so garantiere ich dafür, dass es dort oben einen Ort für eben diese Krieger gibt

Einen Ort für meinen Dad und für all die anderen Krieger.

## Danksagung

An dieser Stelle möchte ich mich bei meinen Testlesern herzlich bedanken. Danke, dass ihr mit mir auf diese einmalige Reise gegangen seid, die mich wirklich viel Kraft gekostet hat.

Danke Sabine, Bine, Birgit, und Grit.

Ein besonders dickes Danke geht an Gudrun für das finale Testlesen und an Heidi, die mir ebenfalls zur Seite stand und einen epischen Fehler auf den letzten Metern enttarnt hat.

Ein dickes Danke an Madlen, die geholfen hat Taylor zu dem zu machen, was er heute ist. Du bist die beste Lektorin, die ich mir vorstellen kann. Du bist die, die mich hält, wenn ich falle und mir klar macht, dass Zähneknirschen auf die Entfernung immer wie ein Lächeln wirkt. Danke, dass du in einer schweren Zeit für mich da warst.

Danke an Astrid, die mir klar gemacht hat, dass Taylors Geschichte etwas besonderes ist.

Danke an Michaela für das wundervolle Cover. I

ch möchte mich nun bei ein paar Menschen bedanken, die immer im Hintergrund der I.A.T.F Serie arbeiten.

Danke an Stefan für die vielen wertvollen Tipps im Bereich der Waffen. Danke für jede Lehrstunde in Ballistik und Rechtschreibung. Dank dir weiß ich, dass ich oft unter Vokalintoleranz leide.

Danke an den anderen Stefan, der immer da ist, wenn meine Homepage mal wieder eine Verjüngungskur braucht.

Danke wie immer auch an Swen, einfach weil du da bist. Halt deine Familie fest und verlier dich nicht.

Die drei eben genannten kenne ich nun schon sehr lange und ich bin froh, dass unsere Freundschaft auch außerhalb der Onlinegames so gut ist. Danke, dass ihr immer da seid.

Dann muss und will ich hier ganz dick Thx a lot sagen. An diejenigen, die mir geholfen haben, Taylors Geschichte zu schreiben. An diejenigen, die mir ihre Geschichte erzählt haben. Danke, dass ich sie aufschreiben durfte. Ihr habt meinen größten Respekt für das, was ihr jeden Tag tut.

Außerdem möchte ich mit einem Blick nach oben Danke an all die Taylors sagen. Thx for your service.

Und danke an Gaby, für die vielen Gespräche, die Einblicke und dafür, dass du hoffentlich immer noch ein Auge auf deine Lieben hast.

**Bereits erschienen:**

Team I.A.T.F Band 1
Poison Liebe neben dem Fadenkreuz

Team I.A.T.F Band 2
Jagd auf alte Freunde und neue Feinde

Nathan - Schatten der Vergangenheit

Team I.A.T.F Band 3
Gebrochene Seele

Team I.A.T.F (Sonderband für das Kinder und Jugendhospiz Löwenherz)
Weihnachten wider Willen

Team I.A.T.F Band 4
Mission Hoffnung

Team I.A.T.F Band 5
Verlorenes Leben

Darrel - Nie vergessene Liebe

Team I.A.T:F Band 6
Operation zweite Chance

Taylor - Helden sterben einsam.

**Demnächst auch erhältlich:**

Team I.A.T.F Band 7
Codename Irbis - Eine Ära geht zu Ende

Team I.A.T.F Band 8
Hochzeit auf Umwegen

Team I.A.T.F Band 9
Zehntausend Meilen zur Liebe

Team I.A.T.F Band 10
Codename Phoenix – Verschollen im Nirgendwo

Die Autorin ist im Niedersachsen geboren und aufgewachsen. Nachdem sie die Schule abgeschlossen hat, begann sie ihre Ausbildung als Maler und Lackiererin, die sie 2000 abgeschlossen hat. Heute lebt sie in der beschaulichen Samtgemeinde Siedenburg und genießt das Leben mit ihren Kindern. Schreiben ist für sie die Möglichkeit den Leser in fremde Welten eintauchen zu lassen und die eigenen Gedanken zu teilen.

Printed in Germany
by Amazon Distribution
GmbH, Leipzig

19431473R00150